뒤렌마트 희곡선

Der Besuch der Alten Dame · Die Physiker

DER BESUCH DER ALTEN DAME
DIE PHYSIKER
by Friedrich Dürrenmatt

세계문학전집 **265**

뒤렌마트 희곡선

노부인의 방문 · 물리학자들

Der Besuch der Alten Dame · Die Physiker

프리드리히 뒤렌마트

김혜숙 옮김

민음사

차례

노부인의 방문

등장인물

방문하는 사람들

클레어 자하나시안 결혼 전 이름은 클레리 베셔,
아르메니아 석유 회사를 소유한 대부호

클레어의 남편 7, 8, 9

집사

토비와 로비(Roby) 껌 씹는 자들

코비와 로비(Loby) 맹인

방문받는 사람들

일

일의 아내

일의 딸

일의 아들

시장

신부

교장

경찰

시민 1, 2, 3, 4

화가

여인 1, 2

미스 루이제

그 밖의 사람들

역장

승무원

열차 차장

집행관

성가신 사람들
신문 기자 1, 2
라디오 리포터
사진 기자

장소　퀼렌, 소도시
시간　현재

1막

막이 오르기 전, 기차역 종소리. 그다음 보이는 '귈렌'이라는 글자. 배경에 비치는 소도시의 이름이 틀림없다. 몰락해 가는 황폐한 모습이다. 역사(驛舍)도 쓰러져 간다. 역사는 무대 형편에 따라 막거나 열어 둔다. 벽에는 반 이상 찢겨 나간 시간표, 녹슨 전철 장치, 출입 금지 푯말이 붙은 문. 무대 중앙에는 초라한 역전 거리. 거리 역시 암시되기만 하면 된다. 왼쪽으로는 공중변소. 기와지붕이 얹혀 있으며 창문 없는 벽에는 찢어진 광고 포스터들이 붙어 있다. 변소 왼쪽 푯말에 여자, 오른쪽 푯말에 남자라고 쓰여 있다. 모든 것이 뜨거운 가을 햇살 아래 가라앉아 있다. 공중변소 앞의 벤치 하나에 남자 넷이 앉아 있다. 이 넷과 마찬가지로 형편없이 초라해 보이는 다섯 번째 남자가 붉은 색깔로 현수막에 글을 쓰고 있다. '어서 와요, 클레리'. 시가행진에 쓸 모양이다. 지나가는 특급 열차의 우레 같은 소리. 역 앞에서 역장이 경례를 붙인다. 벤치에 앉은 남자들이 왼쪽에서 오른쪽으로 고개를 움직인다. 질주하는 특급 열차의 뒤를 따라 시선을 돌리는 것으로 보인다.

시민 1   구드룬 호네, 함부르크—나폴리 구간을 달리는.

시민 1   11시 27분엔 광란의 롤란트 호가 올 테지, 베니 스—스톡홀름 구간 열차.

시민 3   그나마 재미라곤 지나가는 기차 구경뿐이군.

시민 4   오 년 전만 해도 구드룬 호, 광란의 롤란트 호가 이 곳에 정차했는데. 그뿐인가. 외교관 호와 로렐라이 호도 섰지. 주요 특급 열차는 전부 섰으니까.

시민 1   세계적으로 중요한 열차들이지.

(기차의 접근을 알리는 종소리.)

시민 2   이젠 보통 열차도 서지 않아. 카피겐 발 열차가 2시 에 오고, 칼버슈타트에서 출발하는 열차가 1시 13분 에 정차할 뿐이지.

시민 3   망했어.

시민 4   바그너 공장은 파산했어.

시민 1   보크만 사는 도산했고.

시민 2   행복 성공 제련 공장은 문을 닫았지.

시민 3   실업 연금에 매달려 사는 인생.

시민 4   무료 급식으로 연명하는 신세.

시민 1   인생이라고?

시민 2   힘겹게 버티다가.

시민 3   돼지는 거지.

시민 4   온 도시가.

(기차 소리. 역장이 경례를 붙인다. 남자들은 오른쪽에서 왼쪽으로 기차를 따라 고개를 돌린다.)

시민 4   외교관 호였어.

시민 3   한때는 우리도 문화 도시였는데.

시민 2   우리 나라 일급 도시였지.

시민 1   유럽 일급이었어.

시민 4   괴테가 여기서 묵어 갔다고. 황금 사도 호텔에서.

시민 3   브람스는 4중주곡을 작곡했고.

(기차의 접근을 알리는 종소리.)

시민 2   베르톨드 슈바르츠는 화약을 발명했지.

화가   난 뛰어난 성적으로 에콜 데 보자르*를 나왔어요. 그
           런데 지금 뭘 하고 있지? 현수막이나 그려야 하다니!

시민 2   대부호이신 여사님이 꼭 한번 오실 때가 됐어. 칼버
           슈타트에 병원을 지어 줬대.

시민 3   카피겐에는 탁아소를 만들고, 베를린에는 기념관
           교회를 세웠다네.

화가   엉터리 자연주의 그림쟁이한테 초상화를 그리게 했

---

* 프랑스 국립 미술 학교.

대요.

시민 1 돈이 많잖아. 아르메니아 유전뿐인가, 서부 철도, 북
부 방송국을 가지고 있지. 방콕에 있는 환락가도 그
여자 거라네.

(기차 소리. 왼쪽에서 열차 차장이 나타난다. 막 기차에서 뛰어내린
듯 보인다.)

열차 차장 (목소리를 길게 끌며 외친다.) 귀 ― 일 ― 렌!

시민 1 카피겐에서 오는 보통 열차로군.

(한 여행객이 내린다. 벤치에 앉은 남자들을 왼쪽으로부터 지나서 '남
자'라고 쓴 팻말이 붙은 문으로 들어간다.)

시민 2 집행관이야.

시민 3 시청이 압류된대.

시민 4 정치적으로도 우린 망한 거야.

역장 (신호봉을 든다.) 출발!

(시내 쪽에서 시장, 교장, 신부, 그리고 60대 중반의 남자인 일이 다
가온다. 모두 초라한 옷차림이다.)

시장 칼버슈타트 발 1시 13분 차로 귀한 손님이 방문하
십니다.

교장 혼성 합창단이 환영의 노래를 부를 겁니다. 청소년

	합창단도요.
신부	소방서 비상종이 울릴 것이오. 그 종은 아직 저당 잡히지 않았으니까.
시장	광장에서 시립 관악단이 연주하고, 체조 협회는 여사께 경의를 표하는 피라미드를 만들 거요. 그다음엔 황금 사도 호텔에서 식사 시간이 있겠고요. 저녁에 성당과 시청에 불을 밝히면 좋겠지만 유감스럽게도 재정 사정이 여의치 못하오.
집행관	(공중변소에서 나온다.) 안녕하십니까, 시장님. 정말 반갑습니다.
시장	이곳에 대체 무슨 볼일이 있는 거요, 글루츠 집행관?
집행관	시장님도 아실 텐데요. 아주 커다란 일을 앞두고 있잖습니까. 시 전체를 한번 저당 잡혀 보시지요.
시장	시청에서 찾아낼 거라곤 낡은 타자기 한 대가 다일 거요.
집행관	귈렌 향토 박물관을 잊으셨군요.
시장	이미 3년 전 미국에 팔렸소. 우리 금고는 텅 비었어요. 세금을 내는 사람이 없으니까.
집행관	조사해 봐야 합죠. 온 나라가 번창하고 있는데, 하필 행복 성공 제련 공장을 가진 귈렌이 파산이라니요.
시장	우리도 알 수 없는 경제의 불가사의요.
시민 1	프리메이슨 비밀 결사단이 공모한 짓이야.
시민 2	유대인 놈들의 획책이지.
시민 3	고위 금융 세력이 배후에 있어.
시민 4	국제 공산주의 세력이 확실하게 영향력을 행사하는

거야.

(기차의 접근을 알리는 종소리.)

집행관   난 언제나 저당거리를 찾아내지요. 매의 눈을 가졌
        으니까요. 시 금고나 한번 살펴봐야지. (퇴장)
시장   여사가 다녀간 후보다 지금 털어 가는 게 낫지.

(화가가 현수막을 완성했다.)

일   이건 정말 안 됩니다. 시장님, 글귀가 너무 사적이에
        요. '환영, 클레어 자하나시안.' 정도가 적당합니다.
시민1   클레리가 맞잖아.
시민2   맞지, 클레리 베셔.
시민3   여기서 자랐고.
시민4   아버지가 목수였지.
화가   그럼 간단하게 뒷면에다 '환영, 클레어 자하나시안.'
        이라고 쓸게요. 앞면은 여사님이 감동하면 보여 드
        리고요.
시민2   증권업자 호야, 취리히 — 함부르크 노선을 달리는
        열차.

(새 특급 열차 한 대가 오른쪽에서 왼쪽으로 지나간다.)

시민3   언제나 정확해. 기차에 시계를 맞출 수도 있겠다.

시민 4	이봐, 여기 아직까지 시계를 찬 사람이 어디 있다고.
시장	여러분, 여사만이 우리의 유일한 희망입니다.
신부	하느님을 제외한다면.
시장	하느님을 제외하고 말입니다.
교장	하지만 신께서 돈을 주시지는 않죠.
화가	신은 우릴 잊었어요.

(시민 4, 침을 뱉는다.)

시장	일 씨, 선생은 여사와 친구였습니다. 그러니 모든 게 선생께 달렸어요.
신부	당시 두 분 사이에 문제가 있었다고요. 소문이 좀 돌던데, 담당 신부에게 뭔가 고해할 것은 없습니까?
일	우린 절친한 친구 사이였습니다. 젊고 뜨거웠지요. 난 사내였고요. 여러분, 사십오 년이나 되었지만 클라라*의 모습은 아직도 눈에 선합니다. 어두운 페터네 헛간에서 내게 다가오던 빛나는 모습이. 콘라츠바일러 숲에서는 이끼나 낙엽 위를 맨발로 걸어 다녔죠. 바람에 날리던 붉은 머릿결하며, 나긋나긋한 게 날씬하고 부드러운 여자였어요. 미치도록 예쁜 마녀였지요. 삶이 우리를 갈라 놓았어요. 산다는 것은 마음대로 안 되는 법이라.
시장	황금 사도 호텔에서 식사할 때 연설을 잠깐 해야겠

---

* 클레리(Kläri)의 애칭.

습니다. 자하나시안 여사에 대해 뭐라도 좀 알아 놔
야 할 말이 있을 거 같아요. (주머니에서 작은 수첩을
꺼낸다.)

교장   옛날 학적부를 찾아봤습니다. 클라라 베셔의 성적
은 형편없었어요. 정말 유감입니다. 행실도 마찬가
지고요. 생물 과목만 어느 정도 했더군요.

시장   (받아 적는다.) 좋아요. 생물 성적이 괜찮았다. 이거
좋습니다.

일   그런 거라면 제가 도움이 돼 드리지요. 클라라는 정
의를 사랑했습니다. 분명한 사실입니다. 한번은 어
떤 부랑자가 연행돼 가고 있었는데, 클라라가 경찰
에게 돌을 던졌습니다.

시장   정의를 사랑한다. 좋군요. 언제나 효과 만점이지. 경
찰 얘기는 안 하는 게 낫겠습니다.

일   클라라는 착한 일도 했어요. 가지고 있는 걸 나눠
줬답니다. 가난한 과부에게 감자를 훔쳐 줬지요.

시장   자선을 베푸는 마음이라. 여러분, 이 점을 반드시
말해야겠습니다. 이게 주안점이거든요. 여사의 아버
지가 지은 건물을 아는 사람 있습니까? 연설에 도
움이 될 텐데.

화가   아무도 없네.

시민 1   술고래였다고 하던데.

시민 2   그래서 마누라도 도망갔지.

시민 3   정신 병원에서 죽었어.

(시민 4, 침을 뱉는다.)

시장   (수첩을 덮는다.) 내가 할 일에 대한 준비는 된 것 같
         군. 나머지는 일 씨가 할 일이요.

일   알고 있습니다. 자하나시안이 수백만은 내놓도록 해
         야죠.

시장   수백만이라. 제대로 보셨습니다.

교장   탁아소는 도움이 안 돼요.

시장   친애하는 일 선생, 당신은 오래전부터 퀼렌에서 아
         주 인기 있는 인사요. 나는 봄이면 물러납니다. 그
         래서 야당과도 접촉을 했어요. 당신을 내 후임으로
         추천하기로 합의했답니다.

일   무슨 말씀을, 시장님.

교장   그 사실은 내가 보증할 수 있습니다.

일   여러분, 본론으로 들어갑시다. 난 우선 클라라에게
         우리가 처한 비참한 상황을 말해 주겠습니다.

신부   신중하게요. 분위기를 봐 가면서 하세요.

일   우리는 현명하게 처신해야 합니다. 심리적으로 딱딱
         맞추면서요. 역에서 마중하는 일부터 잘못되면 만
         사가 틀어질 수 있습니다. 시립 관악단과 혼성 합창
         단만 갖곤 충분치 않아요.

시장   일 씨의 말이 맞습니다. 도착하는 순간이 어쨌든 중
         요한 거니까요. 자하나시안 여사는 고향 땅을 밟는
         것입니다. 고향을 느끼고 감동받아 눈물을 그렁거
         리며 옛정을 떠올리게 해야죠. 나는 물론 지금처럼

셔츠 바람으로 서 있지 않을 겁니다. 검은색 양복에 모자도 갖춰 쓸 것이며, 옆에는 내 아내가 서고, 앞에는 두 손녀가 아래위 흰 옷 차림에 장미꽃을 들게 할 겁니다. 아 정말, 모든 것이 제때에 제대로만 된다면 좋겠는데.

(기차의 접근을 알리는 종소리.)

시민 1   광란의 롤란트 호가 오겠군.

시민 2   베니스 — 스톡홀름 노선, 11시 27분 열차.

신부   11시 27분! 정장을 갖춰 입을 시간이 아직 두 시간 정도 있군요.

시장   현수막이 완성되면 퀸 씨와 하우저 씨가 들도록 하시오. (시민 4를 가리킨다.) 다른 사람들은 모자를 흔드는 게 좋겠소. 그러나 부탁인데, 작년에 정부 위원회가 왔을 때처럼 소리를 지르지는 마시오. 감동 지수 제로였습니다. 지금까지 보조금이 한 푼도 안 나왔어요. 막무가내로 좋다는 티를 내지 말고, 내면적으로, 거의 울먹이듯, 고향에 다시 돌아온 아이를 맞이하는 심정으로 말이오. 자발적으로, 진심으로 하세요. 하지만 계획된 것은 그대로 진행되어야 합니다. 혼성 합창 후에 바로 환영의 종소리가 울려야 해요. 소방서 비상종으로요. 특히 주의할 점은…….

(다가오는 기차의 우레 같은 소리에 시장의 말소리가 묻힌다. 쇳소리

를 내며 기차가 멈춘다. 모든 이의 얼굴에 당황하고 놀란 표정이 나타난다. 벤치에 앉았던 다섯 사람이 벌떡 일어선다.)

화가   특급 열차야!
시민 1   섰어!
시민 2   귈렌에!
시민 3   이 쪼그라들고.
시민 4   하찮은.
시민 1   베니스와 스톡홀름 사이 제일 변변찮은 촌구석에!
역장   경천동지할 일이 벌어졌습니다. 광란의 롤란트 호는 로이테나우의 커브 길을 돌아 나타났다 하면 이곳을 쏜살같이 지나 퓌켄리트 골짜기로 사라져야 합니다.

(오른쪽에서 클레어 자하나시안 등장. 육십이 세, 붉은 머리. 진주 목걸이, 커다란 금팔찌로 요란하게 치장했다. 가당치도 않은 차림이지만 바로 그 때문에 또한 세계적인 여성이다. 온갖 기괴함에도 불구하고 드문 우아함을 갖추었다. 그녀 뒤에 수행원들이 따른다. 집사 보비. 80대쯤으로, 검은 안경을 썼다. 제7호 남편. 키가 크고 날씬하다. 검은 콧수염에 낚시 도구 한 벌을 들고 있다. 흥분한 승무원이 이들을 따라온다, 붉은 모자, 붉은 가방.)

클레어 자하나시안 귈렌에 온 건가?
승무원   부인이 비상 브레이크를 당겼습니까?
클레어 자하나시안 난 항상 그래요.

승무원   강력하게 항의하는 바입니다. 비상사태라 해도 이
        나라에선 결코 비상 브레이크를 당기지 않습니다.
        시간표대로 정확하게 운행하는 게 가장 중요한 원칙
        이란 말입니다. 해명을 요구하는 바입니다.

클레어 자하나시안   모비, 퀼렌에 왔어. 이 황량한 촌구석을 알아
        보겠어. 저 건너에 콘라츠바일러 숲이 있군. 냇물이
        흐르니까 당신은 낚시를 할 수 있겠어. 송어나 강꼬
        치가 잡힐 거야. 저기 오른쪽엔 페터네 헛간 지붕이
        보이네.

일   (잠에서 깨어난 듯) 클라라.

교장   바로 그 자하나시안.

일동   자하나시안.

교장   혼성 합창단이 아직 모이지 않았는데. 청소년 합창
        단은!

시장   기계 체조 단원들, 소방대도 안 왔어!

신부   복사가 없어!

시장   양복 재킷을 안 입었는데, 맙소사, 내 모자, 손녀들!

시민 1   클레리 베셔야! 클레리 베셔! (벌떡 일어나 시내로 달
        려간다.)

시장   (외친다.) 내 아내에게 꼭 알려요!

승무원   해명을 기다립니다. 직무상. 철도 관리국의 이름으
        로요.

클레어 자하나시안   멍청하군. 난 다름 아닌 이 도시를 방문하려는
        거요. 열차에서 뛰어내리기라도 했어야 하는 건가?

승무원   부인. 퀼렌을 방문하고자 하신다면 칼버슈타트에서

22

12시 40분발 보통 열차를 타시면 됩니다. 누구나 알
아요. 1시 17분 귈렌 도착이란 걸 말입니다.

클레어 자하나시안 로켄, 브룬휘벨, 바이젠바흐, 로이테나우에 서
는 그 보통 열차? 고작 여길 오느라 삼십 분이나 허
비하란 말인가?

승무원 부인, 비싼 대가를 치르게 될 겁니다.

클레어 자하나시안 보비, 이 사람에게 1000을 줘요.

일동 (웅성거린다.) 1000이래.

(집사가 승무원에게 1000을 건네준다.)

승무원 (당황하며) 부인.

클레어 자하나시안 철도 미망인 재단에 3000을 더 내고.

일동 (웅성거린다.) 3000.

(승무원이 집사에게서 3000을 받는다.)

승무원 (어리둥절해하며) 그런 재단은 없습니다, 부인.

클레어 자하나시안 자네가 하나 만들든지.

(시장이 승무원에게 귓속말로 뭔가를 말한다.)

승무원 (깜짝 놀라서) 부인께서 클레어 자하나시안 여사입
니까? 오, 죄송합니다. 그러면 물론 사정이 다르지
요. 약간만 눈치를 챘어도 당연히 귈렌에 정차했을

겁니다. 돈은 돌려 드리겠습니다, 여사님, 4000입니다. 이거야 원.

일동 (웅성댄다.) 4000.

클레어 자하나시안 푼돈이니 자네가 갖게.

일동 (웅성댄다.) 가지래.

승무원 여사님, 귈렌을 돌아보시는 동안 기차를 기다리게 할까요? 철도 관리국도 당연히 허락할 겁니다. 대성당 입구 정면이 볼만하다고 합니다. 고딕식이고, 최후의 심판이 새겨져 있답니다.

클레어 자하나시안 기차나 빨리 출발시켜요.

남편7 (우는 소리로) 기자들은, 자기야. 기자들이 아직 내리지 않았어. 리포터들은 아무것도 모르고 앞쪽 식당 칸에서 식사 중인데.

클레어 자하나시안 식사나 계속 즐기라지 뭐, 모비. 당분간은 기자들이 필요 없으니까. 나중엔 반드시 오게 될 테지만.

(그 사이 시민 2가 시장에게 양복 재킷을 가져다준다. 시장이 엄숙하게 클레어 자하나시안에게 다가간다. 화가와 시민 4는 벤치 위에서 '환영, 클레어 자하나'까지만 쓴 현수막을 높이 들고 있다. 화가는 현수막을 다 쓰지 못했다.)

역장 (신호봉을 들어 올리며) 출발!

승무원 철도 관리국에 불만 접수를 하지 않으신다면 정말 감사하겠습니다. 순전히 오해였어요.

(기차가 움직이기 시작한다. 승무원이 기차에 뛰어오른다.)

시장　　　존경해 마지않는 여사님. 저는 귈렌의 시장으로서
　　　　　영광스럽게도 우리 고향의 자손이신 여사님께……

(속도를 내며 떠나는 기차 소음 때문에 시장의 연설이 더 이상 들리
지 않지만 시장은 아랑곳 않고 계속 말한다.)

클레어 자하나시안　고마워요, 시장님, 훌륭한 연설이군요.

(그녀가 마주 서 있는 일에게로 간다. 일은 약간 당황한 모습이다.)

일　　　　클라라.
클레어 자하나시안　알프레드.
일　　　　고맙게도 와 주었구려.
클레어 자하나시안　오려는 마음이야 언제나 있었지요. 귈렌을 떠
　　　　　나 있는 내내.
일　　　　(자신 없는 태도로) 그랬다니 고마운 일이오.
클레어 자하나시안　당신도 날 생각했나요?
일　　　　물론이오. 항상 그랬지. 당신도 알 텐데, 클라라.
클레어 자하나시안　그때는 정말 좋았어요. 우리가 함께 한 그 모
　　　　　든 날들이요.
일　　　　(의기양양하여) 그렇소. (교장에게) 아시겠소. 선생,
　　　　　클라라는 이 손 안에 있다니까요.
클레어 자하나시안　당신이 언제나 날 부르던 그대로 불러 주세요.

일   내 작은 들고양이.

클레어 자하나시안   (늙은 고양이처럼 목을 그르렁거린다.) 또 뭐라
        고 불렀죠?

일   내 귀여운 요술쟁이 마녀.

클레어 자하나시안   당신은 나의 흑표범이었어요.

일   아직도 당신의 흑표범이오.

클레어 자하나시안   말도 안 되는 소리. 당신은 살이 쪘어요. 머리
        가 허옇게 센 데다 술에 절었군요.

일   하지만 당신은 전혀 변하지 않았구려. 귀여운 요술
        쟁이.

클레어 자하나시안   에이, 무슨 소릴. 나 역시 늙었고 뚱뚱해졌어
        요. 게다가 왼쪽 다리가 없어요. 자동차 사고를 당
        했지요. 이젠 기차만 타고 다녀요. 의족이 훌륭하긴
        해요, 안 그래요? (치마를 걷어 올려 왼쪽 다리를 보여
        준다.) 잘 움직이죠.

일   (땀을 훔친다.) 의족이란 생각을 전혀 못 했네, 귀여
        운 고양이.

클레어 자하나시안   일곱 번째 남편을 소개할까요, 알프레드? 담
        배 농장을 가지고 있지요. 우린 행복한 결혼 생활을
        하고 있어요.

일   당연히 그래야지.

클레어 자하나시안   모비, 이리 와요. 인사하시죠. 사실 진짜 이
        름은 페드로예요. 하지만 모비가 더 나아서요. 집사
        이름인 보비와도 잘 어울리고요. 어쨌든 집사는 평
        생 필요하니 남편들이 집사 이름에 맞춰야죠.

(남편 7이 인사한다.)

클레어 자하나시안 콧수염이 멋있지 않아요? 생각해 봐, 모비.

(남편 7, 곰곰이 생각한다.)

클레어 자하나시안 더 곰곰이.

(남편 7, 더 곰곰이 생각한다.)

클레어 자하나시안 훨씬 더 깊이 생각해.
남편 7 더 깊이는 못 하겠어. 자기, 정말 안 돼.
클레어 자하나시안 당연히 할 수 있어. 해 보기나 해.

(남편 7, 훨씬 더 깊게 생각한다. 기차의 접근을 알리는 종소리.)

클레어 자하나시안 거봐, 되잖아. 어때요, 알프레드. 저러고 있으
니까 치명적일 만큼 매력적이지 않은가요. 브라질
남자처럼 보이지만 착각이에요. 남편은 그리스 정교
회 사람이죠. 남편 아버지가 러시아인이어서 그쪽
교구신부가 우리 결혼식을 집전했어요. 아주 재밌
는 일이지. 이제 이곳을 좀 돌아봐야겠네요. (보석으
로 장식된 외눈 안경으로 왼쪽에 있는 화장실을 관찰한
다.) 이 공중변소를 우리 아버지가 만드셨어, 모비.
잘 만드셨지. 정확하게 지으셨다니까. 어렸을 때 몇

시간씩 지붕 위에 앉아서 아래로 침을 뱉곤 했어.
남자들한테만.

(이제야 뒤편에 혼성 합창단과 청소년 합창단이 준비되었다. 실크해
트를 쓴 교장이 앞으로 나선다.)

교장   여사님, 귈렌 고등학교의 교장이자 고귀한 음악의
             애호가로서 감히 소박한 민속 음악 한 곡을 준비해
             보았습니다. 혼성 합창단과 청소년 합창단이 불러
             드릴 것입니다.
클레어 자하나시안 시작해 보세요, 선생, 그 소박한 민속 음악을.

(교장이 소리굽쇠를 꺼내 놓고, 음정을 맞춘다. 혼성 합창단과 청소
년 합창단이 엄숙하게 노래하기 시작한다. 하지만 그 순간 다시 기차
한 대가 왼쪽에서 나타난다. 역장이 경례를 붙인다. 합창단은 덜컹거
리는 기차 때문에 소리를 질러야 한다. 교장이 낙담한다. 마침내 기
차가 지나간다.)

시장   (몹시 애석해하며) 소방서 비상종, 소방서 비상종을
             울리기로 했잖아!
클레어 자하나시안 잘 들었어요, 귈렌 시민 여러분. 특히 왼쪽 바
             깥의 목젖이 큰 금발 베이스 남성이 훌륭했어요.

(경찰 한 명이 혼성 합창단을 뚫고 와 클레어 자하나시안 앞에서 차
려 자세를 취한다.)

경찰   한케 경찰입니다, 여사님. 언제든 불러 주십시오.

클레어 자하나시안 (그를 훑어본다.) 고맙군요. 아무도 체포할 생
         각은 없지만. 그러나 아마도 귈렌에는 경찰이 필요
         할 일이 있을 거예요. 가끔 한쪽 눈을 슬쩍 감아 주
         기도 하시나?

경찰   그야 그렇죠, 여사님. 안 그러면 귈렌에서 지내기 어
         렵지요.

클레어 자하나시안 두 눈을 다 감아 주는 게 더 나을 수도 있지.

(경찰, 약간 당황한 채 서 있다.)

일   (웃으며) 클라라답군! 완벽하게 귀여운 요술쟁이야.
         (자신의 허벅지를 치며 재미있어한다.)

(시장이 교장의 실크해트를 머리에 쓰고, 두 손녀를 앞세운다. 쌍둥
이. 7세. 금발 머리를 땋았다.)

시장   저의 손녀들입니다, 여사님. 헤르미네와 아돌피네죠.
         아내만 아직 못 왔습니다. (땀을 닦는다.)

(두 여자아이가 무릎을 굽혀 인사하고 붉은 장미를 전한다.)

클레어 자하나시안 깜찍한 손녀들을 두셨군요. 축하해요, 시장
         님. 여기! (장미를 역장에게 안긴다.)

(시장이 신부에게 슬쩍 실크해트를 넘기고, 신부가 받아서 쓴다.)

시장   우리 교구 신부입니다, 여사님.

(신부가 실크해트를 벗으면서 인사한다.)

클레어 자하나시안   그래, 신부님이시라고요. 죽어 가는 사람을
             위로하는 일도 하시겠지요?
신부   (놀라서) 노력하고 있습니다.
클레어 자하나시안   사형 선고를 받은 사람도요?
신부   (어리둥절해서) 우리나라에서 사형 제도는 폐지되었
             는데요, 여사님.
클레어 자하나시안   다시 도입될지도 모르지요.

(신부가 약간 당황하며 실크해트를 시장에게 돌려준다. 시장이 다시
모자를 쓴다. 사람들 사이를 헤치며 뉘슬린 의사가 온다.)

시장   뉘슬린 박사입니다, 시립 병원 의사죠.
클레어 자하나시안   흥미롭군요. 의사 선생님은 사망 진단서도 작
             성하시는지?
의사   사망 진단서라니요?
클레어 자하나시안   누군가 죽는다면 말이에요.
의사   그렇습니다.
클레어 자하나시안   그럴 일이 생기면 심장마비로 하세요.
일   (웃으며) 들고양이답군! 그런 농담도 거침없이 하고

말이야!

클레어 차하나시안 이제 시내로 가겠어요.

(시장이 그녀에게 팔을 내민다.)

클레어 차하나시안 어쩌자는 건가요, 시장님. 의족으로 거기까지 걸어가란 말인가요.

시장 (깜짝 놀라서) 즉시! 즉시 대령합죠! 의사 선생에게 자동차가 있습니다.

의사 32년식 메르세데스입니다, 여사님.

클레어 차하나시안 필요 없어요. 사고를 당한 후에는 가마로만 움직이니까요. 로비(Roby), 토비, 이리 가져오너라.

(왼쪽에서 힘센 거구의 두 남자가 껌을 씹으며 가마를 들고 온다. 한 사람은 등에 기타를 걸치고 있다.)

클레어 차하나시안 맨해튼 출신의 갱 단원들이었죠. 사형 선고를 받고 싱싱 감옥*에 갇혀 있던 것을, 손을 써서 빼냈답니다. 가마꾼으로 쓰려고요. 한 명당 100만 달러가 들었어요. 가마는 루브르 박물관에 있던 거예요. 프랑스 대통령이 선물했죠. 친절한 신사분이에요. 신문에 실린 그대로. 로비(Roby), 토비, 날 시

---

* 뉴욕의 형무소. 흉악범을 주로 수용하며 세계 최고 수준의 경비로 인해 탈출 불가능한 감옥으로 알려져 있다.

내로 태워 가거라.

로비(Roby)와 토비 예, 마님.

클레어 자하나시안 그 전에 페터네 헛간에 갔다가 콘라츠바일러
숲에도 들르지. 알프레드와 함께 우리가 만났던 옛
밀회 장소를 찾아보겠어. 그동안 여행 짐과 관을 황
금 사도 호텔로 옮기도록.

시장 (아연해져서) 관이라니요?

클레어 자하나시안 하나 가져왔어요. 아마 필요할 일이 있을 겁
니다. 가자. 로비(Roby), 토비.

(두 거한이 껍을 씹으며 클레어 자하나시안을 가마에 태워 시내 쪽
으로 간다. 시장이 신호를 주자 모든 사람이 환호성을 지른다. 그러
나 두 하인이 검은색의 고급 관을 들고 귈렌 시내로 옮겨 가자 사람
들의 환호성은 당연히 잦아든다. 그런데 바로 이 순간에 아직 압류되
지 않은 소방서 비상종이 울리기 시작한다.)

시장 이제야 환영의 종이 울리다니!

(주민들이 관을 따라간다. 클레어 자하나시안의 하녀들이 여행 가방
을 들고 그 뒤를 따른다. 수없이 많은 트렁크는 귈렌 사람들이 옮긴
다. 경찰이 교통정리를 마치고 행렬을 따라가려 한다. 하지만 오른쪽
에서 땅딸막하고 늙은 두 남자가 들어온다. 낮은 목소리로 말하는
두 사람은 서로 손을 잡고 있다. 신경 써서 차려입은 옷맵시다.)

두 사람 우리가 귈렌에 왔어. 냄새가 나, 냄새가. 공기 냄새

가 나, 퀼렌의 공기 냄새가.

경찰   당신들은 누구요?

두 사람   노부인의 사람들이요, 노부인의 사람들. 코비와 로
         비(Loby)라고 하지요.

경찰   자하나시안 여사님은 황금 사도 호텔에 투숙하실
         거요.

두 사람   (쾌활하게) 우린 장님이에요, 장님.

경찰   안 보인다고요? 그럼 내가 안내해 주리다.

두 사람   고마워요, 경찰 양반. 정말 고마워.

경찰   (놀라서) 안 보인다면서 내가 경찰이라는 걸 어떻게
         안단 말이오?

두 사람   말투를 보면 알지, 말투를. 경찰은 전부 말투가 똑
         같아.

경찰   (의심쩍은 듯) 경찰과 문제가 있었던 모양인데, 거기
         땅딸막하니 살찐 남자들.

두 사람   (놀라면서) 남자라니, 우릴 보고 남자래!

경찰   그럼 대체 뭐란 말이오, 제기랄!

두 사람   틀림없이 알게 될 거요, 틀림없이!

경찰   (어처구니없다는 듯) 어쨌든 줄곧 기분은 좋아 보이네.

두 사람   커틀릿과 햄을 먹으니까. 언제나, 하루도 안 빼고.

경찰   그럴 수만 있다면야 나라도 춤을 추겠네. 자, 손을
         이리 주시오. 외국인들 유머는 웃긴다니까. (두 사람
         과 함께 시내로 들어간다.)

두 사람   보비와 모비에게 가야지, 로비(Roby)와 토비에게!

(막 없이 무대 변경. 역사와 공중변소의 앞 벽이 들려 올라간다. 황금 사도 호텔의 내부, 호텔 문장을 내려서 드리울 수 있다. 금으로 도금된 성 사도의 모습이 그려진 문장이 무대 중간에서 흔들거린다. 옛시절의 호사스러움은 사라졌다. 모든 것이 낡았고, 먼지가 쌓여 있으며, 부서지고, 악취가 나고, 곰팡이가 슬어 있다. 회칠이 부서져 떨어진다. 시장, 신부, 교장이 앞면 오른쪽에서 술잔을 앞에 놓고 앉아 끝없이 이어지는 트렁크 운반 행렬을 보고 있다. 관객석에서는 운반 행렬을 상상만 할 수 있을 뿐이다.)

시장　　트렁크에 또 트렁크, 끝이 없군.

신부　　산더미예요. 아까는 우리에 든 표범 한 마리가 올라갔잖아요.

시장　　시커먼 야생 짐승이었어요.

신부　　그 관도 올라갔지요.

시장　　별실에 갖다 놓았을 겁니다.

교장　　기이합니다.

신부　　세계적으로 유명한 부인들은 유별난 기호를 갖고 있네요.

시장　　예쁜 하녀들도 있어요.

교장　　여기에 좀 오래 있으려는 모양입니다.

시장　　훨씬 잘 됐지요. 일 씨가 여사를 손에 쥐고 있으니 말입니다. 들고양이, 귀여운 요술쟁이라고 부르는 사이였다니, 몇백만 정도는 받아 내겠지요. 교장 선생의 건강을 위하여. 클레어 자하나시안이 보크만 사를 회생시키길 기원하며.

교장   바그너 공장도요.

시장   행복 성공 제런 공장도. 이 공장이 잘되면 모든 일
       이 잘 풀릴 겁니다. 우리 시, 고등학교, 공공복지, 모
       든 일이요.

(건배한다.)

교장   나는 이십 년 넘게 귈렌 학생들의 라틴어와 그리스
       어 과제를 교정하고 있어요. 하지만 등골이 오싹하
       다는 게 무슨 말인지, 시장님, 한 시간 전에야 알았
       습니다. 여사가 기차에서 내리는 모습은 소름 끼쳤
       어요. 검고 긴 겉옷을 걸친 노부인의 모습이라니. 마
       치 그리스 운명의 여신처럼 보이더군요. 클레어가
       아니라 여신인 클로토*라 불러야 할 겁니다. 우리는
       그 여자가 생명의 실을 잣는다고 믿으니 말입니다.

(경찰이 온다. 헬멧을 못에 건다.)

시장   이리 앉아요.

(경찰이 그들과 합석한다.)

---

* Clotho. 그리스 신화에서 인간 운명의 실을 잣는 여신인 모이라이 자매 중
  하나.

경찰	이 촌구석에서 근무하는 건 정말 내키지 않았습니다. 허나 이제 폐허에 꽃이 피겠지요. 저기선 방금 여사와 잡화상 주인 일 씨가 페터네 헛간에 들렀어요. 감동적인 장면이었답니다. 두 사람은 마치 교회에서처럼 엄숙했습니다. 같이 있기가 주저되어 일행이 콘라츠바일러 숲으로 갈 때 물러났습니다. 정말 제대로 된 행렬이었어요. 앞에는 뚱뚱하고 눈먼 남자 둘이 집사와 함께 가고, 그 뒤를 가마가, 가마 뒤에 일 씨와 낚싯대를 든 여사의 일곱 번째 남편이 따랐죠.
시장	남자를 소모품으로 삼아요.
교장	제2의 라이스예요.*
신부	우린 모두 죄인이오.
시장	여사와 일 씨가 콘라츠바일러 숲에서 뭘 하려는 건지 모르겠습니다.
경찰	페터네 헛간에서와 마찬가지죠, 시장님. 그런 곳들을 돌아보는 겁니다. 예전에 두 사람이 열정을…… 뭐라고 해야 할까…….
신부	불태웠던 곳!
교장	활활 타오르는 열정! 여기서 셰익스피어를 생각하지 않을 수 없군요. 로미오와 줄리엣. 여러분, 감동스럽습니다. 퀼렌에서 고전의 위대함을 느끼게 되다니. 처음입니다.

---

* Lais. 높은 화대로 유명했던 고대 그리스의 고급 창녀.

시장   특히나 훌륭한 일 씨를 위해 건배합시다. 우리 처지
          를 좋아지게 하려고 갖은 애를 쓰고 있어요. 여러
          분, 우리 시에서 가장 인기 있는 시민이자 내 후임
          자인 일 씨를 위하여!

(건배한다.)

시장   트렁크를 또 들여오는군.
경찰   짐이 얼마나 많은 거야.

(황금 사도 호텔이 다시 위로 들려 올라간다. 왼쪽에서 네 명의 시민
이 등받이 없는 나무 걸상을 들고 와서 무대 왼쪽에 내려놓는다. 시
민 1이 걸상 위로 올라가서 가위로 오려 만든 커다란 하트 모양의 마
분지를 몸에 두른다. 알프레드와 클레리의 두문자인 알파벳 'AK'가
마분지에 쓰여 있다. 다른 사람들은 시민 1을 반원 형태로 둘러서서
팔을 넓게 펼쳐 가지를 만든다. 숲 속 나무들을 나타낸 것이다.)

시민1   우리는 가문비나무, 소나무, 너도밤나무.
시민2   우리는 검푸른 전나무.
시민3   이끼, 버섯, 댕댕이덩굴.
시민4   관목 덤불, 여우 사냥터.
시민1   흐르는 구름, 새소리.
시민2   순수 독일의 뿌리, 울창한 숲.
시민3   독 품은 버섯, 겁먹은 노루.
시민4   가지들의 끝없는 속삭임, 그 옛날 꿈들.

(뒤에서 껌을 질경이며 두 거한이 클레어 자하나시안을 태운 가마를 들고 온다. 그들 옆에 일. 그 뒤에 남편 7. 집사가 두 맹인의 손을 잡고 뒤처져서 인도해 온다.)

클레어 자하나시안 콘라츠바일러 숲에 왔군, 로비(Roby), 토비, 좀 멈춰라.

두 맹인 멈춰, 로비(Roby), 토비. 멈춰, 보비, 모비.

(클레어 자하나시안이 가마에서 내려와 숲을 살펴본다.)

클레어 자하나시안 당신 이름과 내 이름을 새긴 하트군요, 알프레드. 희미해지고 갈라졌네요. 나무가 자랐으니 그럴 테지. 나무줄기도 가지도 굵어졌어요. 우리와 마찬가지군요. (다른 나무로 간다.) 독일 나무들이 모여 있네요. 어린 시절 놀던 숲에 정말 오랜만에 와 보는군요. 그 시절 이후로는 나뭇잎이나 보라색 댕댕이덩굴을 헤치고 걸어 본 적이 없어요. 관목 덤불 뒤로 좀 가거라. 가마도 들고. 껌만 씹어 대는 녀석들, 너희들 낯짝이 언제나 보기 좋은 건 아니거든. 그리고 당신, 모비, 오른쪽으로 가면 냇물이 나오니까 낚시나 하러 가지.

(두 거한은 가마를 들고 왼쪽으로, 남편 7은 오른쪽으로 퇴장. 클레어 자하나시안은 걸상에 앉는다.)

클레어 자하나시안 저것 좀 봐. 노루네.

(시민 3이 뛰어 달아난다.)

일　　　금렵기라 그래. (클레어 자하나시안 옆에 앉는다.)

클레어 자하나시안 우린 이 바위에서 키스를 했어요. 사십오 년
　　　도 더 됐네요. 이 덤불 아래서, 저기 너도밤나무 아
　　　래서, 이끼 사이에 돋아난 독버섯들 사이에서 사랑
　　　을 했는데. 난 열일곱, 당신은 스무 살이 채 안 됐
　　　을 때지요. 그런데 당신은 마틸데 블룸하르트와 결
　　　혼해 버렸어. 마틸데네 구멍가게와 한 셈이지만. 그
　　　리고 난 아르메니아의 늙은 자하나시안과 결혼했고
　　　요. 그 영감은 수억의 재산이 있었으니까. 노인이 함
　　　부르크 사창가에 있는 나를 발견했죠. 내 붉은 머리
　　　에 반했답니다, 그 늙은 황금 바구미가요.

일　　　클라라!

클레어 자하나시안 헨리 클레이* 한 대, 보비.

두 맹인　　헨리 클레이 한 대, 헨리 클레이 한 대.

(집사가 뒤쪽에서 와서 그녀에게 시가를 한 대 건네고 불을 붙여 준다.)

---

* 미국의 노예 폐지론자 헨리 클레이(Hanry Clay, 1777~1852)의 이름을 딴
　쿠바산 시가 브랜드.

클레어 자하나시안 시가를 아주 좋아해요. 사실상 남편 회사의
시가를 피워야겠지만, 그건 믿을 수가 없어요.

일 난 당신을 생각해서 마틸데와 결혼했던 거요.

클레어 자하나시안 그 여자에게는 돈이 있었죠.

일 당신은 젊고 예뻤어. 당신에겐 미래가 있었지. 난 당
신의 행복을 원했다오. 그래서 내 행복을 포기해야
했지만.

클레어 자하나시안 이제 그 미래가 왔어요.

일 이곳에 그대로 있었다면 당신도 나처럼 망했을 거요.

클레어 자하나시안 당신이 망했다고요?

일 파산한 도시의 파산한 잡화상 주인일 뿐이지.

클레어 자하나시안 이제 내게는 돈이 있어요.

일 당신이 날 떠난 이후로 난 지옥 같은 삶을 살고 있소.

클레어 자하나시안 나는 그 지옥이 되었고요.

일 돈 때문에 투덜대는 가족과 매일 티격태격한다오.

클레어 자하나시안 마틸데가 당신의 행복 아니던가요?

일 중요한 건 당신 행복이오.

클레어 자하나시안 아이들은?

일 이상에 대한 의식이라곤 전혀 없소.

클레어 자하나시안 분명히 눈뜨게 될 거예요.

(일은 말이 없다. 두 사람은 어린 시절의 숲을 응시한다.)

일 난 보잘것없는 삶을 살고 있소. 이 소도시를 제대로
떠나 본 적도 없어요. 베를린에 한 번 갔고, 그러고

는 테신으로 여행했던 게 전부지.

클레어 자하나시안 많이 다니면 또 뭐하겠어요. 난 세상을 알아요.

일 당신은 언제나 여행할 수 있으니까.

클레어 자하나시안 세상이 내 것이니까요.

(일은 말이 없고, 그녀는 시가를 피운다.)

일 이제 모든 것이 바뀌겠지.

클레어 자하나시안 확실해요.

일 (눈치를 보며) 우릴 도와줄 거요?

클레어 자하나시안 내 어린 시절 고향을 버리지는 않아요.

일 몇백만 정도는 필요하오.

클레어 자하나시안 얼마 되지도 않네요.

일 (열광하며) 내 들고양이! (감격하여 그녀의 왼쪽 허벅지
를 두드리다 손이 아파 뒤로 뺀다.)

클레어 자하나시안 아플 거예요. 의족 이음쇠를 쳤으니.

(시민 1이 바지 주머니에서 낡은 담배 파이프를 꺼내고 녹슨 열쇠도
꺼낸다. 열쇠로 파이프를 두드린다.)

클레어 자하나시안 딱따구리네요.

일 우리가 젊고 대담했던 그 옛날과 같구려. 우리가 사
랑했던 그 시절, 숲으로 찾아오면 태양이 전나무 위
로 빛났지. 멀리에 구름이 흐르고 이 원시림 어디선
가 뻐꾸기 소리도 들렸고.

시민 4   뻐꾹! 뻐꾹!

일   (시민 1을 만져 본다.) 서늘한 나무, 가지들 사이에 부
          는 바람, 바닷가 파도가 부서지듯 바람이 스쳐 가는
          소리. 그 옛날과 같소. 모든 것이 그 시절과 같아요.

(나무인 척 서 있던 세 사람이 입으로 바람 소리를 내면서 팔을 이
리저리 흔든다.)

일   시간이 멈췄더라면, 내 귀여운 요술쟁이. 삶이 우리
          를 갈라 놓지 못했을 텐데.

클레어 자하나시안   그랬길 바라나요?

일   그렇소. 바라는 건 그뿐이오. 당신을 사랑하오. (그
          녀의 오른손에 입 맞춘다.) 그때처럼 차갑고 흰 손.

클레어 자하나시안   착각이에요. 이것도 의수예요. 상아로 만들
          었죠.

일   (놀라서 손을 놓는다.) 클라라, 당신 몸은 모두 의족
          이고 의수라니!

클레어 자하나시안   거의 그래요. 아프가니스탄에서 비행기 추락
          사고를 당했어요. 폐허 더미 속에서 유일하게 살아
          서 기어 나왔죠. 그 무엇도 날 죽이진 못해요.

두 사람   죽일 수 없어. 죽일 수 없어.

(관악단의 연주가 시작된다. 축제 분위기를 낸다. 황금 사도 호텔 배
경이 다시 아래로 내려온다. 퀼렌 시민들이 식탁을 들여온다. 심하게
낡은 식탁보. 식기와 음식. 식탁 하나는 무대 중간에, 하나는 왼쪽,

또 하나는 오른쪽에 관객과 평행으로 놓는다. 귈렌 시민들이 계속 밀려 들어온다. 어떤 사람은 체조복을 입고 있다. 시장, 의사, 교장, 경찰이 다시 나타난다. 시민들이 박수를 친다. 시장이 클레어 자하나시안과 일이 앉아 있는 걸상으로 온다. 나무들은 다시 시민으로 돌아가 뒤쪽으로 물러가 있다.)

시장   경애하는 여사님, 이 박수갈채는 여사님을 위한 것입니다.

클레어 자하나시안   시립 음악단을 위한 거예요, 시장님. 연주가 뛰어나군요. 조금 전 기계 체조 단원들이 만든 피라미드도 훌륭했어요.

(시장의 손짓에 따라 체조 단원이 배석한 사람들 앞으로 나온다.)

클레어 자하나시안   난 민소매 옷에 짧은 바지를 입은 남자들이 좋아요. 정말 자연스럽게 보여요. 한 번 더 보여 주시죠. 팔을 뒤로 휘둘러 봐요. 팔 굽혀 펴기도 해 보고.

(체조 단원이 그녀의 명령대로 한다.)

클레어 자하나시안   근육 좀 보게. 굉장하군요! 그 힘으로 사람을 목 졸라 죽여 본 적 있나?

(팔 굽혀 펴기를 하던 체조 단원이 놀라서 무릎을 꿇는다.)

체조 단원　목을 졸라 죽인다고요?

일　　　(웃으며) 클라라에게는 정말 유쾌한 유머 감각이 있
　　　　다니까! 우스워 죽겠네. 이런 기발한 말이라니!

의사　　글쎄올시다! 이런 농담은 모골이 송연해집니다.

(체조 단원이 뒤로 간다.)

시장　　여사님을 식탁으로 모셔도 되겠습니까? (클레어 자
　　　　하나시안을 가운데 있는 식탁으로 안내하고, 아내를 소
　　　　개한다.) 제 아내입니다.

클레어 자하나시안　(외눈 안경으로 아내를 관찰한다.) 아네테 둠머
　　　　무트. 우리 반 일등짜리.

(일이 자기 아내를 데려온다. 수척한 모습에 쓸쓸한 표정이다.)

클레어 자하나시안　마틸데 블룸하르트. 가게 문 뒤에 숨어서 알
　　　　프레드를 기다리던 모습이 기억나. 몸이 말랐네. 얼
　　　　굴도 창백하고. 이런.

일　　　(다른 사람 몰래) 수백만을 약속했어요!

시장　　(숨을 헐떡이며) 수백만요?

일　　　수백만을요.

의사　　굉장하군.

클레어 자하나시안　배가 고프네요, 시장님.

시장　　여사님의 부군을 기다리고 있습니다.

클레어 자하나시안　기다릴 필요 없어요. 남편은 낚시 중이고, 난

이혼을 할 참이니까요.

시장 이혼이요?

클레어 자하나시안 모비도 놀랄 겁니다. 난 독일 배우와 결혼해요.

시장 결혼 생활이 행복하다고 말씀하셨잖습니까.

클레어 자하나시안 내 결혼 생활은 어느 것이든 행복해요. 하지만 퀄렌 대성당에서 결혼하는 게 내 어릴 적 꿈이었답니다. 그 꿈을 이뤄야죠. 성대한 결혼식을 올릴 거예요.

(일동 자리에 앉는다. 클레어 자하나시안은 시장과 일 사이에 자리를 잡는다. 일 옆에 일의 아내가 앉고, 시장 옆에는 시장의 아내가 앉는다. 오른쪽에 있는 다른 식탁에는 교장과 신부, 경찰이, 왼쪽 식탁에는 시민 1, 2, 3, 4. 뒷줄에는 그 밖의 주빈 내외들이 함께 앉아 있다. 배경에 '어서 와요, 클레리.'라고 쓴 현수막이 비친다. 시장이 일어선다. 환하게 웃는 표정, 이미 냅킨을 목에 둘렀다. 자기의 유리잔을 가볍게 두드린다.)

시장 경애하는 여사님, 그리고 친애하는 퀄렌 시민 여러분. 여사님께서 우리 시를 떠나신 지 어느덧 사십오 년이 되었습니다. 명문가이신 하소 선제후께서 세우시고, 콘라츠바일러 숲과 퓌켄리트 저지대 사이에 쾌적하게 자리 잡은 우리 시를 떠나신 지 사십오 년이 된 것입니다. 강산이 네 번 변하고도 남는 긴 세월입니다. 그사이 많은 일이 생겼습니다. 괴로운 일들이 있었어요. 세상이 살기 어려워졌고, 우리 생

활은 힘들어졌습니다. 하지만 우리는 당신을, 여사
님, 우리의 클레리를 (박수) 결코 잊지 않았습니다.
여사님뿐만 아니라 여사님의 가족도 잊지 않았습니
다. 훌륭하시고 진정 건강하셨던 여사님의 모친께
서는 결혼 생활에 충실하셨고, (일이 뭔가 귓속말을
한다.) 유감스럽게도 너무나도 일찍 우리에게서 모
습을 감추셨습니다. 여사님의 서민적인 부친께서는
역 앞에 전문가든 문외한이든 많은 사람이 찾는 (일
이 뭔가를 소근거린다.) 많은 사람이 눈여겨보는 건물
을 지으셨습니다. 두 분은 최상의 성실한 시민들로
서 여전히 우리들 기억 속에 살아 계십니다. 게다가
여사님은 금발의 (일이 귀에 대고 뭔가를 말한다.) 붉
은 곱슬머리 말괄량이일 때, 유감스럽게도 지금은
엉망이 된 우리의 골목길에서 뛰어노셨지요. 여사님
을 모르는 사람은 아무도 없었습니다. 이미 그 당시
누구나 여사님의 매력적인 면모를 느꼈습니다. 인류
가운데 현기증 날 만한 위치까지 오르실 것을 예감
했지요. (수첩을 꺼내 든다.) 여사님을 우린 잊지 않
았습니다. 사실입니다. 여사님의 학교 성적은 지금
도 여전히 교사들에 의해 모범으로 제시됩니다. 여
사님은 특히 가장 중요한 과목에서 뛰어나셨습니
다. 식물과 동물에 대해 배우는 과목이었지요. 모든
창조물 가운데, 보호를 필요로 하는 존재들에 대한
여사님의 동정심이 표현된 것입니다. 이처럼 주변을
바라보는 경탄의 시선이 이미 그 당시 정의에 대한

여사님의 사랑과 자선 활동을 위한 여사님의 의식을 일깨웠습니다. (우레와 같은 박수) 여사님의 착한 심성을 나타내는 행동 가운데 한 가지만 언급해 보겠습니다. 우리의 클레리는 가난하고 늙은 과부에게 식량을 마련해 준 적이 있었습니다. 이웃에게 힘들게 번 돈으로 감자를 사서 굶어 죽게 된 과부를 살린 것입니다. (큰 박수) 자비로우신 여사님, 친애하는 퀼렌 시민 여러분, 그처럼 선한 천성이 당시엔 부드러운 싹이었다면 이제 강하게 자랐습니다. 붉은 곱슬머리 말괄량이가 이 세상을 선행으로 넘치게 하는 부인이 되었습니다. 여사님의 사회 복지 활동을 생각해 보십시오. 수많은 여성 요양소, 무료 급식소, 예술가 원조 기금, 탁아소들이 있습니다. 이제 저는 고향을 다시 찾으신 여사님을 향해 외치고 싶습니다. 여사님 만세, 만세, 만세!

(박수갈채. 클레어 자하나시안, 일어선다.)

클레어 자하나시안 시장님, 퀼렌 시민 여러분. 내 방문을 사심 없이 기뻐해 주시는 여러분의 모습을 보니 감동하지 않을 수 없군요. 그런데 나는 시장의 연설에 나온 아이와는 좀 달랐어요. 학교에선 매를 맞았고, 과부 볼에게 주었던 감자는 훔친 것이었죠. 일 씨와 함께 말이에요. 그 뚱쟁이가 굶어 죽을까 봐 그랬던 게 아니라 일 씨와 잘 침대가 필요했던 겁니다. 콘라츠바일러 숲이나 페터네 헛간보다 침대가 편했거든요. 하지만 여러분의 기쁨에 내 나름대로 동참하기 위해 즉시 공표하기로 하죠. 나는 귈렌에 10억을 제공할 용의가 있어요. 5억은 시에 기부하고, 나머지 5억은 귈렌의 각 가정에 분배하겠어요.

(쥐 죽은 듯한 고요.)

시장　　　(말을 더듬으며) 10⋯⋯억.

(모두가 여전히 굳은 채로 있다.)

클레어 자하나시안　한 가지 조건이 있습니다.

(일동, 필설로 형용하기 어려운 환호성을 터뜨린다. 빙글빙글 춤을 춘다. 의자 위로 올라선다. 체조 단원은 체조를 한다. 기타 등등. 일은 흥분하여 가슴을 친다.)

일　　　　우리 클라라! 더없이 귀여운 것! 멋있어! 눈물 나게 기뻐! 그야말로 귀여운 요술쟁이! (그녀에게 키스한다.)
시장　　　조건이 있다고 말씀하셨습니다. 그것이 무엇인지 알수 있을까요?
클레어 자하나시안　조건을 말하지요. 여러분에게 10억을 주고 정의를 사겠습니다.

(쥐 죽은 듯한 고요.)

시장   그 말씀을 어떻게 이해해야 할는지요, 여사님?

클레어 자하나시안 말한 그대로.

시장   하지만 정의를 살 수는 없습니다.

클레어 자하나시안 살 수 없는 건 없어요.

시장   여전히 이해가 안 됩니다.

클레어 자하나시안 앞으로 나오게, 보비.

(집사가 오른쪽에서 세 식탁 사이의 가운데로 등장, 색안경을 벗는다.)

집사   여러분 가운데 나를 알아보는 사람이 있는지 모르
         겠습니다.

교장   부장 판사 호퍼 씨.

집사   맞습니다. 부장 판사 호퍼. 사십오 년 전에 퀼렌에
         서 부장 판사로 재직하다가 카피겐의 고등 법원으
         로 옮겼습니다. 그런데 이십오 년 전에 자하나시안
         여사가 집사로 오라는 제안을 하셨어요. 나는 여사
         님의 제안을 받아들였지요. 대학 교육까지 받은 사
         람치고는 좀 기이한 경력일 수도 있습니다. 하지만
         주시겠다는 급료가 어찌나 환상적이었는지…….

클레어 자하나시안 본론을 말하게, 보비.

집사   여러분이 들은 바와 같이 클레어 자하나시안 여사께
         서는 10억을 제공하시고, 그 대가로 정의를 원하십니
         다. 다른 말로 하자면, 클레어 자하나시안 여사는 퀼

렌에서 여사님께 일어났던 부당한 일이 보상된다면 10억을 제공하시는 겁니다. 일 씨, 잠깐 괜찮으실까요?

(일이 일어선다. 창백하다. 놀라는 동시에 이상하게 여긴다.)

일   내게 무슨 볼일이오?

집사   앞으로 나서 보십시오, 일 씨.

일   알겠소. (오른쪽 식탁 앞으로 나간다. 당황해서 웃는다. 어깨를 으쓱한다.)

집사   1910년이었습니다. 나는 궐렌의 부장 판사였고, 친자확인 소송을 다루어야 했소. 클레어 자하나시안, 그 당시 클라라 베셔가 당신에게 소송을 걸었습니다. 자기 아이의 아버지로요.

(일은 말이 없다.)

집사   당신은 그때 부자 관계임을 부인했소. 일 씨는 증인을 두 명 데려왔지요.

일   옛날 얘기요. 난 어렸고 경솔했어요.

클레어 자하나시안 토비와 로비(Roby)는 코비와 로비(Loby)를 앞으로 데려오너라.

(껌을 질겅이며 두 거구의 남자가 거세된 두 맹인을 무대 가운데로 데려온다. 두 맹인은 쾌활한 모습으로 서로 손을 잡고 있다.)

두 사람   우리가 출석했어요. 출석했어요!
집사   두 사람을 알아보시겠지요, 일 씨.

(일은 말이 없다.)

두 사람   우리는 코비와 로비(Loby), 우리는 코비와 로비(Loby)
         입니다.
일   난 이들을 모르오.
두 사람   우리는 변했지요. 우리는 변했어요.
집사   이름을 말하시오.
첫째 사람   야콥 휜라인, 야콥 휜라인.
둘째 사람   루트비히 슈파르, 루트비히 슈파르.
집사   어떠시오, 일 씨.
일   전혀 모르겠소.
집사   야콥 휜라인과 루트비히 슈파르, 일 씨를 아는가?
두 사람   우리는 맹인입니다. 맹인이에요.
집사   목소리로 알아보지 못하겠는가?
두 사람   목소리로, 목소리로.
집사   1910년에 나는 판사였고, 자네들은 증인이었지. 루
         트비히 슈파르와 야콥 휜라인, 퀼렌의 법정에서 무
         엇을 증언했는가?
두 사람   클라라와 잤다고 했지요. 클라라와 잤다고 했어요.
집사   자네들은 내 앞에서 그렇게 증언했지. 법정에서, 신
         앞에서. 그것이 진실이었는가?
두 사람   거짓 증언을 했어요. 위증을 했어요.

집사 왜 그랬는가, 루트비히 슈파르 그리고 야콥 휜라인?

두 사람 일 씨가 우리를 매수했어요. 우리를 매수했어요.

집사 무엇으로?

두 사람 슈냅스* 한 병. 슈냅스 한 병으로요.

클레어 자하나시안 코비, 로비(Loby), 이제 내가 너희들에게 어떻게 했는지 말해라.

집사 말하게.

두 사람 부인께서 우릴 수배하셨어요. 우리를 찾게 하셨어요.

집사 그렇지. 클레어 자하나시안 여사가 자네들을 수배했지. 야콥 휜라인은 캐나다로, 루트비히 슈파르는 호주로 이민 가 있었어. 그래도 여사님이 자네들을 찾아냈네. 그런 다음 무슨 일이 있었지?

두 사람 부인은 우리에게 토비와 로비(Roby)를 보냈어요. 토비와 로비(Roby)를 보냈어요.

집사 그리고 토비와 로비(Roby)가 자네들을 어떻게 만들었지?

두 사람 거세하고 눈을 멀게 했어요. 거세하고 장님으로 만들었어요.

집사 이것이 전모입니다. 한 명의 판사, 한 명의 피고, 두 명의 위증인, 1910년의 오판. 그렇지 않습니까, 원고?

(클레어 자하나시안이 일어선다.)

---

* 네덜란드산 독주.

일　　　(발을 구르며) 시효가 지났소, 모든 게 시효가 지났
　　　　단 말이오! 미친 옛날 얘기요.

집사　　아이는 어떻게 되었습니까, 원고?

클레어 자하나시안　(낮은 소리로) 일 년 살았지.

집사　　당신은 어떻게 되었습니까?

클레어 자하나시안　창녀가 되었어.

집사　　어째서입니까?

클레어 자하나시안　법정이 내린 판결 때문이지.

집사　　그래서 이제 당신은 정의를 원하십니까, 클레어 자
　　　　하나시안?

클레어 자하나시안　내게는 정의를 향유할 능력이 있어. 누군가
　　　　알프레드 일을 죽인다면 귈렌에 10억을 내놓지.

(숨죽인 고요.)

일의 아내　(일에게 달려가 껴안는다.) 프레디!

일　　　마녀 같으니! 그 따위를 요구할 순 없어! 그 시절은
　　　　오래전에 지났단 말이오!

클레어 자하나시안　그 시절은 지났지, 그러나 나는 아무것도 잊
　　　　지 않았어, 일 씨. 콘라츠바일러 숲도, 페터네 헛간
　　　　도, 과부 볼네 비좁은 침실도, 당신의 배신도. 이제
　　　　우린 늙었어요, 두 사람 다. 당신은 영락했고, 내 몸
　　　　은 외과 의사의 칼 아래 토막 났어요. 이제 나는 우
　　　　리 두 사람에 대해 담판을 짓겠어요. 당신은 당신
　　　　삶을 선택했고, 내 삶을 결정지었죠. 당신은 시간이

멈추었길 바란다고 했어요. 바로 오늘, 우리의 젊은
시절 숲에서요. 무상한 일이었죠. 그런데 이제 내가
시간을 멈추었어요. 그리고 나는 정의를 원해요. 10
억짜리 정의를.

(시장이 일어선다. 창백하지만 위엄 있게.)

시장   자하나시안 여사. 우리는 아직 유럽에 살고 있습니
       다. 우리는 아직 신앙을 버리지 않았습니다. 나는
       귈렌 시의 이름으로 여사의 제안을 거절합니다. 인
       간성의 이름으로 거절합니다. 손에 피를 묻히느니
       차라리 가난하게 살겠습니다.

(큰 박수.)

클레어 자하나시안 기다리겠어요.

                                        (막)

2막

소도시. 암시만 된다. 뒤쪽에는 황금 사도 호텔. 바깥. 퇴락한 유겐트 양식*의 건물 앞면. 발코니가 보인다. 오른쪽에 '알프레드 일' 상점 간판. 그 아래 지저분한 판매대, 그 뒤로 오래된 물건들이 놓여 있는 상품 진열장. 가상의 문으로 손님이 들어오면 가냘픈 종소리가 들린다. 왼쪽에 '경찰' 현판. 그 아래 전화 한 대가 놓여 있는 나무 책상. 의자 두 개. 아침이다. 로비(Roby)와 토비가 왼쪽에서 등장, 껌을 씹으면서 장례식용으로 보이는 화환과 꽃을 뒤쪽을 통해 무대 위 호텔 안으로 옮긴다. 일이 창문으로 그들을 보고 있다. 그의 딸은 쪼그리고 앉아 바닥을 쓸고 있다. 아들이 담배를 입에 문다.

일   화환을 들여가는군.

---

* 19세기 말부터 20세기 초에 걸쳐 독일에서 유행한 미술 양식.

아들   매일 아침 역에서 가져와요.

일   호텔에 있는 빈 관에 놓을 꽃이겠지.

아들   아무도 겁먹지 않아요.

일   이 도시는 내 편이야.

(아들이 담배에 불을 붙인다.)

일   엄마는 아침 먹으러 내려온다든?

딸   위에 계시겠대요. 피곤하시대요.

일   애들아, 너희 엄마는 좋은 엄마다. 이런 말을 안 할 수가 없구나. 훌륭한 엄마지. 위층에서 쉬라고 해. 과로하면 안 되니까. 우리끼리 아침을 먹자꾸나. 이렇게 해 보기도 참 오랜만이다. 계란과 미국 햄 통조림을 꺼낼게. 진수성찬을 먹어 보자. 행복 성공 제련 공장이 아직 한창이던 옛날 좋은 시절처럼 말이다.

아들   미안해요. 아빠. (담배를 눌러 끈다.)

일   같이 식사 안 할래, 칼?

아들   역에 가요. 일꾼 한 명이 아프대요. 대신할 사람이 필요할지도 몰라요.

일   뙤약볕 아래 철도 노동이라니, 우리 아들이 할 만한 일은 아닌데.

아들   그래도 없는 거보단 낫지요. (가 버린다.)

딸   (일어선다.) 저도 가요, 아빠.

일   너도. 그래, 어딜 간다는 건지 우리 딸에게 물어봐

	도 될까?
딸	노동청에요. 혹시 일자리가 있을까 해서요. (가 버린다.)
일	(감동받는다. 손수건에 대고 코를 푼다.) 착한 아이들이지. 성실한 애들이야.

(발코니에서 기타로 박자 맞추는 소리가 몇 소절 들려온다.)

클레어 자하나시안의 음성 내 왼쪽 다리를 이리 건네주게, 보비.
집사의 음성 어디에 있는지 못 찾겠습니다.
클레어 자하나시안의 음성 서랍장 위에 있는 약혼식 꽃다발 뒤에.

(일의 가게에 첫 손님이 온다. 시민 1.)

일	어서 와요. 호프바우어 씨.
시민 1	담배요.
일	매일 아침 사던 걸로.
시민 1	그거 말고, 그뤼넨으로 주시오.
일	더 비싼데.
시민 1	달아 두시오.
일	댁이니까 해 드리죠, 호프바우어 씨, 우린 단결해야죠.
시민 1	저기 위에서 누가 기타를 치네요.
일	싱싱 감옥에서 나온 갱 단원 중 한 녀석이겠지요.

(호텔에서 눈 먼 두 사람이 나온다. 낚싯대와 낚시에 필요한 다른 도구들을 들고 있다.)

두 사람   좋은 아침이에요, 알프레드. 좋은 아침이에요.
일   악마에게나 잡혀가라.
두 사람   우린 낚시하러 가요. 낚시하러 가요. (왼쪽으로 사라진다.)
시민 1   귈렌 개울로 가네요.
일   일곱 번째 남편의 낚싯대를 가지고 가는군요.
시민 1   남편이 담배 농장을 날렸대요.
일   그 농장도 갑부 여자의 손으로 들어갔고요.
시민 1   그 대가가 이혼이래요. 여자는 벌써 여덟 번째 남편과 굉장한 결혼식을 올릴 참이고요. 어제 약혼식 파티가 있었어요.

(뒤쪽 발코니에 클레어 자하나시안이 등장한다. 실내복을 걸치고 있다. 오른손과 왼쪽 다리를 움직여 본다. 기타 줄 뜯는 소리도 몇 번 잇달아 발코니 장면에 곁들여질 수 있다. 오페라의 서창처럼 들리기도 한다. 텍스트의 의미에 따라 왈츠로 바뀌거나, 여러 나라 국가의 몇 소절 등이 연주된다.)

클레어 자하나시안   몸 끼워 맞추기가 끝났군. 아르메니아 민요, 로비(Roby).

(기타 멜로디.)

클레어 자하나시안　자하나시안이 좋아하던 곡이지. 아침이면 항상 이 곡을 듣곤 했어. 멋진 남자였어. 엄청난 유조선과 경주마들을 소유한 재계의 거인이었고 게다가 막대한 현금도 가지고 있었지. 그러니 결혼 생활도 할 만했어. 그 양반은 위대한 스승이자 춤의 달인이기도 했지. 온갖 간계에 능했고. 난 그 모든 걸 따라 배웠어.

(두 여자가 온다. 일에게 우유 깡통을 건넨다.)

여자1　　　우유 주세요. 일 씨.

여자2　　　우리 집 우유 깡통이에요. 일 씨.

일　　　　안녕하세요. 두 숙녀분께 우유 각각 1리터요.

(일이 우유 통을 열고 우유를 뜨려 한다.)

여자1　　　전유로 주세요, 일 씨.

여자2　　　전유 2리터요, 일 씨.

일　　　　전유로요. (다른 우유 통을 열고 전유를 뜬다.)

(클레어 자하나시안이 외눈 안경으로 아침 풍경을 관찰한다.)

클레어 자하나시안　아름다운 가을 아침이군. 골목마다 가벼운 안개, 은빛 연기, 그 위로 펼쳐진 보라색 하늘, 외교관이었던 세 번째 남편. 홀크 백작이 붓질한 것 같군. 휴가 때는 풍경화만 그리곤 했지. 그림은 끔찍했어. (힘들게 앉는다.) 백작이 하는 짓은 모두 싫었고.

여자1   버터 200그램이요.

여자2   흰 빵 2킬로그램요.

일   유산이라도 받은 모양이네요, 숙녀분들.

두 여자   외상이에요.

일   모두가 한 사람을 위하듯, 한 사람도 모두를 위해야겠죠.

여자1   2마르크 20짜리 초콜릿도 주세요.

여자2   두 개면 4마르크 40이지요.

일   이것도 달아 놓을까요?

여자1   그래요.

여자2   초콜릿은 여기서 먹을 거예요, 일 씨.

여자1   일 씨네 가게가 제일 좋아요.

(두 여자는 상점 뒤쪽에 앉아서 초콜릿을 먹는다.)

클레어 자하나시안   윈스턴* 한 대 주게. 일곱 번째 남편이 피우던 담배도 한 번쯤 맛은 봐야지. 이제 이혼한 마당이니. 불쌍한 모비, 낚시에 죽고 못 살던 모비. 청승맞게 포르투갈행 보통 열차에 앉아 가겠지. 리스본에 도착하면 내 유조선 한 척이 브라질로 데려다 줄 거야.

---

* 미국 담배 브랜드.

(집사가 그녀에게 담배 한 대를 건네고 불을 붙여 준다.)

여자1   저기 그 여자가 발코니에 앉아서 담배 연기를 뿜어
        내고 있어요.
일   놀라 자빠질 만큼 비싼 것만 피운다오.
여자1   낭비예요. 가난한 사람들 면전에서 부끄러운 줄 알
        아야죠.

클레어 자하나시안 (담배를 피우면서) 뜻밖이군. 맛이 괜찮네.

일   저 여자가 오산한 거요. 나는 늙은 죄인이오, 호프
        바우어 씨, 죄인 아닌 사람이 어디 있단 말이오. 내
        가 저 여자에게 한 짓은 젊은 시절 한때 잘못된 불
        장난이었어. 어쨌든 저 여자가 한 제안을 모두가 거
        절했소. 이렇게 곤궁한 생활을 하면서도 황금 사도
        호텔에 모인 퀼렌 사람들이 만장일치로 말이오. 내
        생애 가장 멋진 순간이었소.
클레어 자하나시안 위스키, 보비. 스트레이트로.

(두 번째 남자 손님이 온다. 다른 사람들이나 마찬가지로 가난에 찌
든 남루한 모습. 시민 2.)

시민2   안녕하시오. 오늘은 더워질 것 같아요.
시민1   계속 맑은 날씹니다.
일   오늘은 아침부터 손님이 많네요. 전에는 하루 종일

한 명도 없었는데. 며칠 전부터 손님이 줄을 이어요.

시민 1   우린 댁의 편에 서 있습니다. 우리의 일 씨 곁에. 확고하게요.

여자들   (초콜릿을 먹으며) 굳건하게요, 일 씨.

시민 2   자네는 어쨌든 아주 인기 있는 명사일세.

시민 1   가장 중요하고.

시민 2   봄이 되면 자네는 시장으로 선출될 거야.

시민 1   두말하면 잔소리지.

여자들   (초콜릿을 먹으며) 확실해요, 일 씨, 확실하고말고요.

시민 2   술 한 병 주게.

(일이 진열장으로 손을 뻗는다.)

(집사가 위스키를 따라 준다.)

클레어 차하나시안   새 남편을 깨우게. 내 남자들이 저렇게 늦잠
         자는 건 싫으니까.

일   3마르크 10일세.

시민 2   그것 말고.

일   자네는 항상 이걸 마시지 않았나.

시민 2   코냑으로.

일   20마르크 35일세. 그 비싼 값을 내고 마실 만한 사
         람은 없을걸.

시민 2   한 번쯤 아낌없이 쓸 때도 있어야 하지 않나.

62

(옷이 반쯤 벗겨진 여자가 무대 위로 뛰어나온다. 토비가 그 뒤를 따른다.)

여자1   (초콜릿을 먹으며) 루이제가 저런 짓을 하다니. 무슨 욕을 먹으려고.

여자2   (초콜릿을 먹으며) 베르톨드 슈바르츠 가에 사는 금발 음악가와 약혼까지 한 사이면서.

(일이 진열장에서 코냑을 내린다.)

일   여기 있네.

시민2   담배도. 파이프용으로.

일   여기.

시민2   수입품으로 주게.

(일이 합산한다.)

(발코니로 남편 8이 나온다. 영화배우. 크고 늘씬하다. 붉은 콧수염, 실내복을 걸치고 있다. 남편 7을 맡았던 배우가 남편 8의 역할을 맡을 수도 있다.)

남편8   자기, 멋지지 않아? 약혼하고 맞는 첫 번째 아침 식사라. 꿈만 같네. 작은 발코니, 살랑거리는 보리수, 시청분수대의 물소리, 길 위를 종종거리며 돌아다니는 닭들, 어디선가 소소한 걱정거리로 수다 떠는 여

인네들 목소리, 그리고 지붕들 위로 솟아 있는 대성
당의 탑!

클레어 자하나시안 앉아요, 호비, 그만 떠들고. 경치는 나도 보고
있으니까. 생각은 당신의 강점이 아니야.

시민 2   이제 남편도 저 위에 나와 앉았네.

여자 1   (초콜릿을 먹으며) 여덟 번째 남편이래.

여자 2   (초콜릿을 먹으며) 잘생겼어, 영화배우라니. 내 딸이
강호퍼 영화에 밀렵꾼으로 나온 걸 봤대요.

여자 1   난 그레이엄 그린의 영화에서 사제로 나오는 걸 봤어.

(클레어 자하나시안이 남편 8에게 키스를 받는다. 기타 소리.)

시민 2   돈만 있으면 뭐든지 된다니까. (침을 뱉는다.)

시민 1   우리에겐 어림없지. (주먹으로 탁자를 친다.)

일   23마르크 80일세.

시민 2   달아 두게.

일   이번 주에는 예외로 하지. 실업자 보조금이 나오면
내 돈부터 갚아야 하네.

(시민 2가 문으로 간다.)

일   헬메스베르거!

(시민 2, 멈춰 선다. 일이 그에게 간다.)

일　　　자네 새 구두를 신었군. 노란 새 구두를.

시민 2　그런데?

일　　　(시민 1의 발을 본다.) 호프바우어 씨, 당신도. 역시 새 구두를 신었군. (여자들을 본다. 그들에게 걸어간다. 천천히, 두려움에 휩싸이며.) 댁들도. 노란 새 구두, 노란 새 구두를.

시민 1　무슨 영문인지 모르겠군.

시민 2　허구한 날 낡은 구두를 신고 돌아다닐 순 없잖나.

일　　　새 구두. 무슨 돈으로 새 구두를 샀지?

여자들　외상으로 했어요, 일 씨. 외상으로요.

일　　　외상을 달았다고. 나한테도 댁들은 외상을 달았어. 더 좋은 담배에, 더 좋은 우유, 코냑. 왜 갑자기 상점마다 빚을 지고 다니는 거지?

시민 2　우린 자네와도 외상 거래를 했잖은가.

일　　　어떻게 갚을 건데?

(말이 없다. 일이 손님들에게 물건을 던지기 시작한다. 모두 달아난다.)

일　　　뭘로 갚을 건가? 뭘 가지고 갚을 건데? 뭘로? 뭘로? (뒤로 쓰러진다.)

남편 8　시내가 시끄럽네.

클레어 자하나시안　촌구석 생활이란 게 그렇지.

남편 8　저 아래 가게에서 무슨 일이 난 것 같은데.

클레어 자하나시안　고기 값을 놓고 다투는 모양이지.

(격하게 기타 줄 퉁기는 소리. 남편 8이 놀라 벌떡 일어선다.)

남편 8   맙소사, 자기! 소리 들었어?

클레어 자하나시안   흑표범이야. 그놈이 으르렁댄 소리지.

남편 8   (놀라서) 흑표범이라고?

클레어 자하나시안   마라케슈의 사령관이 준 선물. 옆 살롱에서
          어슬렁거리고 있을걸. 이글거리는 눈에 덩치 큰 사
          악한 고양이라고나 할까.

(왼쪽 탁자에 경찰이 앉는다. 맥주를 마신다. 그의 말투는 느리고 신
중하다. 뒤에서 일이 등장한다.)

클레어 자하나시안   식사를 내오게, 보비.

경찰   무슨 일입니까, 일 씨? 앉으세요.

(일은 서 있다.)

경찰   떨고 있군요.

일   클레어 자하나시안을 체포해 주시오.

경찰   (파이프에 담배를 채워 넣고 느긋하게 불을 붙인다.) 말
          이 안 되는군요. 완전히 말이 안 돼.

(집사가 아침 식사를 차리고, 우편물을 가져온다.)

일	차기 시장으로서 체포를 요구하는 바이오.
경찰	(담배 연기를 내뿜으며) 선거는 아직 치러지지 않았습니다.
일	즉시 저 여자를 체포하시오.
경찰	댁이 여사를 고소한단 말씀인가요? 체포를 하고 안 하고는 경찰이 결정합니다. 뭔가 범법 행위가 일어났습니까?
일	우리 시 주민들에게 날 죽이라는 요구를 하고 있소.
경찰	그러니 이제 여사를 체포하란 말씀인데. (맥주를 따른다.)

클레어 자하나시안 우편물이군. 아이크가 보냈네. 네루도. 축하의 말을 전하는군.

일	당신 의무요.
경찰	말이 안 되는군요. 완전히 말이 안 돼. (맥주를 마신다.)
일	세상에서 가장 당연한 일이오.
경찰	친애하는 일 씨. 그렇게 당연한 일이 아닙니다. 이 경우를 냉정하게 검토해 봅시다. 여사는 퀼렌 시에 제안을 했어요, 10억 대신 당신을…… 무슨 말인지 알잖아요. 그런 제안을 한 건 맞아요, 나도 그 자리에 있었으니까. 하지만 경찰의 입장에선 클레어 자하나시안 여사를 막기 위해 개입할 이유가 충분치 않습니다. 어쨌든 우리는 법에 매인 몸이니까요.
일	살인 교사란 말이오.

경찰 　잘 들으시오, 일 씨. 살인 교사란 말입니다, 당신을
　　　죽이라는 제안이 진지한 의도로 이루어졌을 때만
　　　성립됩니다. 그건 분명하잖소.

일 　　내 말도 그 말이오.

경찰 　그렇다니까요. 부인의 제안은 진지한 것일 수가 없
　　　어요. 10억이라는 액수는 지나치게 커요. 그건 당
　　　신 자신도 인정해야 할 거요. 그런 일은 1000이나
　　　2000 정도면 될 겁니다. 더 이상은 분명 아닙니다.
　　　이걸 봐도 부인의 제안을 심각하게 생각할 필요는
　　　없다는 겁니다. 확실하니 믿어요. 설사 진심이라 칩
　　　시다. 그래도 경찰은 이 일을 진지하게 볼 수가 없어
　　　요. 진심이었다면 미친 여자일 테니까. 알겠습니까?

일 　　그 제안이 나를 위협하고 있소, 경찰 양반. 그 여자
　　　가 미쳤든 아니든 상관없이 말이오. 그건 자명한 일
　　　이오.

경찰 　뭐가 자명하단 말입니까. 그런 당치도 않은 제안이
　　　위협이 될 수는 없어요. 제안이 실행될 때, 그때만
　　　은 위험하겠지요. 실제로 그런 시도가 있었다면 보
　　　여 주시오. 누군가 당신에게 총을 겨누기라도 했다
　　　든가. 그럼 내 바람같이 달려가겠소. 하지만 다름
　　　아닌 그 제안은 아무도 실행에 옮기려 하지 않아요.
　　　실행이라니, 오히려 반대 아닙니까. 황금 사도 호텔
　　　에서 한 선언은 정말 감동적이었어요. 늦었지만 축
　　　하하지 않을 수 없군요. (맥주를 마신다.)

일 　　난 당신처럼 안심할 수가 없소.

경찰   안심하지 못한다고요?

일   가게 손님들이 더 좋은 우유에, 더 좋은 빵, 더 좋은 담배를 사 가요.

경찰   기뻐할 일이네요! 그럼 당신 가게도 더 잘 되겠습니다. (맥주를 마신다.)

클레어 자하나시안 듀퐁 주식을 매점해 버리게, 보비.

일   헬메스베르거가 우리 가게에서 코냑을 샀소. 수년 전부터 한 푼도 못 벌고 무료 급식 덕분에 살면서 말이오.

경찰   오늘 저녁에는 코냑 맛 좀 보겠군. 헬메스베르거 집에 초대받았거든요. (맥주를 마신다.)

일   모두가 새 신을 신고 있소. 노란 새 구두를.

경찰   새 구두가 어쨌다고 못마땅해합니까? 나도 새 구두를 신었는데요. (자기 발을 보여 준다.)

일   당신도.

경찰   봐요.

일   역시 노란색. 게다가 필스너* 맥주를 마시는군.

경찰   맛이 좋습니다.

일   전엔 이곳 맥주를 마시더니.

경찰   지긋지긋했다오.

---

* 체코 팔젠 지역의 특산 맥주.

(라디오 음악.)

일   들립니까?

경찰   그런데요?

일   음악 소리요.

경찰   「쾌활한 과부」로군요.

일   라디오 소리란 말이오.

경찰   옆집 하크홀처네서 나는 소리군. 창문을 닫으라고
              해야지. (수첩에 기록한다.)

일   하크홀처가 어떻게 라디오를 갖게 되었지?

경찰   그 사람 사정이오.

일   경찰 양반, 필스너 맥주나 새 구두 값은 어떻게 갚
              을 참이요?

경찰   내 사정이오.

(책상 위의 전화가 울린다. 경찰이 수화기를 든다.)

경찰   퀼렌 파출소입니다.

클레어 자하나시안   러시아인들에게 전화하게, 보비. 그 사람들
              제안에 동의한다고.

경찰   알겠습니다. (전화를 다시 내려놓는다.)

일   우리 집 손님들은 무엇으로 외상을 갚는단 말이오?

경찰   경찰과는 상관없는 일이오. (일어서서 의자 등받이에

70

걸어 두었던 총을 든다.)

일   내게는 상관있는 일이지. 내 목숨 값으로 빚을 갚을
            테니.

경찰   아무도 당신을 위협하지 않소. (총을 장전하기 시작
            한다.)

일   이 도시는 빚을 지고 있어요. 빚으로 생활 수준이
            올라가고 있지. 사는 게 나아질수록 날 죽여야 할
            필요도 커지는 거요. 그러니 저 여자는 발코니에 앉
            아서 커피나 마시고 시가나 태우면서 기다리기만
            하면 되는 거요. 기다리기만 하면 돼.

경찰   소설을 쓰십니다.

일   당신들 모두가 기다리고 있지. (책상을 두드린다.)

경찰   술을 과하게 마신 거 아니오. (총을 만지느라 분주하
            다.) 자, 이제 장전이 끝났군. 안심하시오. 법이 존중
            받게 하고, 질서를 보살피며, 시민을 보호하려고 경
            찰이 있는 거니. 경찰은 의무를 잊지 않아요. 어디
            서든 어느 쪽에서든 조금이라도 위협의 기미가 보
            일 때는 경찰이 개입합니다. 일 씨, 확실하게 믿어도
            됩니다.

일   (낮은 소리로) 당신 대체 입안에 금니는 어떻게 해
            넣은 거요.

경찰   이보시오!

일   새 금니가 반짝거리고 있군.

경찰   미친 거 아니오?

(일은 총구가 자신을 겨누고 있는 것을 본다. 천천히 손을 든다.)

경찰　이봐, 난 당신의 미친 소리에 대꾸할 시간이 없어. 가야 하거든. 괴팍스럽고 돈 많은 여자의 애완동물이 도망갔다는군. 흑표범 말이야. 그놈을 잡아야 해. 온 시가 동원돼서 그놈을 잡아야 한다고. (뒤로 나간다.)

일　너희들, 나를 잡는 거야. 나를.

클레어 자하나시안　(편지 한 장을 읽는다.) 그 사람이 오는군. 패션 디자이너. 다섯 번째 남편이었지, 제일 잘생긴 남편. 매번 내 웨딩드레스를 만들어 줘. 로비(Roby), 미뉴에트.

(미뉴에트 기타 연주.)

남편 8　당신 다섯 번째 남편은 외과 의사 아니었나.

클레어 자하나시안　그 남자는 여섯 번째. (다른 편지를 뜯는다.) 서부 철도 회사 소유주가 보낸 편지군.

남편 8　(놀란다.) 처음 들어 보는 사람인데.

클레어 자하나시안　네 번째 남편. 망했지. 그 사람 주식은 내 것이 되었고. 버킹엄 궁전에서 그를 유혹했어. 보름달이 빛나는 밤에.

남편 8　그 남잔 이스마엘 경이었잖아.

클레어 자하나시안　정말. 당신 말이 맞아, 호비. 요크셔에 성을 갖고 있던 사람인데 전혀 생각을 못했네. 그럼 편지를 쓴 남편은 두 번째군. 이 사람을 알게 된 건 카이로에 갔을 때였어. 우린 스핑크스 아래에서 키스를 했지. 감동적인 밤이었어. 역시 보름달이 뜬 밤이네. 묘하군. 언제나 보름달이 빛났다니.

(오른쪽 무대 변경. '시청'이라고 쓰인 현판이 아래로 내려온다. 시민 3이 와서 가게 금고를 치우고, 판매대를 약간 다르게 옮겨 놓는다. 이제 그것은 사무용 책상으로 사용될 수 있다. 시장이 와서 권총을 책상에 내려놓고 앉는다. 왼쪽에서 일이 등장한다. 벽에는 건축 설계도가 걸려 있다.)

일   시장님과 얘기를 해야겠습니다.
시장   앉으시죠.
일   남자 대 남자로. 당신의 후임자로서 말하겠습니다.
시장   예, 하세요.

(일, 선 채로 있다. 권총을 본다.)

시장   자하나시안 여사의 표범이 달아났소. 그놈은 대성당 안에서 돌아다니고 있어요. 그러니 무장을 해야죠.
일   물론입니다.
시장   무기가 있는 남자들을 동원했지요. 아이들은 학교에 남아 있어요.
일   (의혹의 눈초리) 경비가 제법 들 텐데요.

시장   야생 짐승을 잡아야 하니 어쩌겠어요.

(집사 등장.)

집사   세계은행 총재입니다, 여사님. 방금 뉴욕에서 비행
     기로 오셨습니다.
클레어 자하나시안 말할 기분이 아닐세. 돌려보내게.

시장   무슨 말을 하고 싶은가요? 기탄없이 하세요.
일   (의혹의 표정으로.) 좋은 담배를 피우십니다.
시장   금발의 페가수스요.
일   상당히 비쌀 텐데요.
시장   그 대신 맛은 괜찮소.
일   전엔 다른 걸 피우지 않았소.
시장   뢰슬리 5.
일   훨씬 싼 담배였죠.
시장   맛이 너무 셌다오.
일   새 넥타이를 매셨나요?
시장   실크요.
일   그럼 구두도 새로 샀겠군요?
시장   칼버슈타트에 주문했지요. 이상하군. 어떻게 알았습
     니까?
일   그 일로 왔으니까요.
시장   무슨 일입니까? 창백해 보이는데. 어디 아픕니까?
일   두렵습니다.

시장   두렵다고요?

일   생활 형편이 좋아지고 있어요.

시장   그건 금시초문이군요. 그렇다면 기뻐할 일이죠.

일   당국의 보호를 요구합니다.

시장   아니 원. 대체 왜요?

일   시장님도 이미 아십니다.

시장   의심되는 일이라도?

일   내 머리에 10억이 걸렸소.

시장   경찰서로 가시오.

일   다녀왔습니다.

시장   그럼 안심이 되겠군요.

일   경찰의 입속에 새 금니가 번쩍거리고 있었소.

시장   당신이 퀼렌에 산다는 사실을 잊고 있군요. 퀼렌은
        인문주의 전통을 지닌 도시요. 괴테가 이곳에서 묵
        었고, 브람스가 사중주곡을 만들었어요. 우리에겐
        이런 가치들을 지킬 의무가 있소.

(왼쪽에서 한 남자가 타자기를 들고 등장한다. 시민 3.)

남자   새 타자기입니다, 시장님. 레밍턴 것이죠.

시장   사무실로 들여가게.

(남자가 오른쪽으로 퇴장한다.)

시장   당신에게 이렇게 은혜도 모르는 소리를 듣고 있을

이유가 전혀 없소. 우리 시를 믿을 수 없다면 유감이오. 당신이 이렇게 염세적인 면을 가지고 있다곤 생각 안 했소. 어쨌든 우린 법치 국가에 살고 있잖소.

(왼쪽에서 두 사람이 낚싯대를 들고 등장한다. 서로 손을 잡고 있다.)

두 사람   표범이 달아났어. 표범이 달아났어! (폴짝폴짝 뛴다.) 그놈이 으르렁대는 소릴 들었어. 그놈이 으르렁대는 소릴! (황금 사도 호텔로 폴짝폴짝 뛰어 들어간다.) 호비와 보비한테 가자. 토비와 로비(Roby)에게. (가운데 뒤로 퇴장.)

일   그럼 저 여자를 체포하십시오.

시장   말도 안 되는군. 정말 말도 안 돼.

일   경찰도 그렇게 말했소.

시장   노부인의 조처는 사실 말이지 아주 이해 못 할 일은 아니오. 결국 당신이 두 남자를 위증하도록 꼬드겼고, 처녀 하나를 결정적으로 불행에 빠뜨린 거 아니오.

일   좌우간 그 결정적인 불행이 지금은 10억을 호가하잖소, 시장.

(침묵.)

시장   우리 솔직하게 말해 봅시다.

일	나도 부탁하는 바요.
시장	당신이 요구한 대로 남자 대 남자로서 말이오. 당신은 여사를 체포하라고 요구할 도덕적인 권리가 없소. 또한 차기 시장으로 고려될 여지도 더 이상 없습니다. 이런 말을 해야 한다는 게 유감이오.
일	공식적인 말입니까?
시장	정당들이 요구한 바에 따른 것이오.
일	알겠소.

(일이 천천히 창가로 가서 시장에게 등을 돌린 채 밖을 응시한다.)

시장	우리가 여사의 제안을 거부했다고 해서 이런 제안이 나오도록 만든 당신의 범죄를 봐준다는 의미는 아니오. 시장 자리에 요구되는 도덕적 성격에 당신은 더 이상 맞지 않아요. 그것을 알아야 합니다. 그밖의 일에서야 당연히 예전과 같은 존경과 우의로 당신을 대할 것이오.

(왼쪽에서 로비(Roby)와 토비가 다시 화환과 꽃을 들고 무대를 지나 황금 사도 호텔로 사라진다.)

시장	여사의 일에 대해서는 아무 말 안 하는 게 더 낫습니다. 《주민일보》에도 이 일을 누설하지 말라고 당부해 놓았지요.
일	(돌아선다.) 이미 내 관을 장식하고 있단 말이오, 시

장! 침묵은 내게 너무 위험해요.

시장 대체 무엇 때문에요, 일 씨? 당신은 고마워해야 하는 것 아니오? 추한 스캔들을 망각의 외투로 덮어 주겠다는데.

일 사실을 알린다면 빠져나갈 기회가 아직은 있을 거야.

시장 뻔뻔스럽기 짝이 없군! 대체 누가 당신을 위협한단 말이오?

일 당신들 중 한 사람.

시장 (일어선다.) 누구를 의심하고 있습니까? 이름을 대세요. 내가 조사하겠소. 엄중하게 말이오.

일 당신들 하나하나를 다 해야 할 거요.

시장 이런 중상모략에 시의 이름으로 엄숙하게 항의하는 바이오.

일 아무도 날 죽이려고 하지는 않습니다. 하지만 누군 가가 그 일을 해 주기를 너나없이 바라고 있어요. 그러다 언젠가 어느 한 사람이 실행을 하겠지요.

시장 헛것을 보고 있군.

일 벽에 걸린 설계도를 보고 있소. 새 청사를 짓게요? (설계도를 두드린다.)

시장 이거야 원, 계획이야 세울 수 있는 거 아니오.

일 당신들은 이미 내가 죽을 걸로 계산하고 행동하는 거요!

시장 이보시오, 정치가로서 내가 범죄를 획책할 때만 더 나은 미래를 믿을 권리가 생긴다면 말이오, 난 아예 이 자리를 물러나겠소. 그러니 안심해도 좋아요.

일   당신들은 이미 나에게 사형 선고를 내렸소.

시장   일 씨!

일   (낮은 소리로) 설계도가 증거야! 그 증거!

클레어 자하나시안   오나시스가 오는군. 공작 부처도. 대재벌인
         아가도 오겠다고 그러고.

남편 8   알리 말인가?

클레어 자하나시안   리비에라의 온갖 어중이떠중이가 다 온다는군.

남편 8   기자들은?

클레어 자하나시안   전 세계에서 오겠지. 내가 결혼만 하면 언제
         나 기자들이 몰려드니까. 우린 서로 공생 관계거든. (다
         른 편지를 연다.) 홀크 백작이 보낸 편지로군.

남편 8   자기, 우리가 처음으로 함께 맞이하는 아침 식사 자
         린데, 정말이지 전남편들이 보낸 편지만 읽을 거야?

클레어 자하나시안   모든 걸 내 시야 아래 두고 싶으니까.

남편 8   (비통하게) 문제는 내게도 있는데. (일어서서 시내를
         내려다본다.)

클레어 자하나시안   당신이 타는 포르셰라도 망가졌나?

남편 8   이런 소도시는 숨이 막혀. 그야 좋지. 보리수가 살
         랑이고, 새들이 노래하고, 분수대에 흐르는 물소리
         도 들리고. 하지만 삼십 분 전에도 그랬어. 아무 일
         도 안 생겨. 자연도, 사람도 그대로야. 그저 모든 것
         이 근심걱정 없이 평화스러워. 만족해서 유유자적
         할 뿐이지. 위대함이라곤 찾아볼 수 없고, 비극도
         없어. 위대한 시대의 도덕적 운명이 결여되었어.

(왼쪽에서 신부 등장, 총을 메고 있다. 앞에서 경찰이 앉았던 책상에 검은 십자가가 그려진 흰 수건을 펼친다. 총은 호텔 벽에 기대 놓는다. 신부가 사제 복장을 입도록 복사가 도와준다. 어둡다.)

신부   일 씨, 제의실로 들어오시오.

(일이 왼쪽에서 등장한다.)

신부   여긴 어둡지만 시원하오.
일   방해가 되고 싶진 않아요, 신부님.
신부   하느님의 처소는 누구에게나 열려 있소. (일의 시선이 총으로 향하는 것을 알아챘다.) 무기가 있다고 놀라지 마시오. 자하나시안 여사의 흑표범이 돌아다니고 있어요. 방금 전까지도 성당 안 천장 대들보를 타고 어슬렁거렸지요. 그러더니 콘라츠바일러 숲으로 갔다가, 이제는 페터네 헛간에 있다오.
일   난 도움을 구하고 있습니다.
신부   무엇 때문입니까?
일   두려워요.
신부   두렵다고요? 누가요?
일   사람들이오.
신부   당신을 죽이려는 사람이라도 있습니까, 일 씨?
일   야수를 사냥하듯 나를 쫓고 있습니다.
신부   인간이 아닌 하느님을 두려워하세요. 육체의 죽음이 아닌 영혼의 죽음을 두려워하십시오. 복사, 뒤에 있는 단추 좀 채워 주게.

(무대의 벽면 곳곳에 귈렌 사람들이 보인다. 제일 먼저 경찰이, 이어서 시장, 시민 1, 2, 3, 4, 화가, 교장 등이 주위를 살핀다. 총을 겨눈 자세로 살금살금 돌아다닌다.)

일   내 생명이 걸린 일입니다.
신부   중요한 건 당신의 영원한 생명이죠.
일   사람들 생활 형편이 좋아지고 있어요.
신부   당신의 양심이 보는 환영이오.
일   사람들은 활기가 넘쳐요. 여자들이 외모를 꾸미고, 남자들도 멋지게 차려입어요. 시 전체가 나를 살해할 축제를 준비하고 있습니다. 겁이 나 죽겠습니다.
신부   긍정적으로, 어떤 고난이 닥치든 그저 긍정적으로만 보세요.
일   지옥이 따로 없단 말입니다.
신부   지옥은 당신 내면에 있습니다. 당신은 나보다 나이가 많아요. 인간들을 잘 안다고 생각하겠지요. 하지만 누구나 자신밖에 모릅니다. 당신이 오래전 돈 때문에 여자를 배신했기 때문에 지금도 당신은 사람들이 돈 때문에 당신을 배신할 거라고 생각합니다. 자신으로 미루어 남을 추측하는 거지요. 너무나 당연한 일입니다. 두려움의 원인은 우리 마음속에 있습니다. 우리가 지은 죄 안에 있어요. 이 사실을 인식한다면, 당신을 괴롭히는 두려움을 이겨 낼 것이며, 이를 위한 무기도 얻을 것이오.

일   지메트호퍼네가 세탁기를 마련했습니다.

신부   그런 일에 상관 마시오.

일   외상으로 했단 말입니다.

신부   당신 영혼이나 영생하도록 힘쓰시지요.

일   슈토커네는 텔레비전을.

신부   기도하시오. 복사, 영대*를 주게.

(복사가 신부에게 영대를 둘러 준다.)

신부   당신의 양심을 세밀히 탐색해 보시오. 참회의 길을
         가시오. 안 그러면 언제든 세상은 다시 그대를 두렵
         게 만들 것이요. 참회가 유일한 길입니다. 우리가 할
         일이라곤 그뿐입니다.

(침묵. 총을 든 남자들이 다시 사라진다. 무대 가장자리에 그림자. 소
방서 비상 종이 울리기 시작한다.)

신부   이제 내가 맡은 직무를 수행해야 합니다, 일 씨. 영
         세를 줘야 해요. 복사, 성서를 주게. 전례서와 찬송
         집도. 아이가 우는군. 아이를 안전한 곳으로 옮겨야
         하오. 세상을 밝혀 주는 유일한 빛의 품으로.

---

* 미사를 집전할 때 신부가 목에 걸쳐 무릎까지 늘어뜨리는 헝겊 띠.

(또 다른 종이 울리기 시작한다.)

일　　　다른 종 아닙니까?

신부　　소리가 훌륭해요. 그렇죠? 음향이 풍부한 게 힘차
　　　　게 울립니다. 긍정하는 마음으로, 그저 긍정적으로
　　　　생각하세요.

일　　　(소리 지른다.) 당신도, 신부! 당신조차도!

신부　　(일에게 달려들어 부둥켜안는다.) 도망쳐요! 우린 약해
　　　　요. 기독교 신자든 아니든. 귈렌에 종이 울리고 있
　　　　어요. 배신의 종이. 도망치시오. 여기에 남아 우리를
　　　　시험에 들게 하지 말고.

(두 발의 총성이 울린다. 일이 바닥으로 쓰러진다. 신부가 그 옆에 웅
크리고 앉는다.)

신부　　도망쳐요! 도망쳐!

(일, 일어나서 신부의 총을 들고 왼쪽으로 퇴장.)

클레어 자하나시안　보비, 총소리야.

집사　　그렇습니다, 여사님.

클레어 자하나시안　대체 무슨 일이지?

집사　　표범이 달아났어요.

클레어 자하나시안　그놈을 쏘았나?

집사　　일의 가게 앞에 쓰러져 죽었습니다.

클레어 자하나시안 그 녀석 안됐군. 로비(Roby), 장송곡.

(기타로 장송곡이 연주된다.)

집사   여사님께 조의를 표하기 위해 귈렌 사람들이 모였습
          니다.

클레어 자하나시안 당연히 그래야지.

(집사 퇴장. 오른쪽에서 교장이 혼성 합창단과 함께 등장.)

교장   경애하는 여사님.
클레어 자하나시안 무슨 일인가, 귈렌의 선생?
교장   저희는 큰 위험에서 구조되었습니다. 흑표범이 위험
          천만하게도 이 골목 저 골목으로 숨어 다녔지요. 이
          제 저희가 안도의 숨을 내쉬게 되긴 했지만 귀하디
        _ 귀한 동물학적 진품의 죽음을 애도하지 않을 수 없
          습니다. 인간이 자리 잡은 곳에서 동물의 세계는 밀
          려날 수밖에요. 이처럼 비극적이고도 모순된 상황
          을 못 본 척할 수가 없습니다. 이에 애도의 송가를
          한 곡 불러드리고자 합니다, 여사님. 하인리히 쉬츠*
          의 곡입니다.
클레어 자하나시안 좋아요. 시작해 보시죠.

---

* Heinrich Schütz(1585~1672). 독일의 교회 음악가.

(교장이 지휘를 시작한다. 오른쪽에서 일이 총을 들고 등장한다.)

일　　　입들 닥치시오!

(귈렌 사람들, 놀라서 멈춘다.)

일　　　이런 애도의 노래라니! 당신들 왜 장송곡을 부르지?
교장　　아니, 일 씨, 흑표범의 죽음을 맞이하여…….
일　　　당신들 내가 죽기를 기원해서 이 노래를 연습하는
　　　　거지. 얼른 죽으라고 말이야!
시장　　일 씨, 제발 좀 진정하시오.
일　　　꺼져들 버려! 돌아가란 말이오!

(귈렌 사람들, 사라진다.)

클레어 자하나시안　호비, 당신 포르셰로 드라이브 좀 하고 오지.
남편 8　　그런데 자기…….
클레어 자하나시안　나가라니까!

(남편 퇴장.)

일　　　클라라!
클레어 자하나시안　알프레드! 대체 왜 사람들을 방해하는 거예요?
일　　　난 두려워, 클라라.
클레어 자하나시안　하지만 고맙군요. 덕분에 지겨운 합창단 노

래를 안 듣게 되었으니. 학교 다닐 때도 정말 싫었어요. 시청 광장에서 혼성 합창단과 관악단이 연습할 때면 우리 둘은 콘라츠바일러 숲으로 달려갔지요. 아직 기억나요, 알프레드?

일 클라라. 말 좀 해 줘, 당신이 연극하는 거라고, 당신이 요구하는 게 모두 사실이 아니라고. 말 좀 해!

클레어 자하나시안 참 신기하지, 알프레드. 이런 기억들 말이에요. 우리가 처음 눈길을 마주쳤던 순간에도 난 어딘가 발코니에 서 있었죠. 지금처럼 가을 저녁이었어요. 바람 한 점 없었고, 공원에서 이따금 나뭇잎 흔들리는 소리만 들렸죠. 날씨는 더웠어요. 아마 지금도 그때처럼 덥겠죠. 하지만 요즘 난 언제나 추워요. 그때도 당신은 그렇게 서서 나를 올려다보았어요. 시선 한 번 돌리지 않고. 난 당황해서 어찌할 바를 몰랐죠. 어두운 방으로 피하고 싶었지만 꼼짝도 하지 못했어요.

일 난 절망적이오. 무슨 짓이든 할 수 있단 말이오. 경고하는데, 클라라. 전부가 그저 농담일 뿐이라고, 잔인한 농담이라고 당장 말해. 안 그러면 무슨 짓이든 해치우기로 했으니까. (그녀에게 총을 겨눈다.)

클레어 자하나시안 그런데 당신은 자리를 뜨지 않았어. 아래 거리에 서서. 나를 노려보았지. 슬퍼 보인달지 아니면 심술이 난 것 같았달지, 마치 해코지라도 하려는 듯 보이기도 했지요. 그런데도 당신 눈은 사랑으로 가득 차 있었어요.

(일이 총을 내린다.)

클레어 자하나시안　당신 옆에는 두 녀석이 서 있었어요. 코비
　　　　와 로비(Loby). 당신이 나를 올려다보는 모습을 보
　　　　면서 히죽히죽 웃었어요. 그때 내가 발코니에서 내
　　　　려와 당신에게로 갔지요. 당신은 인사도 생략한 채,
　　　　한마디 말도 없이 내 손을 잡았어요. 우린 시내를
　　　　벗어나 들로 나갔지요. 뒤에서는 코비와 로비(Loby)
　　　　가 두 마리 개처럼 우릴 따라왔고요. 그러자 당신은
　　　　돌을 집어서 던졌고, 녀석들은 죽는 소리를 하며 시
　　　　내로 도망쳤어요. 그렇게 우리 두 사람만 남게 되었
　　　　지요.

(오른쪽에서 집사 등장.)

클레어 자하나시안　날 방으로 옮겨 주게, 보비. 구술할 게 있으
　　　　니. 결국은 10억을 보내오도록 해야 하니까.

(클레어 자하나시안이 집사에 의해 방으로 옮겨진다. 뒤에서 코비와
로비(Loby)가 폴짝폴짝 뛰면서 등장한다.)

두 사람　　흑표범이 죽었어. 흑표범이 죽었어.

(발코니가 사라진다. 기차역 종소리. 무대는 제1막 첫 장면과 같다.
역사. 벽에 붙은 운행 시간표만 찢어지지 않은 새 것이다. 한쪽에 황

금빛으로 태양이 빛나는 풍경을 담은 큰 여행 포스터가 붙어 있다. 포스터 문구, '남쪽 나라로 떠나요.' 그 밖에 광고 포스터, '오버암머가 우로 수난극을 보러 오세요'. 배경에는 집들 사이로 크레인이 보이고, 새로 올린 지붕도 서넛 보인다. 지나쳐 가는 특급 열차의 우레처럼 쿵쾅대는 소리. 역 앞에서 역장이 경례를 붙인다. 뒤에서 일이 낡은 트렁크 하나를 손에 들고 등장. 주위를 살핀다. 서서히, 마치 우연인 듯, 사방에서 꿸렌 사람들이 다가온다. 일이 머뭇거리다 멈춰 선다.)

시장   안녕하시오, 일 씨.
일동   안녕하세요.
일   (주저하며) 안녕하시오.
교장   트렁크를 들고 어디로 가십니까?
일동   어디로 가십니까?
일   역에요.
시장   우리가 바래다 드리리다!
시민 1   바래다줄게요!
시민 2   바래다주겠네!

(사람들이 점점 더 불어난다.)

일   그럴 필요 없소, 정말로. 뭐 중요한 일이라고.
시장   여행을 떠나는 겁니까, 일 씨?
일   여행 갑니다.
경찰   대체 어디로?
일   확실히 정하진 않았소. 칼버슈타트로 갔다가, 그 다음 계속해서······.

교장   그래요······. 그다음엔.

일   호주로 가는 게 제일 좋겠소. 어떻게 해서든 여비는 마련할 수 있겠지. (다시 역을 향해 걸어간다.)

시민 3   호주로 간다고요!

시민 4   호주로!

화가   대체 왜요?

일   (당황하며) 좌우간 평생 한곳에 살 수는 없소. 매년 똑같은 모습으로 말이오.

(일이 달리기 시작한다. 역에 도착한다. 사람들은 유유히 따라가서 그를 둘러싼다.)

시장   호주로 이민을 가시겠다. 그거 참 웃기는군.

의사   당신에겐 가장 위험한 길이오.

교장   거세당한 두 사람 중 하나도 결국엔 호주로 이민을 갔다던데.

경찰   댁한텐 이곳이 가장 안전합니다.

일동   제일 안전해. 제일 안전해.

(일이 쫓기는 짐승처럼 공포에 질려 주위를 돌아본다.)

일   (낮은 소리로) 난 카피겐에 있는 주지사에게 편지를 썼소.

시장   그래서요?

일	답장이 없어.
교장	왜 못 믿는지 이해하지 못하겠소.
의사	아무도 당신을 죽이려 하지 않아요.
일동	아무도, 아무도 안 그래요.
일	우체국이 내 편지를 보내지 않은 게 분명해.
화가	말도 안 돼요.
시장	우체국원은 시위원회 위원이오.
교장	신사란 말이오.
시민 1	신사요!
시민 2	신사!
일	여기. 포스터에 적혀 있소. '남쪽 나라로 떠나요.'
의사	그게 어쨌단 말이요?
일	여길 보시오. '오버암머가우로 수난극을 보러 오세요.'
교장	그게 어쨌단 말이요?
일	집들을 짓고 있잖소!
시장	그게 어쨌단 말이요?
일	당신들은 점점 생활이 피고 있잖소!
일동	그게 어쨌단 말이요?

(기차의 접근을 알리는 종소리.)

교장	당신이 얼마나 인기 있는지 보시오.
시장	시 전체가 당신을 에스코트하고 있소.
시민 3	시 전체가요!
시민 4	시 전체가!

일	와 달라고 청하지 않았어.
시민 2	그래도 자네와 작별 인사 정도는 해야 되지 않겠나.
시장	오랜 친구들인데.
일동	오랜 친구로서! 오랜 친구로서!

(기차 소리. 역장이 신호봉을 든다. 왼쪽에서 열차 차장이 막 기차에서 뛰어내린 듯 등장한다.)

차장	(길게 빼면서 소리친다.) 귀 — 일 — 렌!
시장	일 씨가 탈 기차요.
일동	당신 기차요! 당신 기차!
시장	자, 일 씨, 여행 잘 하길 바라오.
일동	잘 해요, 잘 해요!
의사	멋진 여생이 되길 바라오!
일동	멋진 여생 보내시오!

(귈렌 사람들, 일을 에워싼다.)

시장	시간이 되었소. 이제 소원대로 칼버슈타트 행 열차에 오르시오.
경찰	호주에서 행복하게 살길 바랍니다!
일동	행복하길. 행복하길!

(일은 움직이지 않고 서서 시민들을 노려본다.)

일	(낮은 소리로) 당신들 왜 모두 여기 있는 거지?
경찰	대체 뭘 더 원합니까?
역장	승차!
일	무엇 때문에 내 주위에 모여 있는 거야?
시장	우리는 결코 당신 주위에 모여 있는 게 아니요.
일	비켜들 서!
교장	비켜 줬잖습니까.
일동	우린 비켜 줬어. 비켜 줬어!
일	누군가 한 사람이 날 잡을 거야.
경찰	헛소리요. 기차에 타라니까요. 그러면 당신 말이 터무니없는 소리란 걸 알게 될 거 아니오.
일	물러서!

(아무도 움직이지 않는다. 몇몇은 손을 바지 주머니에 넣고 서 있다.)

시장	댁이 뭘 원하는지 모르겠소. 떠나는 건 당신 일이잖소. 기차를 타요.
일	물러나!
교장	댁이 두려워한다는 건 참 웃기는 일이오.

(일, 무릎을 꺾으며 무너진다.)

일	당신들 왜 이렇게 날 못살게 구는 거야!
의사	이 사람 미쳤군.
일	당신들은 날 잡아 두려는 거야.

시장   어서 타시오!
일동   어서 타요! 어서 타!

(침묵.)

일   (낮은 소리로) 기차에 타려고 하면 누군가가 날 잡
          겠지.
일동   (단언한다.) 아무도 안 그래요! 아무도 안 그래!
일   난 알아.
경찰   시간 다 됐어요.
교장   어서 기차에 올라요.
일   난 알아! 누군가 날 붙잡을 거야! 날 잡을 거라고!
역장   출발!

(역장이 신호봉을 든다. 열차 차장이 기차에 뛰어오른다. 일은 귈렌
사람들에게 둘러싸인 채 손으로 얼굴을 가리고 쓰러진다.)

경찰   거봐요! 저기 당신이 탈 기차가 가 버렸잖소!

(일동, 쓰러진 일을 뒤로 하고 서서히 사라진다.)

일   난 끝났어!

                                          (막)

3막

페터네 헛간. 왼쪽에는 클레어 자하나시안이 가마 위에 앉아 있다. 움직이지 않는다. 흰 웨딩드레스, 면사포 등, 신부 차림이다. 왼쪽 끝에는 사다리, 멀리 건초 운반 수레. 낡은 마차, 짚 더미, 가운데 작은 통. 위에는 넝마와 낡아 빠진 포대들이 널려 있다. 엄청나게 많은 거미줄이 넓게 쳐 있다. 뒤에서 집사 등장.

집사   의사와 교장이 왔습니다.
클레어 자하나시안 들여보내게.

(의사와 교장이 등장한다, 어둠 속을 헤매다 마침내 그녀를 발견하고 정중하게 인사한다. 두 사람은 이제 훌륭하고 견실한 시민답게 옷을 입었다. 사실 품위 있어 보인다 해도 과언이 아니다.)

두 사람   안녕하십니까.

클레어 자하나시안   (외눈 안경으로 두 사람을 관찰한다.) 먼지투성
           이가 됐군요.

(두 사람, 먼지를 털어 낸다.)

교장   죄송합니다. 낡은 마차를 기어오르다 보니.

클레어 자하나시안   페터네 헛간으로 피해 왔어요. 휴식이 필요
           해서요. 퀼렌 대성당에서 방금 올린 결혼식으로 피
           곤하네요. 좌우간 나도 이젠 새파랗게 젊은 건 아니
           니까. 통 위에 앉아요.

교장   감사합니다.

(교장이 앉고 의사는 서 있다.)

클레어 자하나시안   여긴 덥군요. 숨이 막힐 지경이야. 그래도 난
           이 헛간을 좋아하지. 건초 냄새, 짚, 마차 윤활유 냄
           새. 추억을 불러일으켜요. 온갖 연장들, 쇠스랑, 마
           차, 부서진 건초 수레는 내 어린 시절에도 있었다오.

교장   사색하기 좋은 장소입니다. (땀을 닦아 낸다.)

클레어 자하나시안   신부의 설교가 인상적이더군요.

교장   고린도전서 13장이죠.

클레어 자하나시안   선생도 혼성 합창단을 이끌고 잘 해 주었어
           요. 장엄하게 들리던걸요.

교장   바흐 작품입니다. 「마태 수난곡」 일부지요. 전 아직

도 얼떨떨한 상태입니다. 그런 상류층 사람들이 오
다니, 재계, 영화계 할 것 없이.

클레어 자하나시안 그 사람들 캐딜락을 타고 베를린으로 서둘러
가 버렸어요. 거기서 결혼 피로연이 있답니다.

교장 여사님. 저희는 여사님의 귀한 시간을 필요 이상으
로 뺏고 싶지 않습니다. 부군께서 초조하게 기다리
실 테니까요.

클레어 자하나시안 호비요? 이미 포르셰에 태워서 가이젤가슈타
이크로 돌려보냈는걸요.

의사 (당황해서) 가이젤가슈타이크로요?

클레어 자하나시안 내 변호사들이 이미 이혼 서류를 제출했어요.

교장 그럼 결혼식 하객들은요, 여사님?

클레어 자하나시안 그 사람들한텐 이미 익숙한 일이에요. 결혼생
활이 짧은 걸로 치자면 두 번째로군. 이스마엘 경과
는 더 빨리 끝났으니까. 무슨 일로 날 찾았나요?

교장 일 씨의 일로 왔습니다.

클레어 자하나시안 오, 그 사람 죽었나요?

교장 여사님! 무슨 일이 됐든 유럽인으로서 지켜야 할 원
칙이 있습니다.

클레어 자하나시안 그래서 어쩌자는 거요?

교장 귈렌 사람들이 정말이지 유감스럽게도 여러 가지
살림을 장만했습니다.

의사 상당히 많이요.

(두 사람이 땀을 닦는다.)

클레어 자하나시안 빚을 졌나요?

교장 가망 없을 정도로.

클레어 자하나시안 원칙은 생각 안 하고?

교장 저희도 인간일 뿐입니다.

의사 이제 빚을 갚지 않으면 안 됩니다.

클레어 자하나시안 당신들이 해야 할 일을 알고 있잖소.

교장 (용기를 내어) 자하나시안 여사님. 서로 솔직하게 말
해 봅시다. 저희의 가련한 입장이 되어 생각해 주십
시오. 저는 이십 년 전부터 이 퇴락한 도시에 부드
러운 인간성의 싹을 심어 왔습니다. 우리 시립 병원
의사는 덜덜대는 낡은 메르세데스를 끌고 결핵 환
자나 구루병 환자를 찾아다닙니다. 왜 더없이 비참
한 이런 희생을 한다고 보십니까? 돈 때문에요? 그
럴 리는 없지요. 우리의 급료는 최저 수준이니까요.
칼버슈타트 초급 대학에서 저를 초빙한 적이 있었
지만 딱 잘라 거절했습니다. 의사 선생은 에어랑엔
대학의 교수자리를 거절했고요. 순수하게 인간애
가 넘쳐서 그랬을까요? 그렇게 말한다면 역시 과장
이겠지요. 아닙니다, 저희는 참고 견디었습니다. 길
고 긴 세월을요. 저희와 함께 이곳 모든 사람이 견
뎌 냈습니다. 희망이 있었기 때문이죠. 그 옛날 컬
렌의 위대함이 부활하리라는 희망이요. 우리 고향
땅에는 엄청난 기름이 매장되어 있을 거다, 그 사실
을 다시 생각하게 될 날이 올 거다, 하는 희망이 있
었기 때문입니다. 퓌켄리트 저지대 땅속에는 기름이

있습니다. 콘라츠바일러 숲에는 광석이 매장돼 있고요. 우리는 가난하지 않습니다, 여사님, 사람들이 잊고 있을 뿐이죠. 우리가 필요한 건 자금입니다. 신용이 필요하고, 할 일이 필요해요. 그러면 우리의 경제가, 우리의 문화가 꽃필 것입니다. 귈렌은 내놓을 만한 것이 있어요. 바로 행복 성공 제련 공장입니다.

의사 보크만 사가 있고요.

교장 바그너 공장도요. 이것들을 구입해서 회생시켜 주십시오. 그렇게만 되면 귈렌은 번창합니다. 수백만만 있어도 계획을 잘 세우면 높은 이자를 받는 투자가 될 수 있습니다. 10억을 낭비하지 마시고요!

클레어 자하나시안 내겐 20억이 더 있어요.

교장 저희의 평생 기다림이 헛되지 않게 해 주십시오. 저희는 적선을 부탁하지 않습니다. 사업을 제안하는 바입니다.

클레어 자하나시안 정말 그렇군요. 그런 사업이라면 나쁘진 않겠어요.

교장 여사님! 저희를 버리지 않으실 줄 알았습니다!

클레어 자하나시안 단지 내가 할 일이 없네요. 나는 행복 성공 제련 공장을 구입할 수 없어요. 그건 이미 내 소유니까.

교장 당신 거라고요?

의사 그러면 보크만 사는?

교장 바그너 공장은?

클레어 자하나시안 역시 내 소유예요. 모든 공장, 퓌켄리트 저지대, 페터네 헛간, 이 소도시, 거리거리, 집집, 전부. 내 중개인들을 시켜 이 잡동사니들을 몽땅 사들이게 했지. 공장은 폐쇄시켰고요. 당신들 희망은 미친 짓이었고, 기다림은 무의미했으며, 당신들이 한 희생은 어리석었으니 당신들의 일생은 헛되이 탕진된 거예요.

(침묵.)

의사   이건 정말 무서운 일이오.
클레어 자하나시안   이 작은 도시를 떠나던 그 옛날, 겨울이었지. 학생용 세일러복을 입고 붉은 머리카락을 땋아 늘인 채 만삭의 몸으로 길을 나서는 내 뒤에서 주민들은 입을 비죽이며 웃었어. 나는 추위에 떨며 함부르크로 가는 열차에 앉아 있었지. 차창에 낀 성에 뒤로 페터네 헛간이 희미해질 때 결심했어요. 언젠간 돌아오겠다고. 이제 나는 돌아왔어요. 이제 나는 조건을 제시하고 할 일을 명령해요. (큰 소리로) 로비 (Roby), 토비, 황금 사도 호텔로 간다. 아홉 번째 남편이 책과 원고 나부랭이를 가지고 도착했을 거다.

(거구의 두 남자가 뒤에서 등장해 가마를 든다.)

교장   자하나시안 여사님! 당신은 사랑에 상처 받은 여인입니다. 절대적인 정의를 요구하는 당신은 고대의 여자 영웅과도 같아 보입니다. 마치 메데이아* 같아요. 하지만 저희가 여사님을 마음 깊이 이해하다 보니 더 많이 요구할 용기도 갖게 됩니다. 복수를 하겠다는 파멸적인 생각을 버리세요, 저희를 극단으로 몰아가지 마십시오, 가난하고*마음도 약하지만 성실한 사람들입니다. 조금만 더 인간다운 삶을 살 수 있도록 도와주십시오. 순수한 인간성이 승리하도록 힘을 주십시오!

클레어 자하나시안 인간성이란 말입니다, 신사 양반들, 부호들의 돈주머니에나 적당한 겁니다. 내가 가진 재력이 세상 질서를 만들어 내지. 세상이 날 창녀로 만들었으니, 이제 내가 세상을 유곽으로 만들겠어요. 돈을 내든가, 파티장에서 꺼지든가. 아니면 나와 춤을 추든가. 당신들은 함께할 모양이군. 도덕적으로 합당한 건 돈을 낼 사람뿐이오. 돈을 낼 사람은 나예요. 한 건의 살인에 쿨렌을 사 주고, 시체 하나면 호경기로 갚겠어요. 얘들아, 가자. (그녀가 뒤로 운반된다.)

의사 맙소사, 어떻게 해야 하지요?

교장 양심이 시키는 대로 해야죠, 뉘슬린 박사.

(무대 앞면 오른쪽에 일의 가게가 보인다. 새 간판, 반짝이는 새 판매대, 새 계산대, 비싼 물건들. 손님이 가상의 문으로 들어서면 요란스럽게 벨이 울린다. 판매대 뒤에 일의 아내. 왼쪽에서 시민 1 등장. 잘

---

* 그리스 신화에 등장하는 마녀. 간교한 지혜와 무자비함으로 악녀의 대명사에 꼽힌다.

나가는 푸줏간 주인이다. 새 앞치마에 피가 몇 방울 튀어 있다.)

시민 1   결혼식이 아주 성대했어요. 귈렌 사람 전부가 대성
          당 광장에 나와 구경했을걸요.

일의 아내   고생스럽게 살았으니 클레리도 이젠 행복을 누려
          야죠.

시민 1   여배우들이 신부 들러리를 섰어요. 가슴을 이렇게
          하고.

일의 아내   요즘 유행이죠.

시민 1   담배 줘요.

일의 아내   그뤼넨이죠?

시민 1   카멜로요. 손도끼도 하나요.

일의 아내   도살용 도끼요?

시민 1   그렇습니다.

일의 아내   여기요, 호프바우어 씨.

시민 1   좋은 물건이군.

일의 아내   장사는 어때요?

시민 1   점원을 하나 들였어요.

일의 아내   우리도 조만간 구해야겠는데.

(시민 1이 도끼를 집어 든다. 시민 2 등장, 잘 차려입은 사업가의 모
습이다.)

일의 아내   안녕하세요, 헬메스베르거 씨.

(미스 루이제가 우아하게 차려입고 지나간다.)

시민 1   저 여자 완전히 제멋에 사는군, 저렇게 차려입고 다
               니다니.
일의 아내   넉살도 좋지요.
시민 1   사리돈* 줘요. 슈토커 집에서 밤새 파티를 벌였더니.

(일의 아내가 시민 1에게 물과 약을 건넨다.)

시민 1   사방에 기자들이에요.
시민 2   시내를 돌아다니며 이것저것 캐묻고 있어.
시민 1   여기도 들를걸요.
일의 아내   우린 평범한 사람들이에요, 호프바우어 씨. 우리한
               테 무슨 볼일이 있겠어요.
시민 2   기자들은 누구든 잡고 꼬치꼬치 캐물어요.
시민 1   방금 신부님을 인터뷰합디다.
시민 2   신부님은 아무 말 안 할 거야. 언제나 우리 가난한
               사람을 위하는 분이니까. 체스터필드 한 갑이요.
일의 아내   외상인가요?
시민 2   달아 두세요. 댁의 남편은요, 일 부인? 안 보인 지
               꽤 된 것 같은데.
일의 아내   위층에 있어요. 방에서만 왔다 갔다 해요. 며칠 됐
               어요.

---

* 독일의 두통약 브랜드.

102

시민 1   양심의 가책이겠지. 불쌍한 자하나시안 여사에게 못된 짓을 했으니까.

일의 아내   저도 그 일로 괴로워요.

시민 2   어린 여자를 불행에 빠뜨리고. 젠장 맞을. (결연하게) 일 부인, 기자들이 왔을 때 댁의 남편이 수다 떨면 안 됩니다.

일의 아내   물론 안 되죠.

시민 1   그 사람 됨됨이를 믿을 수가 없으니.

일의 아내   어렵긴 해요, 호프바우어 씨.

시민 1   일 씨가 클라라를 웃음거리로 만들려 해서, 말하자면 클라라가 자기 목 값으로 얼마를 불렀다든가 하는 거짓말을 해서 말이오. 클라라가 한 말은 그저 그만큼 고통스러웠다는 표현일 뿐이었는데. 그러니 일 씨가 그런 소릴 하면 우린 보고만 있지 않을 겁니다.

시민 2   10억 때문에 그러는 게 아닙니다.

시민 1   시민으로서 분노하지 않을 수 없으니 하는 말입니다. 그 착한 자하나시안 여사가 정말이지 일 씨 때문에 숱한 고생을 했잖습니까. (주위를 돌아본다.) 이리로 해서 살림집으로 올라가나요?

일의 아내   하나 있는 계단인데, 불편해요. 봄이 되면 집을 고칠 거예요.

시민 1   난 여기 서 있겠어.

(시민 1, 오른쪽 끝에 선다. 손도끼를 든 채 팔짱을 끼고 있다. 보초

를 서듯이 움직이지 않는다. 교장 등장.)

일의 아내	안녕하세요, 선생님. 저희 집에를 다 오시다니 기뻐요.
교장	독한 술이 필요해요.
일의 아내	슈타인헤거*로 할까요?
교장	한 잔 주시오.
일의 아내	호프바우어 씨도요?
시민 1	아니, 됐습니다. 새로 마련한 폭스바겐으로 카피겐에 갈 일이 있어요. 돼지를 사야 해요.
일의 아내	댁은요, 헬메스베르거 씨?
시민 2	빌어먹을 기자들이 이곳을 떠나기 전에는 한 방울도 입에 대지 않을 거요.

(일의 아내가 교장에게 술을 따라 준다.)

교장	고맙소. (술을 한입에 털어 넣는다.)
일의 아내	떨고 계시네요, 선생님.
교장	요즘 과하게 마시지요. 조금 전에도 황금 사도 호텔에서 아주 풍성한 주연이 있었다오. 그야말로 술판이었지. 술 냄새가 방해가 되지 않길 바라오.
일의 아내	한 잔 더 하셔도 나쁘지는 않을 거예요. (다시 술을 따른다.)
교장	댁의 남편은?

---

* 독주인 진의 일종.

일의 아내   위층에요. 계속 서성대고 있어요.

교장   한 잔 더. 마지막 잔이오. (스스로 따른다.)

(왼쪽에서 화가 등장. 새 맨체스터 양복, 화려한 스카프, 검은 베레모.)

화가   조심하세요. 기자 두 명이 이 가게에 대해 물어봤
           어요.

시민 1   이곳을 의심하는군.

화가   아무것도 모르는 척했어요.

시민 2   잘했어.

화가   기자들이 내 화실에나 오면 좋겠어요. 그리스도를
           그렸는데.

(교장이 다시 술을 따른다. 밖에서 제2막에 나왔던 두 여자가 우아하
게 차려입고 지나가면서 가상의 쇼윈도에 있는 물건을 들여다본다.)

시민 1   이 여자들 뭐지.

시민 2   벌건 대낮에 새로 생긴 영화관에 가는 거야.

(왼쪽에서 시민 3 등장.)

시민 3   기자들이야.

시민 2   입 다물어야 해.

화가   일이 못 내려오게 주의해야죠.

시민 1   못하게 조치를 취했지.

(귈렌 사람들, 오른쪽에 선다. 교장은 술 반병을 비웠다. 판매대에 기대어 서 있다. 기자 두 명이 카메라를 들고 등장한다. 그들 뒤로 시민 4 등장.)

기자 1   안녕하십니까, 여러분.

귈렌 사람들 안녕하세요.

기자 1   일반적으로 말해 여러분은 어떻게 생각하십니까?

시민 1   (당황하며) 우린 당연히 자하나시안 여사가 오신 걸 기뻐하지요.

시민 3   기쁘지요.

화가   감동적입니다.

시민 2   자랑스럽습니다.

기자 1   자랑스러우시다.

시민 4   어쨌든 클레리도 우리 고향 사람이니까요.

기자 2   댁의 남편이 클레어 자하나시안보다 부인을 더 좋아했다는 말이 있던데요.

(침묵.)

시민 1   누가 그런 소릴 하던가요?

기자 1   자하나시안 여사를 수행하는 땅딸막한 장님 둘이요.

(침묵.)

시민 4   (주저하며) 그 장님들이 무슨 얘길 하던가요?

기자 2   전부 다요.

화가   빌어먹을.

(침묵.)

기자 2   클레어 자하나시안과 이 가게 주인이 사십 년도 더
          된 옛날에 결혼할 뻔했다던데요. 맞습니까?

(아무도 말하지 않는다.)

일의 아내 맞아요.

기자 2   일 씨는?

일의 아내 칼버슈타트에요.

일동   칼버슈타트에.

기자 1   그 당시 로맨스를 상상할 수 있습니다. 일 씨와 클
          레어 자하나시안 여사는 함께 성장합니다. 이웃에
          사는 꼬마였을 수도 있지요. 같이 학교에 가고, 숲
          으로 놀러 가기도 하겠지요. 첫 키스 등의 일이 생
          기고요. 일 씨가 댁을 알게 되기까지 말입니다, 부
          인, 새로운 것, 낯선 것, 열정의 대상으로서 부인을
          만나기 전까지요.

일의 아내 말씀하신 그대로였어요.

기자 1   클레어 자하나시안 여사가 사실을 알게 되고, 말없
          이 고상하게 사랑을 포기합니다. 그리고 당신들은
          결혼을……

일의 아내　사랑했으니까요.

다른 귈렌 사람들　(마음을 놓으며.) 사랑했으니까요.

기자1　사랑을 해서라.

(두 기자가 시큰둥해서 수첩에 기록한다. 오른쪽에서 거세된 두 남자 등장. 로비(Roby)가 귀를 잡아 끌고 온다.)

두 사람　(아파서 소리 지르며.) 아무 말도 안 할게. 아무 말도 안 해.

(뒤로 끌려간다. 토비가 채찍을 들고 기다리고 있다.)

두 사람　토비한테 안 갈래. 토비한테 안 가!

기자2　댁의 남편이, 일 부인, 이따금, 그러니까 내 말은, 이따금 후회를 한다 해도 인간인 이상 그럴 수 있지 않겠습니까?

일의 아내　돈만 많다고 행복해지진 않아요.

기자2　행복해지진 않는다.

(아들, 왼쪽에서 등장. 가죽점퍼를 입고 있다.)

일의 아내　우리 아들 칼이에요.

기자1　멋진 젊은이군요.

기자2　아들은 그 관계에 대해 알고 있는지…….

일의 아내　우리 가족에겐 비밀이 없어요. 남편은 언제나 말하

곤 하죠. 하느님께서 아시는 건 우리 아이들도 알아
야 한다고요.
기자 1   신이 안다.
기자 2   아이들이 안다.

(딸이 테니스 복장을 하고 가게에 들어선다. 손에는 테니스 라켓을
들고 있다.)

일의 아내   우리 딸 오틸리에예요.
기자 2   매력적이군요.

(이때 교장이 갑자기 일어선다.)

교장   이보시오, 퀼렌 사람들. 난 당신들의 옛 선생이오.
조용히 슈타인헤거나 마시며, 당신들이 무슨 말들
을 하든 나는 침묵을 지켰어. 하지만 이제 난 노부
인의 방문에 대해 연설을 해야겠소. (페터네 헛간 장
면에서 치우지 않고 두었던 작은 통 위로 올라간다.)
시민 1   미쳤소?
시민 2   그만둬요.
시민 3   내려와요!
교장   퀼렌 시민 여러분! 나는 진실을 공포하겠소. 우리의
가난이 영원히 이어진다 할지라도!
일의 아내   취하셨어요, 선생님. 부끄러운 줄 아세요!
교장   부끄러워? 당신이 창피한 줄 알아야지, 이 여자야.

남편을 배신할 참이잖아.

아들   입 닥쳐요!

시민 4   나가요!

교장   숙명의 그림자가 심상찮게 커졌소! 오이디푸스에 나
            오듯이. '부풀어 올랐소, 두꺼비처럼!'

딸   (간청하듯) 선생님!

교장   날 실망시키는구나, 애야. 너의 입장이라면 진실을
            말해야 할 텐데. 이 늙은 선생이 큰 소리를 내야만
            하다니!

화가   (교장을 통에서 끌어내린다.) 당신은 내가 예술가로
            이름을 날릴 기회를 망칠 작정이오! 난 그리스도를
            그렸소, 예수 그리스도를!

교장   이의를 제기하는 바요! 이 세상 모든 사람을 향해!
            귈렌은 끔찍한 짓을 모의하고 있습니다!

(귈렌 사람들이 교장에게 달려든다. 하지만 그 순간 일이 낡아 빠진
옛날 옷을 입고 오른쪽에서 등장한다.)

일   내 가게서 무슨 일들이오?

(귈렌 사람들, 교장에게서 떨어져 놀란 얼굴로 일을 노려본다. 쥐 죽
은 듯한 고요.)

교장   진실을 말이오, 일 씨. 나는 기자 양반들에게 진실
            을 말하려는 거요. 천사장처럼 말하는 거지. 장엄하

게 울리는 목소리로. (비틀거린다.) 나는 인도주의자
니까, 고대 그리스인들의 친구니까, 플라톤 찬미자
니까.

일　　　조용히 하시오.

교장　　그러나 인간성은…….

일　　　앉으십시오.

(말이 없다.)

교장　　(취기에서 깨어난 듯) 앉아라. 인간성은 앉을 것. 자,
　　　　앉았소. 당신이 진실을 배신한다 해도. (비틀거리며
　　　　통 위에 앉는다.)

일　　　미안합니다. 이 사람은 취했어요.

기자1　　일 씨?

일　　　내게 무슨 볼일이 있는 거요?

기자1　　선생을 만나게 되다니 기쁩니다. 사진 몇 장이 필요
　　　　합니다. 부탁 좀 할까요? (주위를 둘러본다.) 식료품,
　　　　가정용품, 철물…… 이게 제일 좋겠군. 손도끼를 팝
　　　　니까?

일　　　(주저하며) 손도끼요?

기자1　　푸줏간 주인한테 파셨네요. 손에 들고 있잖아요. 그
　　　　살인 도구 좀 이리 줘 봐요. (시민 1의 손에서 손도끼
　　　　를 받아들고 휘둘러 본다.) 당신이 도끼를 잡으세요.
　　　　손에 놓고 무게를 어림해 보세요. 심각한 표정을 지
　　　　으면서. 아시겠지요. 그렇게 하세요. 그리고 일 씨,

판매대 위로 몸을 숙여서 푸줏간 주인에게 사라고
권하세요. 이렇게요. (자세를 잡아 준다.) 좀 더 자연
스럽게, 여러분, 어색하지 않게요.

(기자들이 카메라 셔터를 누른다.)

기자 1   좋아요, 아주 좋아요.
기자 2   팔을 부인의 어깨에 둘러 주시겠습니까. 아드님이
         왼쪽에, 따님은 오른쪽에. 자, 이제 행복한 표정으로
         활짝 웃는 겁니다. 환하게 웃어요. 만족스럽게, 진심
         으로, 유쾌하게 웃어 보세요.
기자 1   아주 훌륭한 표정이었어요.
기자 2   근사했어요.

(왼쪽 앞에서 사진 기자 몇 명이 무대 왼쪽 뒤로 달려간다. 한 사람
이 가게 안에 대고 외친다.)

사진 기자 자하나시안이 새 남편을 맞았어. 콘라츠바일러 숲
         으로 산책 간대.
기자 2   새 남편이라니!
기자 1   《라이프》지의 타이틀 사진감이군.

(두 기자가 가게에서 달려 나간다. 침묵. 시민 1은 여전히 손에 도끼
를 들고 있다.)

시민 1   (안도하며) 운이 좋았어.

화가   교장 선생은 사과해야 해요. 우리가 일을 제대로 해
         내려면 기자들은 아무것도 몰라야 한단 말입니다.
         알아듣겠어요?

(화가가 나간다. 시민 2가 그 뒤를 따른다. 나가기 전에 일 앞에 잠깐
멈춰 선다.)

시민 2   영리해. 허튼소리를 하지 않은 건 아주 잘했어.

시민 3   당신 같은 협잡꾼이 하는 말은 한마디도 안 믿을
         걸. (나간다.)

(시민 4, 침을 뱉고는 역시 나간다.)

시민 1   이제 우린 잡지에 나겠군, 일 씨.

일   그렇겠지요.

시민 1   유명해지고.

일   말하자면.

시민 1   파르타가스 시가 주시오.

일   여기.

시민 1   외상이오.

일   물론이오.

시민 1   솔직히 말해 당신이 클라라에게 한 짓은 무뢰한이
         나 할 짓이었어. (가려 한다.)

일   손도끼요, 호프바우어 씨.

(시민 1, 머뭇거리다가 도끼를 일에게 돌려준다. 퇴장. 가게는 침묵에 휩싸여 있다. 교장이 여전히 통 위에 앉아 있다.)

교장   용서하시오. 슈타인헤거 몇 잔 맛 좀 보았소, 두 잔 인가 석 잔인가.

일   괜찮습니다.

(가족이 오른쪽으로 나간다.)

교장   당신을 돕고 싶었소. 하지만 사람들이 나를 때려눕 혔지. 당신도 원하지 않았고. 아, 일 씨. 우린 어떤 인간들이란 말이오. 그 수치스런 10억이 우리 마음 을 태워 버리고 있소. 정신 차리고 당신 목숨을 위 해 투쟁하시오. 언론에 연락해요. 당신은 꾸물거릴 시간이 없어요.

일   나는 더 이상 투쟁하지 않습니다.

교장   (놀라서) 이보시오, 무서워 이성을 잃기라도 했단 말 이오?

일   내게 더 이상 권리가 없다는 걸 깨달았습니다.

교장   권리가 없다고? 벼락 맞을 그 늙은 여자를 두고, 우 리 눈앞에서 뻔뻔스럽게 남편을 갈아 치우는 천하 에 없을 창녀를 두고 말입니까. 우리의 영혼을 돈으 로 사 모으는 그런 여자를 두고 권리가 없다니요?

일   결국 그 책임도 내게 있습니다.

교장   책임?

일	내가 클라라를 그렇게 만들었어요. 지금의 그 모습으로 말입니다. 나를 이렇게 만든 것도, 세파에 찌든 경박한 장사꾼으로 만든 것도 납니다. 내가 뭘 해야 할까요, 퀼렌의 스승님? 죄가 없는 척할까요? 모든 게 내가 한 짓이나 마찬가집니다. 거세된 사내들, 집사, 관, 10억, 모든 게. 나는 더 이상 벗어날 길이 없고, 당신들을 도울 수도 없소.

(교장, 힘들게 비틀거리며 일어선다.)

교장	정신이 번쩍 드는군. (비틀거리며 일에게 다가간다.) 당신 말이 옳소. 전적으로. 당신이 모든 일에 책임이 있소. 이제 나는 당신에게 한마디 해야겠소, 알프레드 일 씨, 원칙이라 할 만한 말을요. (일 앞에 꼿꼿이 선다. 아직 약간은 몸이 흔들린다.) 사람들이 당신을 죽일 거요. 나는 처음부터 알고 있었지. 당신 역시 이미 오래전에 알았고. 퀼렌 사람치고 그걸 인정하려 할 사람은 없을 거야. 유혹은 너무 크고, 우리의 가난은 너무 혹독하오. 나는 한 가지를 더 알고 있소. 나도 그 일에 가담할 거란 사실이오. 서서히 살인자로 변해 가는 나 자신이 느껴지오. 인간성에 대한 믿음은 힘이 없어요. 그걸 알기에 술을 마시지 않을 수 없었소. 나는 두렵소, 일 씨. 당신이 그랬듯 두려워요. 아직은 압니다. 우리에게도 한 번은 저런 노부인이 오게 되겠지요. 언젠가는 말이오. 그

러면 지금 당신이 겪는 일을 우리도 당하게 될 거라는 사실을 아직은 알고 있어요. 하지만 곧, 아마도 두세 시간만 지나도 나는 그런 사실을 망각하게 될 거요. (침묵.) 슈타인헤거 한 병 더.

(일이 그에게 술 한 병을 내민다. 교장은 망설이다가 결연하게 받아 든다.)

교장   달아 두시오. (천천히 퇴장.)

(가족이 다시 등장한다. 일, 꿈꾸듯 가게 안을 둘러본다.)

일   모든 게 새것이군. 우리 가게가 지금처럼 참신하게 보일 때가 있었나. 깨끗하고 산뜻하네. 이런 가게를 꼭 한번 갖고 싶었지. (딸의 손에서 테니스 라켓을 받아 든다.) 테니스를 치나?

딸   몇 시간 교습을 받았어요.

일   아침 일찍, 그렇지? 노동청에 간 게 아니었나?

딸   친구들이 모두 테니스를 치는걸요.

(침묵.)

일   방에서 보니까 차를 타고 있던데, 칼?

아들   오펠 올림피아*예요. 별로 비싸지 않아요.

일	언제 운전을 배웠지?

(침묵.)

일	기차역으로 뙤약볕 아래 일을 하러 간 게 아니었나?
아들	가끔은 했어요. (아들이 당황하며 교장이 앉았던 작은 통을 들고 오른쪽으로 나간다.)
일	양복을 찾다 보니 모피 코트가 하나 있던데.
일의 아내	견본으로 입어 본 것뿐이에요.

(침묵.)

일의 아내	누구나 빚을 져요, 프레디. 당신만 예민해요. 그렇게 겁을 내다니 정말 웃을 일이에요. 그 일은 분명 잘되게 돼 있어요. 당신은 머리카락 한 올도 다치지 않고요. 클라라는 말처럼 단호하지 못해요. 내가 알아요. 심성이 고운 애거든요.
딸	맞아요, 아빠.
아들	아빠도 아실 텐데 그러세요.

(침묵.)

일	(천천히) 토요일이다. 네 차를 타 보고 싶구나, 카를,

---

* 독일의 자동차 제조사인 오펠사의 가족용 소형차.

처음이자 마지막이 되겠지. 우리 차를 타는 건.

아들   (믿지 못하며) 진심이에요?

일   외출 준비들 하지. 우리 함께 드라이브를 하자꾸나.

일의 아내   (믿지 못하며) 나도 가자고요? 우리 형편에 그러면 안 되잖아요.

일   안 될 게 뭐 있소? 당신 모피 코트를 입어요. 이 기회에 새 옷도 개시하는 거지. 준비할 동안 나는 장부 정리나 하고 있을게.

(아내와 딸은 오른쪽으로 나가고, 아들은 왼쪽으로 나간다. 일은 장부 정리에 몰두한다. 왼쪽에서 시장이 총을 들고 온다.)

시장   안녕하시오, 일 씨. 개의치 마세요. 잠깐 둘러보기만 할 테니.

일   그러시죠.

(침묵.)

시장   총을 한 자루 가져왔소.

일   고맙군요.

시장   장전된 총이오.

일   내게는 필요 없는데요.

(시장이 판매대에 총을 기대어 놓는다.)

시장	오늘 저녁에 시 자치회가 소집됩니다. 황금 사도 호텔에서요. 그곳 극장 홀이오.
일	가지요.
시장	모두 와요. 댁의 문제를 다룰 거니까. 우린 결단을 내리지 않으면 안 될 상황에 몰려 있소.
일	내가 봐도 그렇군요.
시장	노부인의 제안은 기각될 것이오.
일	그럴 수 있겠죠.
시장	물론 오류를 범할 수도 있을 거요.
일	당연히.

(침묵.)

시장	(조심스럽게) 그럴 경우, 일 씨, 당신은 판결을 받아들이겠소? 기자들도 그 자리에 있을 텐데요.
일	기자들이요?
시장	라디오와 텔레비전에다 주간 뉴스 영화사들까지 옵니다. 아주 까다로운 상황이오. 당신뿐만 아니라 우리에게도 마찬가지요, 정말이오. 노부인의 고향인데다 대성당에서 올린 결혼식 때문에 귈렌이 아주 유명해졌소. 그렇다 보니 우리의 고유 전통인 옛 민주제도에 대한 보도까지 나가게 됐다오.
일	(장부 정리를 하면서.) 그 여자의 제안을 공개하지 않을 겁니까?
시장	대놓고 알리지는…… 직접 관련된 사람들만 공판(公

判)의 의미를 이해할 거요.

일　　　내 목숨이 달린 일이란 걸 말이지요.

(침묵.)

시장　　가능하면 기자들의 시선을 다른 쪽으로 돌릴 겁니
다. 자하나시안 여사가 재단을 설립하게 될 것이다,
그런데 이 재단을, 일 씨, 어릴 적 친구인 당신의 중
개 덕에 만들게 되었다라는 식으로요. 당신이 부인
의 소싯적 친구였다는 사실은 다 알려진 거니까요.
이렇게 하면 무슨 일이 생기든 외부에서 볼 때 당신
은 아주 결백한 사람이 되는 거요.

일　　　고마운 일이군요.

시장　　당신 좋으라고 그러는 게 아니오. 성실하고 정직한
당신 가족을 위해서지. 솔직히 말하자면 그렇소.

일　　　알아요.

시장　　우린 공정한 게임을 하는 것이오. 인정해야 합니다.
당신은 지금까지 침묵을 지켰소. 좋습니다. 허나 앞
으로도 입을 열지 않겠습니까? 발설할 생각이라면
우린 자치회도 열지 않고 모든 일을 해치우지 않을
수 없소.

일　　　이해할 만합니다.

시장　　이제 어쩔 거요?

일　　　대놓고 위협하는 말을 들으니 기쁘군.

시장　　내가 댁을 위협하는 게 아닙니다, 일 씨. 당신이 우

릴 위협하고 있는 거지. 만약 당신이 말을 하겠다면 바로 그 때문에 우리도 움직여야 되는 거요. 그것도 미리 말이오.

일   아무 말도 않겠소.

시장   자치회에서 어떤 결정이 나든?

일   그 결정을 받아들이지요.

시장   됐습니다.

(침묵.)

시장   자치회 판결에 따르겠다니 좋습니다, 일 씨. 당신 마음속에 명예심이 아직 어느 정도는 살아 있군요. 그런데 말이오. 이 자치회 법정을 전혀 소집할 필요가 없다면 더 좋지 않겠소?

일   무슨 말을 하려는 거요?

시장   당신이 아까 그랬지. 총이 필요 없다고. 혹시 지금은 총이 필요하지 않소?

(침묵.)

시장   그렇게만 해 주면 우린 당신을 처벌했다고 노부인에게 말할 수 있을 테고, 돈도 받겠지요. 며칠 밤을 고민하고 이런 제안을 하는 것이오. 쉽게 하는 말이 아닙니다. 명예로운 남자로서 책임을 지고 생을 마감한다는 것, 사실상 바로 그게 댁의 의무가 아닐까

합니다. 안 그렇소? 공동체 의식이 있고 고향을 사
랑하는 마음이 있다면 분명 그럴 거요. 가난에 시
달리는 우리의 모습을 보았잖소. 그 비참함, 굶주리
는 아이들……

일   지금 당신들은 아주 잘살고 있소.

시장   일 씨!

일   시장! 나는 지옥을 겪었소. 당신들의 빚이 쌓여 가
는 것을 보았지. 좋아진 생활 형편을 확인하는 매
순간 나를 향해 다가오는 죽음을 느꼈어. 당신들
이 이런 두려움, 이런 오싹한 공포를 주지만 않았어
도 모든 것이 달라졌을 거요. 우린 다른 식으로 담
판을 지을 수도 있었을 테고, 내가 총을 집어 들지
도 몰랐을 일이오. 당신들을 위해서 말이오. 하지만
나는 집에 틀어박혀서 그 공포심을 이겨 냈소. 혼자
서 말이오. 힘들었지만 이제 해냈소. 되돌릴 일은 없
소. 당신들은 이제 나를 심판해야 하오. 당신들의 판
결이 어떻든 나는 거기에 복종할 거요. 그것이 내겐
정의니까요. 당신들에게 무슨 의미가 될지는 모르
겠소. 당신들이 자신의 판결 앞에 떳떳하길 간절히
빌 뿐이오. 당신들은 날 죽일 수 있어요. 나는 탄식
하지 않을 것이며, 항의하지도 않겠소. 저항도 없을
거요. 그러나 당신들이 할 행위를 면제해 줄 생각은
없습니다.

시장   (다시 총을 집어 든다.) 유감이오. 당신은 죄를 씻고
얼마만큼은 품위 있는 인간이 될 기회를 놓쳤소. 허

　　　　나 당신에게 그런 걸 요구할 수는 없는 노릇이니 어
　　　　쩌겠소.

일　　　불이나 좀 주시죠, 시장님. (시장이 일의 담배에 불을
　　　　붙여 준다.)

(시장 퇴장.)

(일의 아내가 모피 코트를 입고 등장한다. 딸은 붉은 옷을 입고 있다.)

일　　　품위 있어 보이네, 마틸데.
일의 아내　양털이에요.
일　　　귀부인 같구려.
일의 아내　좀 비싸거든요.
일　　　옷 예쁜데, 오틸리에. 그런데 노출이 좀 과한 거 아
　　　　니니?
딸　　　아이, 아빠. 제 이브닝드레스에 비하면 아무것도 아
　　　　네요.

(가게가 사라진다. 아들이 빈 무대 위에 의자 네 개를 놓는다.)

일　　　멋진 차로구나. 나는 일생 동안 작은 재산이라도 만
　　　　들어 보려고 온갖 애를 다 썼다. 조금이라도 편하게
　　　　살아 보려고. 말하자면 이런 자동차 같은 것도 한
　　　　대 마련하고 싶었지. 이제 떡하니 우리 차가 생겼으
　　　　니 기분이 어떨지 한번 타 보고 싶구나. 당신은 나랑

뒷자리에 탑시다, 마틸데. 오틸리에는 카를 옆에 앉고.

(그들은 의자에 앉아서 드라이브를 하는 척한다.)

아들   120킬로미터로 달릴 수 있어요.

일   그렇게 빨리 달리지 마라. 이 지역을 살펴보고 싶으
니. 내가 칠십 년이나 살았던 데가 아니냐. 낡은 골
목들이 깨끗해졌네. 많은 것이 수리를 끝냈어. 굴뚝
마다 연기가 피어오르고 창가엔 제라늄을 놓아두
었군. 괴테 성문 옆 공원에는 해바라기랑 장미가 만
발했고. 아이들 웃는 소리도 들리고, 여기저기 쌍쌍
이 만나는 연인들도 많구나. 브람스 광장에 새로 짓
는 건물은 현대식이군.

일의 아내   호텔 커피점에서 짓는 중이에요.

딸   의사 선생님이 메르세데스 최신형 모델을 타고 가
네요.

일   드넓은 평지, 그 뒤에 늘어선 구릉들, 오늘은 금빛
으로 빛나는구나. 우리를 둘러쌌던 그림자는 막강
했지만, 그림자 다음에는 다시 빛이 나게 마련이야.
지평선에는 바그너 공장의 거인 같은 크레인, 보크
만 사의 굴뚝들.

아들   시에서 공장들을 산대요.

일   뭐라고?

아들   (큰 소리로) 시에서 저것들을 산대요. (경적을 울린다.)

일의 아내   웃기는 차들이네.

아들   메서슈미트* 차들이에요. 교습생은 누구나 그런 걸
        사야 해요.

딸   C'est terrible.**

일의 아내 오틸리에는 불어와 영어 성인 반에 나가요.

일   실용적이지. 퀴블러네 술집이군. 이렇게 나와 본 지
        가 얼마만인지 원.

아들   음식점으로 바꿀 거래요.

일   이런 속도로 달릴 땐 더 크게 말해라.

아들   (더 크게) 음식점이 될 거라고요. 보나마나 슈토커
        씨 자동차야. 뷰익***을 탔다 하면 보이는 차마다 추
        월하거든.

딸   벼락부자가 되었어.

일   퓌켄리트 저지대를 달려 보자. 습지를 지나 하소 선
        제후의 사냥터 성을 돌아서 백양나무 가로수 길을
        달리는 거야. 하늘에는 거대한 구름이 마치 여름처
        럼 겹겹이 쌓여 있군. 아름다운 땅이야. 저녁노을로
        물든. 이런 풍경을 오늘 처음 보는 듯하구나.

딸   아달베르트 슈티프터****의 작품에 나올 법한 분위기
        예요.

일   누구라고?

---

* 독일의 항공기·자동차 제조사.
** 프랑스어로 '끔찍해라.'라는 뜻이다.
*** 미국의 자동차 제조사로 제너럴모터스에 속해 있다.
**** Adalbert Stifter(1805~1868). 오스트리아의 소설가로 괴테의 전통을
    계승한 이상주의적 소설을 발표했다.

일의 아내	오틸리에는 문학 공부도 해요.
일	고상하구나.
아들	호프바우어 씨가 폭스바겐을 타고 가네요. 카피겐에서 오는 길인가 봐요.
딸	새끼 돼지들을 사 오겠지요.
일의 아내	카를은 운전을 잘해요. 지금 이 커브 길을 얼마나 부드럽게 돌았어요. 겁낼 필요가 전혀 없어요.
아들	1단 기어로 놓고. 경사길이에요.
일	이 길을 올라갈 때마다 항상 숨이 찼지.
일의 아내	모피 코트를 입기 잘했어. 추워지네.
일	길을 잘못 들었구나. 여기는 바이젠바흐로 가는 길이야. 되돌아가다가 왼쪽으로 꺾어 콘라츠바일러 숲으로 가야 해.

(시민 1, 2, 3, 4가 나무 벤치를 들고 등장. 이제는 연미복을 입고 있다. 나무인 척한다.)

시민 1	우리는 다시 전나무, 너도밤나무.
시민 2	딱따구리, 뻐꾸기, 겁 많은 노루.
시민 3	댕댕이덩굴, 검푸른 이끼.
시민 4	태곳적 분위기, 종종 시인들이 노래하는 옛 시절.

(아들이 경적을 울린다.)

아들	또 노루야. 길을 비킬 줄 몰라. 망할 놈의 짐승.

(시민 3이 뛰어 달아난다.)

딸　　　　겁이 없어진 거지. 사냥을 안 하니까.

일　　　　이 나무 아래 세워라.

아들　　　알았어요.

일의 아내　뭘 하려는 거예요?

일　　　　숲을 좀 걸어 보려고. (일어선다.) 퀼렌에서 들려오는
　　　　　종소리가 듣기 좋군. 하루를 마감하고 쉬어야 할 시
　　　　　간을 알려 주는구나.

아들　　　종이 네 개로 늘어났지요. 이제야 들을 만해졌어요.

일　　　　모든 게 노랗게 물들었군. 정말 가을이구나. 바닥에
　　　　　쌓인 낙엽이 황금을 쌓은 것 같네. (낙엽을 밟으며
　　　　　걷는다.)

아들　　　아래 퀼렌 다리에서 기다릴게요.

일　　　　그럴 필요 없다. 나는 숲을 가로질러 시내로 가겠다.
　　　　　자치회에 가야 하니까.

일의 아내　그럼, 프레디, 우리는 칼버슈타트로 갈게요, 영화관
　　　　　에요.

딸　　　　So long, daddy.

일의 아내　나중에 봐요! 나중에요!

(가족, 의자를 들고 퇴장. 일이 그들 뒤를 바라본다. 왼쪽에 있는 나
무 벤치에 앉는다.)

(바람 부는 소리. 오른쪽에서 로비(Roby)와 토비가 클레어 자하나시

안을 태운 가마를 들고 등장한다. 그녀는 평상시와 같은 옷을 입고 있다. 로비는 등에 기타를 메고 있다. 그녀 옆에는 남편 9가 걷고 있다. 노벨상 수상자. 키가 크고 호리호리하다. 희끗희끗한 머리와 콧수염. (앞의 남편과 같은 배우가 연기할 수 있다.) 그 뒤에 집사.)

클레어 자하나시안 콘라츠바일러 숲이구나, 로비(Roby), 토비, 좀 멈춰라.

(클레어 자하나시안이 가마에서 내려서 외눈 안경으로 숲을 관찰한다. 시민 1의 등을 쓰다듬는다.)

클레어 자하나시안 나무좀벌레군. 나무가 죽겠어. (일을 발견한다.) 알프레드! 당신을 만나다니, 반가워요. 내 숲을 돌아보는 중이에요.
일 콘라츠바일러 숲도 당신 소유인가?
클레어 자하나시안 그래요. 옆에 좀 앉아도 되겠어요?
일 물론. 지금 막 가족과 작별을 고했소. 영화관에 간다더군. 칼은 새 차를 마련했고.
클레어 자하나시안 발전해 가는 거죠. (일의 오른쪽 옆에 앉는다.)
일 오틸리에는 문학반을 다니고. 거기에 영어와 불어를 배운다오.
클레어 자하나시안 거봐요, 당신 아이들도 이상을 추구하게 되었잖아요. 이리 와서 인사해요, 초비. 아홉 번째 남편이에요. 노벨상 수상자죠.
일 반갑습니다.

클레어 자하나시안 이 사람은 생각하지 않을 때 별나게 독특해 져요. 생각하지 마요, 초비.

남편 9 에이, 자기…….

클레어 자하나시안 점잔 빼지 말아요.

남편 9 알았소. (생각하지 않는다.)

클레어 자하나시안 어때요, 이러고 있으니까 외교관처럼 보이죠. 홀크 백작이 떠오르네요. 백작은 책을 쓰지 않았다 뿐이죠. 이번 남편은 은퇴해서 회고록을 쓰겠대요. 내 재산도 관리하겠다고 하네요.

일 축하하오.

클레어 자하나시안 기분이 좋지 않아요. 남편이란 게 전시용으로 데리고 있는 거지 유용한 물건은 아니거든요. 연구 나 하러 가요, 초비. 왼쪽으로 가면 역사적인 유적 지를 발견할 거예요.

(남편 9, 조사하러 간다. 일이 주변을 둘러본다.)

일 거세한 두 남자는?

클레어 자하나시안 헛소리를 하고 다니기에 방콕에 있는 내 마 약 굴로 보내 버렸죠. 거기서 마약을 피우며 꿈에 잠기겠지. 시종도 곧 그리로 갈 거예요. 더 이상 필 요 없게 될 테니까. 로미오와 줄리엣* 한 대, 보비.

---

* 쿠바의 고급 시가 브랜드.

(집사가 배경에서 등장, 그녀에게 담뱃갑을 건네준다.)

클레어 자하나시안 한 대 하겠어요, 알프레드?

일   그러지.

클레어 자하나시안 자, 하나 집어요. 불을 주게, 보비.

(두 사람, 함께 담배를 피운다.)

일   냄새가 좋군.

클레어 자하나시안 우린 이 숲에서 자주 담배를 피웠어요. 아직
          도 기억나요? 당신이 마틸데네 가게서 산 담배였지
          요. 아니면 훔쳤거나.

(시민 1이 열쇠로 담배 파이프를 두드린다.)

클레어 자하나시안 딱따구리 소리가 또 들리네.

시민 4   뻐꾹! 뻐꾹!

일   뻐꾸기 소리도.

클레어 자하나시안 로비(Roby)에게 기타를 치게 할까요?

일   그러시구려.

클레어 자하나시안 연주를 잘해요. 강도 살인범으로 사면을 받
          고 나온 녀석이요. 사색을 할 땐 녀석이 필요해요.
          난 전축을 싫어하거든요. 라디오도.

일   「아프리카 절벽 계곡에서 보병 대대가 행진한다」란
          곡이군.

클레어 자하나시안 당신이 좋아하던 곡이에요. 로비(Roby)에게
가르쳤죠.

(침묵. 두 사람은 담배를 피운다. 뻐꾸기 소리 등, 숲의 소리. 로비
(Roby)가 발라드를 연주한다.)

일 당신이…… 그러니까 내 말은, 우리가 아이를 가졌소?
클레어 자하나시안 물론이죠.
일 아들이었소, 딸이었소?
클레어 자하나시안 딸이요.
일 이름을 지어 주었소?
클레어 자하나시안 제네비에브.
일 예쁜 이름이오.
클레어 자하나시안 한 번밖에 보지 못했어요. 태어날 때요. 바로
뺏겼죠. 기독교 복지 시설에서 데려갔어요.
일 눈 색깔은?
클레어 자하나시안 눈은 채 뜨지도 못했어요.
일 머리는?
클레어 자하나시안 검은색이었던 것 같아요. 낳은 지 얼마 안 된
아이는 검은 머리카락인 경우가 많잖아요.
일 아마 그럴 거요.

(침묵. 담배 연기. 기타 연주.)

일 아이는 어디서 죽었소?

클레어 자하나시안　이 사람 저 사람 집을 거쳤어요. 그 사람들
　　　　　　이름은 생각도 안 나요.

일　　　　무슨 병으로?

클레어 자하나시안　뇌막염이었대요. 다른 병이었을지도 모르죠.
　　　　　　관청에서 달랑 통지서 한 장 받았으니까.

일　　　　사망일 경우 관청은 믿을 만하다오.

(침묵.)

클레어 자하나시안　아이 얘기를 해 줬어요. 이제 당신이 내 얘기
　　　　　　를 해 봐요.

일　　　　당신 얘기라니?

클레어 자하나시안　당신이 날 사랑하던 그때, 열일곱이었던 내가
　　　　　　어땠는지.

일　　　　한번은 페터네 헛간에서 당신을 오랫동안 찾아야
　　　　　　했지. 마차 안에서 당신을 찾아냈을 때 당신은 속옷
　　　　　　차림에 입에는 긴 지푸라길 물고 있었어.

클레어 자하나시안　당신은 힘이 세고 용감했어요. 날 따라다니던
　　　　　　철도원에게 대들어 싸움을 벌였지요. 나는 당신 얼
　　　　　　굴에 흐르는 피를 내 붉은 속치마로 닦아 냈어요.

(기타 소리가 들리지 않는다.)

클레어 자하나시안　발라드가 끝났네요.

일　　　　한 곡 더 들읍시다. 「오, 정다운 고향」으로.

클레어 자하나시안 로비(Roby)는 그것도 칠 수 있어요.

(다시 기타 연주.)

일   이제 시간이 되었소. 뻐꾸기 울고 바람 소리 세찬
            우리의 이 사악한 숲에 함께 앉아 보는 것도 마지
            막일 거요.

(나무들이 가지를 움직인다.)

일   오늘 저녁에 자치회가 열릴 거요. 나는 사형 선고를
            받을 것이고, 누군가가 날 죽이겠지. 그게 누가 될
            지, 어디서 그 일이 일어날지는 모르오. 아는 것이라
            곤 내 의미 없는 삶을 끝낼 것이라는 사실뿐이오.

클레어 자하나시안 난 당신을 사랑했어요. 당신은 날 배신했고
            요. 하지만 삶에 대한 꿈, 사랑과 신뢰의 꿈, 예전에
            는 현실이었던 이런 꿈들을 난 잊지 않았어요. 그
            꿈을 다시 일깨워 세우겠어요, 내 돈 10억으로요.
            당신을 없애서 과거를 바꾸겠어요.

일   화환과 국화, 장미, 고맙소.

(또다시 바람 소리.)

일   황금 사도 호텔에 있는 관을 잘 꾸며 줍디다. 고급
            스러워 보이더군.

클레어 자하나시안 당신을 그 관에 넣어 카프리*로 옮겨 갈 거예
　　　　　　　요. 내 소유인 대저택 정원에 능을 만들어 두었어
　　　　　　　요. 측백나무로 둘러싸여 있지요. 지중해를 향하고
　　　　　　　있고요.

일　　　그림에서나 봤던 풍경이로군.

클레어 자하나시안 진한 남색 바다가 장엄한 파노라마로 펼쳐져
　　　　　　　있죠. 당신은 그곳에 머물게 돼요. 내 곁에서요.

일　　　이제 「오, 정다운 고향」도 끝났군.

(남편 9, 돌아온다.)

클레어 자하나시안 노벨상 수상자가 유적지에서 돌아오신 모양
　　　　　　　이군. 어때요, 초비?

남편 9　　초기 기독교 시대 것이오. 훈족에 의해 파괴됐어.

클레어 자하나시안 유감이네요. 당신 팔 좀. 로비(Roby), 토비, 가
　　　　　　　마 가져오너라.

(가마에 오른다.)

클레어 자하나시안 잘 가요, 알프레드.

일　　　잘 가요, 클라라.

(가마가 뒤로 옮겨진다. 일은 벤치에 앉아 있다. 나무들이 가지를 뗴

─────────────

* 이탈리아 남부 나폴리 만에 있는 섬.

어 낸다. 위에서 극장 무대 전면이 내려온다. 흔히 그렇듯 커튼과 장막 가리개가 있고, '인생은 심각하나, 예술은 평온하다.'라고 쓰인 현판이 달려 있다. 뒤에서 경찰 등장. 화려한 새 제복을 입고 있다. 일옆에 자리 잡는다. 라디오 리포터 등장. 마이크에 대고 말하기 시작한다. 그동안 퀼렌 사람들이 모여든다. 모두가 훌륭하게 차려입었다. 남자들은 연미복을 입고 있다. 도처에 사진 기자, 신문 기자, 영화 카메라가 보인다.)

라디오 리포터 신사 숙녀 여러분. 여사의 생가를 촬영하고, 교구 신부님을 인터뷰한 후에 우리는 지금 자치회가 열리는 회의장에 와 있습니다. 클레어 자하나시안 여사가 호의적이고도 안온한 고향 도시를 방문하시는 가운데 그 일정의 정점에 이른 것입니다. 비록 저명하신 여사께서는 이 자리에 계시지 않지만, 시장님이 여사의 이름으로 중요한 발표를 하실 예정입니다. 우리는 황금 사도 호텔의 극장 홀에 있습니다. 괴테가 묵어 갔던 그 호텔입니다. 평상시 단체들의 모임이나 칼버슈타트 극단의 초청 공연 장소로 쓰이는 무대에는 지금 남자 시민들이 모여 있습니다. 시장님이 방금 알려 주신 바에 의하면, 옛 관습에 따른 것이라고 합니다. 여성들은 관객석에 있습니다. 이것도 전통이라고 합니다. 엄숙한 분위기에 예사롭지 않은 긴장감이 흐릅니다. 주간 뉴스 영화사들도 왔습니다. 텔레비전 방송국의 리포터들, 세계 곳곳에서 온 통신원들이 보입니다. 이제 시장님이 연설을 시작합니다.

(리포터가 마이크를 들고 무대 가운데 서 있는 시장에게로 간다. 퀼렌의 남자들은 시장 주위에 반원을 그리며 서 있다.)

시장   퀼렌 시민 여러분, 환영합니다. 개회를 선포하는 바입니다. 회의 주제는 단 하나입니다. 영광스럽게도 제가 공표할 사실은, 우리 모두의 귀중한 동료 시민이었던 건축가 고트프리트 베셔의 따님이신 클레어 자하나시안 여사께서 10억을 기부할 의향을 전하셨다는 겁니다.

(웅성거림이 기자들 사이에 번져 간다.)

시장   5억은 시에, 5억은 모든 시민에게 분배할 것입니다.

(침묵.)

라디오 리포터   (흥분을 억누르며) 청취자 여러분. 굉장한 센세이션입니다. 이 시의 주민들을 단번에 유복하게 만드는 기부가 될 것입니다. 우리 시대 최대의 사회적 실험 가운데 하나가 되겠지요. 시민들 역시 얼떨떨한 모양입니다. 정적이 흐를 뿐입니다. 모두의 얼굴이 충격과 감동에 사로잡힙니다.

시장   교장 선생님께 발언권을 넘기겠습니다.

(라디오 리포터가 마이크를 들고 교장에게 다가간다.)

　　　　　　　　⋮

교장　　　퀼렌 시민 여러분. 자하나시안 여사께서 이 선물의
　　　　　대가로 무언가 특정한 것을 원하신다는 사실을 우
　　　　　리는 분명히 알아야 합니다. 그 특정한 것이란 무엇
　　　　　일까요? 우리를 돈으로 행복하게 하려는 걸까요? 우
　　　　　리에게 산더미같이 금을 쌓아 주려는 걸까요? 바그
　　　　　너 공장을 구제하려는 것일까요? 행복 성공 제련 공
　　　　　장을, 보크만 사를요? 그게 아니라는 사실은 여러분
　　　　　이 잘 압니다. 클레어 자하나시안 여사께서는 더 중
　　　　　요한 일을 염두에 두고 계십니다. 여사님은 10억으
　　　　　로 정의를 원하십니다, 정의를요. 우리 공동체가 정
　　　　　의롭게 변하길 원하십니다. 이런 요구는 우리를 당
　　　　　황스럽게 합니다. 우리가 정의의 공동체였습니까?

시민 1　　결코 그런 적이 없습니다!

시민 2　　범죄를 허용했소!

시민 3　　오심을!

시민 4　　위증을!

여자 목소리　악당을 묵인했어요!

여러 다른 목소리　옳소!

교장　　　퀼렌 시민 여러분! 이것은 쓰디쓴 사실입니다. 우리
　　　　　는 부당함을 허용했습니다. 지금 저는 우리에게 10억
　　　　　이 제공하는 물질적 가능성을 명확히 이해하고 있
　　　　　습니다. 그처럼 언짢고 괴로운 많은 일들이 가난 때
　　　　　문이었다는 사실도 결코 간과하지 않고 있습니다.

그렇다 쳐도 말입니다. 중요한 건 돈이 아닙니다. (우레와 같은 박수) 살림이 피고 유복해지는 게 중요한 건 아니라는 말이지요. 관건은 화려한 삶이 아니라 우리에게 정의를 실현할 의지가 있는가 하는 것입니다. 정의뿐만이 아닙니다. 우리의 조상이 삶의 목표로 삼아 투쟁했고, 목숨까지 걸었던 모든 이상을, 우리 서양의 가치를 구성하는 모든 이상을 실현할 의지가 중요한 것입니다! (우레와 같은 박수) 자유는 위기에 처하게 됩니다. 이웃 사랑이 훼손될 때, 약한 자를 도우라는 계명이 무시될 때, 혼인 관계가 모욕당할 때, 법정이 기만당할 때, 나이 어린 산모가 비참한 생활로 밀려날 때 그렇습니다. (야유하는 소리) 이제 우리는 다름 아닌 신의 이름으로 우리의 이상을 행동으로 옮겨야 합니다. 피 흘림도 불사해야 합니다. (우레 같은 박수) 부(富)라는 것은 그 안에서 풍부한 자비가 솟아날 때만 의미가 있는 법입니다. 자비는 그것을 갈망하는 자에게만 주어집니다. 퀼렌 시민 여러분, 여러분은 이런 갈망을 가지고 있습니까? 다른 일상적 굶주림이나 육체적 갈망 말고도 이처럼 자비를 갈구하는 마음을 가지고 있습니까? 이것이 인문 고등학교 교장으로서 외치고 싶은 질문입니다. 여러분이 더 이상 악과의 정면 대결을 피하지 않을 때, 여러분이 어떤 경우에도 더 이상 불의가 판치는 세상을 참지 못하게 될 때, 오직 그때만 여러분은 자하나시안 여사의 10억을 받아들

일 자격을 갖게 됩니다. 오직 그때만 여사의 기부금과 결부된 조건을 충족시킬 자격을 갖게 됩니다. 퀼렌 시민 여러분, 이 사실을 심사숙고하시길 부탁드립니다.

(열광적인 박수갈채.)

라디오 리포터 청취자 여러분은 지금 박수 소리를 듣고 계십니다. 감동적입니다. 교장 선생님의 연설은 도덕의 위대함을 입증한 것이었습니다. 유감이지만 오늘날에는 이런 연설을 듣기가 쉽지 않습니다. 연설은 일반적인 폐해를 대담하게 지적했습니다. 사람이 살고, 사람이 만드는 공동체라면 어디서나 생기는 불의를 지적한 것입니다.

시장 알프레드 일······.

라디오 리포터 시장님이 다시 말을 시작합니다.

시장 알프레드 일, 당신에게 질문하겠소.

(경찰이 일을 쿡 찌른다. 일이 일어선다. 라디오 리포터가 마이크를 가지고 일에게 다가간다.)

라디오 리포터 이제 자하나시안 재단 설립을 제안한 분의 목소리를 들어 보시죠. 자선가의 어릴 적 친구인 알프레드 일 씨입니다. 이분은 칠십 세가량의 정정한 남성입니다. 올곧은 전형적인 퀼렌 사람입니다. 말할 것도 없이 감동과 함께 감사한 마음에 사로잡혀 있습니다.
조용하지만 만족스러움으로 뿌듯한 모습입니다.

시장   당신으로 인해 우리에게 재단이 제시되었습니다, 알
         프레드 일 씨. 이 사실을 알고 있습니까?

(일이 작은 소리로 무슨 말인가를 한다.)

라디오 리포터 더 크게 말씀하세요. 훌륭한 어르신, 우리 청취
         자도 좀 이해할 수 있게요.

일   예.

시장   당신은 클레어 자하나시안 재단을 받아들이거나 거
         절하게 될 우리의 결정을 존중하겠습니까?

일   존중하겠습니다.

시장   알프레드 일에게 질문하실 분 있습니까?

(침묵.)

시장   자하나시안 여사의 재단에 대해 말씀하실 분 있습
         니까?

(침묵.)

시장   신부님?

(침묵.)

시장　　시립 병원 의사 선생님?

(침묵.)

시장　　경찰 서장님?

(침묵.)

시장　　야당 쪽에선 어떻습니까?

(침묵.)

시장　　그럼 표결에 부치겠소.

(침묵. 영사기 도는 소리, 플래시 터지는 소리만 들린다.)

시장　　진심으로 정의를 실현시키고자 하는 분은 손을 드시오.

(일을 제외한 모든 사람이 손을 든다.)

라디오 리포터　극장 홀에는 경건한 침묵이 흐릅니다. 높이 올린 손들이 물결을 이룹니다. 마치 더 훌륭하고 더 정의로운 세상을 위해 바치는 엄청난 맹세와도 같습니다. 방금 말한 그 노인만이 꼼짝도 않고 앉아 있습니다. 기쁨에 압도된 듯합니다. 자신의 목표에 이르렀으니까요. 자선가가 되어 돌아온 젊은 시절 여자 친구 덕분에 재단이 만들어집니다.

시장　클레어 자하나시안 여사의 기금을 받기로 가결되었습니다. 만장일치입니다. 돈 때문이 아니라……

시민들　돈 때문이 아니라…….

시장　정의를 위한 것입니다.

시민들　정의를 위한 것입니다.

시장　또한 양심의 갈등에 의해.

시민들　또한 양심의 갈등에 의해.

시장　우리 가운데 범죄를 허용하고서는 살 수 없기 때문입니다.

시민들　우리 가운데 범죄를 허용하고서는 살 수 없기 때문입니다.

시장　우린 범죄를 근절해야 합니다.

시민들　우린 범죄를 근절해야 합니다.

시장　우리 영혼의 손상을 막고

시민들　우리 영혼의 손상을 막고

시장　우리의 가장 신성한 재산을 지킬 것입니다.

시민들　우리의 가장 신성한 재산을 지킬 것입니다.

일　(소리 지른다.) 오, 하느님!

(모두가 엄숙하게 손을 들고 서 있다. 그런데 주간 뉴스 영화사의 카메라에 고장이 생겼다.)

사진 기자   유감입니다, 시장님. 조명이 작동하지 않았어요. 마
           무리 표결을 다시 한 번 부탁합니다.

시장   한 번 더 하라고요?

사진 기자   주간 뉴스 영화에 나가려면.

시장   하고말고요.

사진 기자   조명등 준비됐나?

목소리   됐어요.

사진 기자   자, 시작하세요.

(시장이 포즈를 취한다.)

시장   진심으로 정의를 실현시키고자 하는 분은 손을 드
           시오.

(모두가 손을 든다.)

시장   클레어 자하나시안 여사의 기금을 받기로 가결되었
           습니다. 만장일치입니다. 돈 때문이 아니라…….

시민들   돈 때문이 아니라…….

시장   정의를 위한 것입니다.

시민들   정의를 위한 것입니다.

시장   또한 양심의 갈등에 의해.

시민들   또한 양심의 갈등에 의해.

시장   우리 가운데 범죄를 허용하고서는 살 수 없기 때문
           입니다.

시민들	우리 가운데 범죄를 허용하고서는 살 수 없기 때문입니다.
시장	우린 범죄를 근절해야 합니다.
시민들	우린 범죄를 근절해야 합니다.
시장	우리 영혼의 손상을 막고
시민들	우리 영혼의 손상을 막고
시장	우리의 가장 신성한 재산을 지킬 것입니다.
시민들	우리의 가장 신성한 재산을 지킬 것입니다.

(침묵.)

사진 기자	(낮은 소리로) 일 씨! 어서요!

(침묵.)

사진 기자	(실망해서) 이러면 안 되는데. 애석하군. "오, 하느님" 하고 기쁨의 탄성이 터져야 하는데. 그게 특히 인상적이었을 텐데.
시장	신문사와 방송국, 영화사에서 오신 기자 여러분, 식당에 간단한 식사가 마련되어 있습니다. 무대 출구로 해서 극장 홀을 나가시면 됩니다. 황금 사도 호텔 정원에서는 부인들께 차를 대접하고 있습니다.

(신문사, 방송국, 영화사 사람들이 오른쪽 뒤로 나간다. 귈렌 남자들만 무대 위에 움직이지 않고 서 있다. 일이 일어서서 가려 한다.)

경찰	그대로 있어! (일을 눌러 의자에 앉힌다.)
일	당신들 오늘 안으로 해치울 참이오?
경찰	물론.
일	내 생각에는 우리 집에서 하면 제일 좋겠는데.
경찰	여기서 할 거요.
시장	관람석에 아무도 없지?

(시민 3과 시민 4, 아래를 살핀다.)

시민 3	아무도 없어요.
시장	복도는?
시민 4	비었어요.
시장	문을 잠그시오. 홀 안으로 아무도 들어오면 안 돼.

(두 사람이 관람석으로 간다.)

시민 3	잠갔습니다.
시민 4	잠갔어요.
시장	불을 끄시오. 복도 창에서 보름달이 비쳐 드니. 그 걸로 충분해.

(무대가 어두워진다. 약한 달빛 속에 사람들이 희미하게 보인다.)

시장	좁은 통로를 만드시오.

(귈렌 사람들이 마주 보고 늘어선다. 그 끝에 체조 선수가 서 있다. 이제는 우아한 흰색 바지를 입었고 체육복 상의에는 붉은 어깨띠를 두르고 있다.)

(신부가 천천히 일에게 가서 그 옆에 앉는다.)

신부   자, 일 씨, 힘든 시간이 왔습니다.
일   담배 한 대 주시오.
신부   담배 한 대요, 시장님.
시장   (부드러운 태도로) 물론이오. 특별히 좋은 것으로 한
         대 주리다.

(시장이 신부에게 담뱃갑을 건네고, 신부가 일에게 내민다. 일이 한 대를 집고, 경찰이 불을 붙여 준다. 신부가 담뱃갑을 다시 시장에게 돌려준다.)

신부   이미 예언자 아모스가 말했듯이…….
일   그만두시오. (담배를 피운다.)
신부   두렵지 않단 말이오?
일   그다지. (담배를 피운다.)
신부   (당황하여) 당신을 위해 기도하겠소.
일   귈렌을 위해 기도하시오.

(일이 담배를 피운다. 신부가 천천히 일어선다.)

신부   주여, 자비를 베푸소서.

(신부가 천천히 다른 사람들의 대열에 끼어 선다.)

시장   일어서시오, 알프레드 일.

(일, 주저한다.)

경찰   일어서, 개자식. (일을 위로 잡아끈다.)

시장   경찰 양반, 자제하시오.
경찰   미안합니다. 제가 흥분했어요.
시장   이리 오시오, 알프레드 일.

(일이 담배를 던지고 발로 비벼 끈다. 천천히 무대 중앙으로 간다. 관객에게 등을 돌리고 있다.)

시장   줄 사이로 들어가시오.

(일, 주저한다.)

경찰   어서, 가.

(말없이 서 있는 남자들이 만든 두 줄 사이로 일이 천천히 들어선다. 줄의 다른 쪽 끝에는 체조 선수가 일과 마주 서 있다. 일이 멈춰 선

다. 돌아서서 자신이 지나온 인간 터널이 가차 없이 막히는 것을 본다. 무릎을 꿇는다. 통로를 만들고 있던 남자들이 한데 엉킨다. 한곳으로 둥글게 뭉쳤다가 점차 아래로 가라앉는다. 침묵. 앞면 왼쪽에서 기자들 등장. 밝아진다.)

기자1　　대체 무슨 일입니까?

(엉켜 있던 사람들이 흩어진다. 남자들은 말없이 뒤쪽으로 모인다. 의사만 남아 있다. 술집에서 흔히 볼 수 있는 격자무늬의 식탁보가 덮인 시체 앞에 무릎을 꿇고 있다. 의사, 일어선다. 청진기를 벗는다.)

의사　　　심장마비요.

(침묵.)

시장　　　기쁨에 겨워서 죽은 거지요.
기자1　　기쁨에 겨운 죽음이라.
기자2　　그런 삶이라면 최고의 기사감이야.
기자1　　작업 시작해야지.

(기자들이 오른쪽 뒤로 서둘러 나간다. 왼쪽에서 클레어 자하나시안 등장. 집사가 따른다. 그녀는 시체를 보고 멈춘다. 그리고는 천천히 무대 중앙으로 가서 관객을 마주하고 선다.)

클레어 자하나시안　시신을 이리 옮겨 오거라.

(로비(Roby)와 토비가 들것을 들고 등장. 일을 실어 클레어 자하나시 안의 발 앞으로 옮긴다.)

클레어 자하나시안 (움직이지 않는다.) 얼굴을 보여 주게, 보비.

(집사가 일의 얼굴에서 식탁보를 치운다. 그녀는 미동도 않고 오래도 록 일의 얼굴을 들여다본다.)

클레어 자하나시안 오래전 원래 그 모습으로 돌아왔군. 흑표범으 로. 다시 덮게.

(집사가 일의 얼굴을 다시 덮는다.)

클레어 자하나시안 시신을 옮겨서 관에 담도록.

(로비(Roby)와 토비가 왼쪽으로 시체를 들고 퇴장.)

클레어 자하나시안 방으로 데려다 주게, 보비. 가방을 싸라고 해 요. 우린 카프리로 떠날 테니까.

(집사가 그녀에게 팔을 내민다. 그녀는 왼쪽으로 천천히 나가다가 멈 춰 선다.)

클레어 자하나시안 시장.

(시장이 뒤에 말없이 서 있는 남자들의 대열을 떠나 천천히 앞으로 나온다.)

클레어 자하나시안 수표예요. (시장에게 종이 한 장을 건네고 집사와 함께 퇴장한다.)

(점점 좋아지는 옷차림이 은밀하게 조금씩, 그러나 점차 눈에 띄게 퍼진 생활 형편을 드러냈다면, 무대 공간 역시 지속적으로 산뜻하게 변화해 왔다. 사회적으로 신분 상승을 이룬 모습이다. 마치 빈민가에서 아무도 모르게 현대적이고 좋은 환경의 도시로 이주한 듯하다. 무대 공간은 점점 더 풍성해지는데, 이처럼 상승되어 가는 현상은 마지막 장면에 이르러 신격화된다. 예전의 잿빛 세상은 약간의 기술로 인해 반지르르하고 부유한 세상으로 바뀌었고, 이제 해피 엔드 세계와 합류하는 것이다. 깃발, 화환, 포스터, 네온사인 등이 개축된 기차역을 둘러싸고 있다. 거기에 귈렌의 여자들과 남자들이 이브닝드레스와 연미복으로 차려입고 두 개의 합창단을 구성하고 있다. 그리스 비극의 합창단을 연상시키는 모습이다. 어쩌다 그런 것이 아니라 그렇게 되도록 위치를 설정한 듯이 보인다. 마치 한 척의 조난당한 배가 멀리 표류하며 마지막 신호를 보내는 듯하다.)

합창단 1 참으로 끔찍하도다.
엄청난 지진,
불을 뿜는 산, 밀려오는 바다 물결.
전쟁도 마찬가지, 논밭을 질러가는 탱크
굉음을 내지른다.

	원자폭탄의 찬연한 버섯구름.
합창단 2	허나 더 끔찍한 게 있도다.
	그것은 가난.
	가난은 모험을 모르나니.
	절망으로 인류를 에워싼 채
	끝없이 이어 가네.
	황폐한 날에 또 하루를.
여자들	어찌할 바 모르고 어머니들은
	사랑스런 아이, 여위어 가는 것을 바라볼 뿐이로다.
남자들	그러나 남자는
	반란을 꾀한다.
	배신을 생각한다.
시민 1	남자가 싸구려 구두를 신고 간다.
시민 3	입에는 냄새나는 담배를 물고.
합창단 1	예전에 양식을 주던
	일자리
	동이 난 까닭에.
합창단 2	질주하는 기차도 그곳을 피하니.
다 함께	아마도 우리가 있는 곳.
일의 아내	우리에게 다정한 운명이 눈길을 주어.
다 함께	모든 것을 바꾸었네.
여자들	이제는 사랑스런 몸매를
	예쁜 옷이 감싸네.
아들	젊은이는 스포츠카를 몰아가고.
남자들	장사꾼은 리무진을 타고 가.

딸	아가씨는 붉은 마루 위로 춤추러 다녀.
의사	녹색 타일 붙인 새로 만든 수술실에선 의사가 신나서 수술을 하네.
다 함께	집에는 모락모락 김이 나는 저녁 식사. 만족스럽게 훌륭한 구두를 신고 갖가지 좋은 담배 연기를 뿜어낸다.
교장	배움에 목마른 사람들 향학열을 불태운다.
시민 2	분주한 사업가는 재화 위에 재화를 쌓는다.
다 함께	루벤스에 렘브란트.
화가	예술이 예술가를 완전하게 먹여 살린다.
신부	성탄절, 부활절, 오순절에 대성당은 신자들로 가득 찬다.
다 함께	그리고 기차들, 번쩍이는 귀한 것들, 철로를 서둘러 달려와 도시에서 도시로, 주민들을 이어 주며 다시금 정차하네.

(왼쪽에서 열차 차장 등장.)

차장	퀄렌.

역장   퀼렌에서 로마로 가는 급행열찹니다. 승차하십시오!
         특실은 앞쪽입니다!

(뒤에서 클레어 자하나시안이 가마를 타고 두 합창단 사이로 등장한
다. 꼼짝 않고 앉아 있다. 돌로 만들어진 옛 신상(神像) 같다. 그녀의
수행원들이 따른다.)

시장   가시는군요.
다 함께   우리에게 풍성하게 선물하신 분.
딸   자비로운 여사께서.
다 함께   고귀한 수행원들 거느리고 떠나십니다!

(클레어 자하나시안 오른쪽 끝으로 퇴장, 마지막으로 하인들이 먼 길
을 갈 관을 옮겨 간다.)

시장   행복하게 사시길.
다 함께   귀한 것을 지니고 가시네. 여사님께 맡겨진 바로 그것.

역장   출발!

다 함께   우리를 보호하소서.
신부   한 분뿐인 신께서.
다 함께   요동치는 시대에.
시장   우리의 유복함을.
다 함께   보호하소서 우리의 신성한 재산을, 보호하소서.

평화를
보호하소서 자유를.
밤은 멀리 두시고
다시는 어둡지 않게 하여 주소서. 우리의 도시,
새로이 소생한 화려한 도시,
우리의 행운을 행복하게 즐기도록 하소서.

(막)

부록*
여백 메모들

두려움 「노부인의 방문」에서 두려움은 형이상학적 단위가 아니라 측정 가능한 것이다. 두려움은 대상들로 구현된다. 따라서 뒤렌마트(해당 항목 참조)는 두려움을 실존주의자만큼 심오하게 파악하지는 않는다. 그는 이를 부인하지 않지만, 비평가들(해당 항목 참조)은 종종 신랄하게 비판한다. 존재의 무(無)는 금니로 등장한다.(경찰 항목 참조)

암시 현 세계가 암시되지는 않지만, 현 시대는 잘 드러날 것이다.

저자 저자도 공범자의 한 사람으로서 작품을 썼다.

---

* 뒤렌마트가 1955년 취리히 극장에서 있었던 초연의 공연 프로그램을 위해 쓴 글.

바이젠바흐 브룬휘벨과 로이테나우 사이에 있는 장소.

외교관 호 함부르크와 취리히 사이를 매일 오가는 급행열차.

합창단(마지막 장면에서) '위치 설정, 조난당한 배 한 척이 마지막 신호를 보내는 듯 보이도록.' 관객이 슬픔을 느끼게 할 것.

뒤렌마트 프리드리히 뒤렌마트, 1921년 1월 5일 출생. 뇌샤텔 거주.(두려움, 저자, 비평가 항목 참조)

착상 착상이 끝없이 떠오른다느니, 고심하고 뜯들이지 않고도 잘 써 내려간다느니 하는 말을 나는 계속 듣게 된다. 그런데 착상이라는 것이 무엇인가? 많은 사람이 이에 대해 고민을 한다. 이해할 만한 일이다. 그들에게 있어 문학은 문학에서 나오고, 연극은 연극에서 나온다⋯⋯. 이와 달리 나의 예술은 근본적으로 예술에서 나오는 게 아니라 세상에서, 체험에서, 세상과 씨름하는 데서 나온다. 다른 작가에게 영향을 받았다는 것을 부인하려는 게 아니다. 흡사 세상이 예술로 건너뛰는 듯한 바로 그 지점에 착상이 있다. 마치 적이 요새로 침입하듯 세상이 사건들과 함께 내 속으로 들어오기 때문에, 대립적인 세상이 만들어지고, 이에 대한 반격으로서 자기주장을 할 고유 세계가 만들어진다.

남편들 노부인(자하나시안 항목 참조)과 결혼한 남자들. 남편들의 순서는 혼란스럽다.

현재라는 시점 희극을 만들어 갈 돌덩이들을 캐내는 채석장.

돈 중요하다.

퀼렌 카퍼겐과 칼버슈타트 사이에 있는 도시 이름. 콘라츠바일러 숲(해당 항목 참조)이 있고, 퓌켄리트 저지대에 인접해 있다. 명문가 하소에 의해 조성되었다.(1111년) 주민 5056명.(프로테스탄트 교도 52퍼센트, 가톨릭 교도 45퍼센트, 기타 3퍼센트) 최후의 심판이 새겨진 정면 입구로 유명한 고딕식 대성당, 시청, 황금 사도 호텔, 인문계 고등학교 등이 있다. 산업 시설로 바그너 공장, 보크만 사, 행복 성공 제련 공장이 있다. 지금은 급행열차가 정차한다. 시의 이름을 유권자 시민들의 요구로 퀼덴으로 바꿀 예정이다. 문화 극장 홀. 관악단이 알려졌다.

퀼렌 사람들 퀼렌의 주민들. 시장이나 교장 등, 한 사회를 구성하는 전형적인 유형들이 등장한다. 이들은 전혀 악하지 않은 동시대 사람들로서 어려운 처지에 빠진다. 이상에 대한 감각을 점차적으로 발전시킨다.

호경기의 희극 작품의 예전 부제목.

일 알프레드 일.(연인 항목 참조) 상인. 1889년 출생.

콘라츠바일러 숲 사냥할 짐승이 많다.

희극 드라마 예술의 (현대적) 형식. 희극의 전제는 격정적으로 장엄한 합창을 할 권리가 공동체에 없다는 것. 공동체는 비판적으로 관찰된다.(비극 항목 참조)

비평가 (X항목 참조)

로이테나우 브룬휘벨과 퀼렌 사이에 있는 작은 마을.

연인 클레어 자하나시안(해당 항목 참조)과 알프레드 일은 고전적인 연인 관계, 약간의 차이가 있을 뿐이다. 신화에 가깝다.

로켄 브뢴휘벨과 칼버슈타트 사이에 있는 촌락.

표범 연인들 사이의 애칭이기도 하고 실제로 등장하기도 한다.(정신 분석가를 위한 사례)

경찰 (두려움 항목 참조) "법이 존중받게 하고, 질서를 보살피며, 시민을 보호하기 위해 경찰이 있는 것입니다."

긍정적인 것 연극 관람객은 한결같이 긍정적인 것이 주어지길 요구한다. 하지만 조금만 깊게 생각하면 어느 작품에서든 긍정적인 것을 발견할 수 있다.

리포터 리포터는 실제 세계와 나란히 가상의 세계를 만들어 낸다. 오늘날은 이 두 세계가 자주 혼동된다.

소포클레스 소포클레스는 조롱당하지 않는다. 저자는 그를 대단히 존경한다.(합창단 항목 참조)

슈티프터 아달베르트 슈티프터. 오스트리아 작가.(소포클레스 항목 참조)

비극 드라마 예술의 (고대) 형식. 비극의 전제는 격정적으로 장엄한 합창을 할 권리가 공동체에 있다는 것. 공동체는 이상화된다.

U (비평가 항목 참조)

베셔 고트프리트 베셔, 클라라(클레어)의 아버지, 건축가. 제1막에서 관객이 (관람석에서 볼 때) 왼쪽에서 바로 보게 되는 건물을 지은 사람. 1911년 사망.

X (U 항목 참조)

자하나시안 클레어 자하나시안, 1892년 출생. 결혼 전 이름은 클라라 베셔. 자하로프, 오나시스, 굴벤키안을 합성한 이름.(굴벤키안은 취리히에 묻힘. 남편들 항목 참조) 자비로운 부인.

주해 1*

「노부인의 방문」은 중부 유럽 어디쯤에 있는 소도시에서 일어난 이야기다. 소도시 사람들에게 전혀 거리를 두지 않는 사람에 의해, 이들과 달리 행동할 것인지 확신이 서지 않는 사람에 의해 집필되었다. 스토리에서 벗어난 것은 여기서 말할 필요도 없고, 무대에 올릴 필요도 없다. 이것은 결말에도 해당된다. 마지막 장면에서 사람들은 현실에서의 자연스러운 모습보다 더 격식을 갖춘 모습이어서, 시의 형태로, 아름다운 언어로, 나타내는 게 더 적합해 보인다. 하지만 이는 단지 귈렌 사람들이 이제 부유해졌기 때문이며, 성공한 사람들은 보통 이전보다 품위 있게 연설하기도 하기 때문이다.

나는 꼭두각시가 아니라 인간을 묘사하며, 알레고리가 아니라 행동을 기술한다. 나는 세상을 제시할 뿐, 사람들이 지금까

---

* 뒤렌마트가 1956년 초판을 위해 쓴 글.

지 나에 대해 말하는 것처럼 도덕을 제시하는 게 아니다. 나는 결코 나의 작품을 세상과 대립시키려 하지 않는다. 관객 역시 연극의 일부가 되는 한, 이 모든 것은 저절로 자연스럽게 드러나기 때문이다. 나는 연극 작품을 무대의 형편에 따라 연출할 뿐, 특정한 양식의 옷을 입혀 연출하지는 않는다. 귈렌 사람들이 나무를 연기하면 초현실주의적 관점에서 그런 것이 아니다. 이 숲에서 연출되는 약간은 민망한 사랑 이야기, 즉 늙은 남자가 늙은 여자에게 접근하려는 시도를 시적인 무대 공간에 넣어서 견딜 만하게 만들기 위한 것이다.

나는 극장과 배우에 대한 내 자신의 신뢰를 바탕으로 글을 쓴다. 그것은 나의 주요 동인이다. 소재가 나를 유혹한다. 배우는 한 인간을 약간만 묘사하면 된다. 가장 바깥쪽의 피부, 즉 텍스트를 연기하기만 하면 된다. 물론 텍스트는 적합해야 한다. 내가 하고자 하는 말은, 한 유기체가 피부를, 즉 가장 외적인 것을 형성함으로써 완결되듯이, 연극 작품은 언어를 통해 완결된다. 연극배우는 언어로 연기할 뿐이다. 언어는 그의 결과물이다. 그 때문에 또한 언어 자체만을 목표로 작업할 수 없다. 언어가 만들어 내는 것, 말하자면 생각, 행동 등이 작업의 목표가 될 수 있다. 언어 자체, 양식 자체를 목표로 작업하는 것은 아마추어다. 내 생각에, 배우의 과제는 이 결과물을 새로이 성취하는 것이다. 예술로 존재하는 것은 이제 자연으로 나타나야 한다. 내가 주는 앞면을 올바로 연기한다면 뒷면은 저절로 드러나는 식이다.

나는 나 자신을 현대 전위 예술가로 간주하지 않는다. 물론 나에게도 예술 이론이 있다. 이런 게 전부 재미있는 건 아니니 개인적인 견해로 남겨 두겠다. 안 그러면 그 이론에 맞추어야할 테니까. 형식 의지가 부족하고 약간은 혼란스러운 자연인으로 간주되는 것이 더 좋다. 이 작품은 민중극적인 방향으로 연출해야 할 것이다. 의식적으로 네스트로이*라 생각하고 다룰때 가장 잘 될 것이다. 내가 의도한 바를 따르고, 깊은 뜻에 집착하지 말아야 할 것이며, 막을 내리지 않고 무대가 변하는 것에 유의해야 한다. 자동차 장면도 단순하게 하는 게 좋은데, 의자 네 개를 이용하는 것이 가장 좋을 것이다.(이 장면은 와일더**와 아무런 관련이 없다. ─ 어째서? 비평가를 위한 변증법적 훈련이다.)

클레어 자하나시안이 나타내는 것은 정의도 마샬 플랜도 요한계시록도 절대 아니다. 그녀는 단지 보이는 모습 그대로일 뿐이다. 세상에서 제일 부유한 여자이고 재산을 이용해 그리스 비극의 여주인공처럼 행세할 수 있는 여자다. 흡사 메데이아처럼 절대적이고 잔인하다. 그녀는 그것을 누릴 능력이 있다. 클레어 자하나시안은 유머가 있다. 이 사실을 간과해서는 안 된다. 그녀는 돈으로 살 수 있는 물건과도 같은 인간들에 대해 거리를 갖고 있기 때문이다. 그녀는 또한 자기 자신에 대해서도 거리를 두고 있다. 나아가 기이한 고상함, 악의적인 매력을 갖고 있다. 하지만 그녀는 인간 질서 외부에서 움직이기 때문에 변화가 불가능한 어떤 존재, 경직된 존재가 되었다. 더 이상

---

* Johann Nestroy(1801~1862). 서민적 민중극으로 유명한 오스트리아의 희극 작가이자 배우.
** Thornten Wilder(1897~1975). 무대 장치를 극도로 생략한 상징주의적 희곡을 쓴 미국의 소설가이자 극작가.

의 발전은 없다. 돌이 되거나 우상이 되는 것 외에는. 그녀는 시적 현상이다. 그녀의 수행단도, 심지어 거세된 남자들까지도. 거세된 남자라고 해서 내시의 목소리를 내거나 사실적으로 불쾌하게 묘사될 필요는 없다. 이들은 비현실적이고, 동화적이며, 희미하고, 식물과 비슷한 행복에 빠진 유령 같은 존재이며, 태곳적 법전의 논리에 따라 전적으로 행해진 복수의 희생자들이다.(이 역할을 쉽게 하기 위해 두 사람은 함께 말하는 대신 번갈아 가며 말할 수도 있다. 이때는 문장을 반복하지 않는다.)

클레어 자하나시안은 처음부터 부동의 영웅이지만 그녀의 옛 연인은 비로소 영웅이 되어 간다. 약아빠진 장사꾼인 그는 처음에 멋모르고 그녀의 희생자가 된다. 그의 죄는 삶을 살아감으로 해서 모든 죄가 저절로 말소된다고 생각하는 것이다. 생각 없는 남자, 단순한 남자인 것이다. 그런 남자가 무언가를 서서히 인식해 간다. 두려움을 겪으면서, 경악을 느끼면서, 무언가 극히 개인적인 것을 통해서 말이다. 그는 자신에게서 정의를 체험한다. 자신의 죄를 인식하기 때문이다. 그는 죽음으로써 위대해진다.(그의 죽음에는 그 어떤 장대함이 없지 않다.) 그의 죽음은 의미심장하면서도 동시에 의미가 없다. 그가 고대 도시 국가의 신화적 제국에 산다면야 의미 있는 것이 될 수도 있겠지만, 이 일은 퀼렌에서 일어난다. 현 시대에 말이다.

영웅들과 나란히 우리와 다를 바 없는 인간인 퀼렌 사람들이 있다. 그들은 악하게 묘사될 필요가 없다. 전혀 없다. 처음에 그들은 노부인의 제안을 거절하기로 결심했지만, 빚을 지기 시작한다. 일을 죽이겠다고 마음먹고 빚을 쌓아 간 게 아니라, 경솔하게도 모든 게 잘 해결되리라 믿었기 때문이다. 제2막은 이런 분위기를 연출해야 한다. 역이 나오는 장면들도 마찬가지다. 알프레드 일만이 자신의 상황을 파악하고 두려워한다. 제2막에선 아직 험악한 말도 나오지 않는다. 페터네 헛간 장면에서 비로소 국면이 변화된다. 비운은 더 이상 피할 수 없다. 그때부터 귈렌 사람들은 점차 살인을 준비한다. 일의 죄에 격분하는 등의 모습으로 그 점을 드러낸다. 일의 가족만이 끝까지 모든 게 잘 될 거라고 믿는다. 가족 역시 악의가 있는 것은 아니다. 다른 사람들과 마찬가지로 나약할 뿐이다. 교장에게서 보듯이, 한 공동체가 서서히 유혹에 굴복한다. 하지만 이러한 굴복은 분명 납득할 만한 일이다. 유혹은 너무 강하고, 가난은 너무 혹독하다. 노부인은 사악한 여자다. 하지만 바로 그 때문에 사악하게 재현되어서는 안 된다. 가장 인간적으로, 분노에 찬 모습이 아니라 비애가 느껴지도록, 유머를 곁들여 표현되어야 한다. 비극적으로 끝나는 이 희극을 정색을 하고 심각하게 본다면, 그 이상으로 작품을 손상시키는 것도 없을 것이다.

주해 2*

『노부인의 방문』에는 두 개의 텍스트가 있다. 1959년에 아텔리어 극장에서 내게 이 작품을 공연해 달라고 요청했다. 이십오 년 전 베른으로 이주해 온 파울 알스터 감독에게 경의를 표하기 위한 것이었다. 노부인은 힐데 힐데브란트가, 일은 알스터가 연기한다고 했다.

무대를 살펴보았다. 무대 장치가 아리 외크슬린을 소개받았다. 그는 나의 의구심에 대해 어떤 무대든 문제없다고 수월하게 대답했다. 그렇지만 생각보다 작은 무대를 보았을 때 나는 상당히 당황했다. 무대는 지하실에 있었고, 사이드 무대도 배경 무대도 없었다. 그 대신 무대 바닥에 밑으로 통하는 커다란 문이 있었다. 무대 한가운데 있는 그 문은 무대에 비해 지나치게 컸다. 이것을 본 즉시 공연 요청을 수락했다. 작품을 어떻게

---

* 뒤렌마트가 1980년 판본을 위해 쓴 글.

연출해야 할지 알았기 때문이다. 클레어 자하나시안을 아래서 위로 등장하게 했다. 많은 기차역이 그렇듯, 마치 그녀가 플랫폼에서 지하도를 통해 역사로 올라오는 것처럼 한 것이다.

배우들의 수를 줄이고 제2막도 변화시켰다. 일이 총으로 노부인을 위협하는 장면을 첨가했다. 다른 발코니 장면들은 삭제했다. 제3막에서 상점 장면을 짧게 줄였다. 그 장면을 여기에 인용한다.

그 밖에 노부인 역을 맡은 힐데 힐데브란트는 지금까지 내가 본 최고의 배우였다. 가장 노부인다운 연기를 펼침으로써 부인의 운명을 실감나게 전달했다. 초연 후에 베른 시에서 성대한 파티를 열어 주었다. 시 참사의원이자 경찰 책임자이기도 한 시장이 이십오 년간 이주자 생활로 누적된 알스터의 벌금 목록을 엄숙하게 낭독했다. 그런 다음 알스터는 베른 시의 시민으로 임명되었다.

3막
일의 상점 장면*

장막 또는 무대 변경. 일의 상점. 영사막으로 가게가 좋아졌음을 암시한다. 새로운 간판 등. 가운데에 반짝거리는 새 판매대, 새 계산대, 값비싼 물건. 누군가 가상의 문으로 들어온다. 요란하게 울리는 벨소리. 판매대 뒤에 일의 아내. 오른쪽에서 시민 2 등장, 잘나가는 푸줏간 주인, 새 앞치마에 몇 방울 피가 튀어 있다.

시민 2   결혼식이 아주 성대했어요. 퀼렌 사람 전부가 대성당 광장에 나와 구경했을걸요.

일의 아내   고생스럽게 살았으니 클레리도 이젠 행복을 누려야죠.

시민 2   여배우들이 신부 들러리를 섰어요. 가슴을 이렇게

---

* 1959년 베른, 아텔리어 극장 공연 대본.

　　　　　　　　하고.

일의 아내　　요즘 유행이죠.

시민 2　　　전 세계에서 기자들이 왔어요.

일의 아내　　우리야 평범한 사람들인데요, 헬메스베르거 씨. 우
　　　　　　　리한테 무슨 볼일이 있겠어요.

시민 2　　　담배 줘요.

일의 아내　　그뤼넨이요?

시민 2　　　카멜로요.

일의 아내　　달아 놓을까요?

시민 2　　　달아 놔요. 손도끼도 하나 줘요.

일의 아내　　도살용 도끼요?

시민 2　　　그렇죠.

일의 아내　　여기요, 헬메스베르거 씨.

시민 2　　　물건 좋네요. 장사는 어때요?

일의 아내　　나아지고 있어요.

시민 2　　　우리도 할 만해요. 점원을 들였답니다.

일의 아내　　우리도 조만간 구해야겠어요.

시민 2　　　손도끼도 외상입니다, 일 부인. (도끼를 집어 든다.)

(시민 1, 한껏 차려입은 상인의 모습으로 등장. 인사한다.)

일의 아내　　안녕하세요, 호프바우어 씨.

(한 여자—여자 1 또는 여자 2—가 우아하게 차려입고 지나간다.
시민 1, 아직 상점 입구에 서서 그녀의 뒷모습을 바라본다.)

시민 1   저 여자 완전히 제멋에 사는군, 저렇게 차려입고 다
         니다니.

일의 아내   넉살도 좋지요.

시민 1   호경기가 눈앞에 이른 줄 아는 모양입니다. 사리돈
         줘요. 슈토커 집에서 밤새 파티를 벌였더니.

(일의 아내가 시민 1에게 물과 약을 건넨다.)

시민 1   사방에 기자들이에요.

시민 2   시내를 돌아다니며 이것저것 캐묻고 있어.

시민 1   방금 신부님을 인터뷰합디다.

시민 2   신부님은 아무 말 안 할 거야. 언제나 우리 가난한
         사람을 위하는 분이니까. 체스터필드 한 갑이요.

일의 아내   외상인가요?

시민 2   달아 두세요. 댁의 남편은요, 일 부인? 안 보인 지
         꽤 되는 것 같은데.

일의 아내   위층에요.

(모두가 위층에 귀를 기울인다.)

시민 2   발자국 소리네.

일의 아내   무슨 일인지 모르겠어요. 방에서만 서성이고 있어
         요. 며칠 전부터요. 남편을 보면 아주 섬뜩한 기분
         이 들어요.

시민 1   양심의 가책인가.

시민 2	일도 호주로 이민을 가려고 했어.
시민 1	우리가 살인자라도 되는 듯이 말이야. 불 좀 줘요, 일 부인.
일의 아내	여기요.
시민 1	(담배를 피운다.) 일 씨는 불쌍한 자하나시안 여사에게 못된 짓을 했어요.
일의 아내	그래서 저도 괴로워요, 호프바우어씨.
시민 2	어린 여자를 불행에 빠뜨렸으니. 젠장 맞을.

(교장 등장. 술에 취해 있다. 하지만 아직은 정신이 있다.)

일의 아내	안녕하세요, 선생님.
교장	교장에게 합당한 모습은 아니지만, 난 독한 술이 필요하오.
일의 아내	새로 들어온 슈타인헤거가 있어요.
교장	한 잔 줘요.
일의 아내	(술을 따라 준다.) 헬메스베르거 씨?
시민 2	아니, 됐습니다. 새로 마련한 폴스바겐을 타고 카피겐으로 갈 일이 있어요. 돼지를 사야 해요.
일의 아내	그럼 호프바우어 씨?
시민 1	이 망할 기자들이 도시를 떠나기 전엔 한 방울도 입에 대지 않을 거요.
일의 아내	선생님 떨고 계시네요.
교장	요즘 과하게 마시지요. 조금 전에도 황금 사도 호텔에서 아주 풍성한 주연이 있었다오. 그야말로 술판

이었지. 술 냄새가 방해가 되지 않길 바라오.

일의 아내   한 잔 더 하셔도 괜찮으실 거예요. (교장에게 다시 술을 따라 준다.)

교장   댁의 남편은? (위에 귀를 기울인다.)

일의 아내   계속 서성대고 있어요.

교장   한 잔 더. 마지막 잔이오. (스스로 따른다.)

일 부인   물론이죠.

교장   발자국. 계속 저 발자국 소리군.

시민 2   일 부인, 기자들이 왔을 때 댁의 남편이 수다를 떨지 않아야 할 텐데.

일의 아내   물론 안 되죠.

시민 1   그 사람 됨됨이를 믿을 수가 없으니.

일의 아내   어렵긴 해요, 호프바우어 씨.

시민 2   일이 클라라를 웃음거리로 만들려 하면, 말하자면 클라라가 자기 목 값으로 얼마를 불렀다든가 하는 거짓말을 해서 말이오. 클라라가 한 말은 그저 그만큼 고통스러웠다는 표현일 뿐이었는데. 그러니 일이 그런 소릴 하면 우린 보고만 있지 않을 겁니다.

시민 1   10억 때문이 아니야. (침을 뱉는다.) 시민으로서 분노하지 않을 수 없으니 하는 말입니다. 그 착한 자하나시안 여사가 정말이지 일 씨 때문에 숱한 고생을 했잖습니까.

교장   호프바우어, 난 자네의 옛 선생이야. 조용히 슈타인헤거를 마시면서 무슨 말들을 하던 난 침묵을 지켰네. 하지만 이제 인간으로서 할 일을 하는 것이 나의 의무일세. (힘들게 일어선다.) 모든 인도주의자와 고대 철학자들의 눈이 나를 주시하고 있어. 내가 그들에게 뒤지지 않는 인간임을 증명하겠어. 난 기자들에게 가서 노부인의 방문에 대해 말할 거야.

일의 아내　교장 선생님!

시민 2　그게 무슨 말씀이죠?

교장　신문사에 진실을 말하겠어. (문으로 달려간다.)

시민 1　날 밀치고 나가 보시지, 이 배신자!

교장　대천사처럼 세상에 대고 진실을 외치겠다.

(시민 2가 도끼를 들고 와서 교장 앞에 선다.)

시민 2　선생! 내 아들이 죽었소. 약을 살 돈이 없었기 때문이오. 우리 아이들은 막노동꾼으로 자랐소. 교육조차도 우리에겐 너무 비쌌기 때문이오. 우리는 짐승처럼 살았소. 어떤 기쁨도, 사치도 몰랐소. 단지 곤궁함과 무료함뿐이었소. 형편없는 음식에 싸구려 술. 이제 우리 형편이 조금씩 피고 있는데, 당신이 우릴 다시 그 불행 속으로 밀어 넣으려는 거요? 난 그 어둠 속으로 더 이상 돌아가지 않겠소, 선생. 잘 들으시오. 난 이제 이 도끼를 들고 알프레드 일에게 가겠소.

일의 아내　헬메스베르거 씨!

시민 2　그놈을 때려죽이겠소. 우리에게 다른 출구는 없다는 걸 당신은 정확히 알고 있소. 한 놈이 죽든가, 우리 모두가 뻗든가 둘 중 하나요.

(오른쪽으로 달려 올라가려 한다. 그 순간 일이 침착한 모습으로 그의 맞은편에 등장한다.)

일　　　내 가게에서 무슨 일들이오?

(경악하여 쥐 죽은 듯 조용하다.)

일　　　도끼로 뭘 하려는 건가, 헬메스베르거?

(그는 계속 일을 노려본다. 아무도 움직이지 않는다.)

시민 2　　(천천히) 이 도끼를 사려던 것뿐일세, 일. 하지만 카피겐에서 더 좋은 걸 살 수 있을 것 같네. (떨면서 일에게 도끼를 돌려준다.)

일　　　알겠네. 거기엔 물건도 더 많지.

교장　　　알프레드 일 씨. 난 고대 그리스인들의 친구이자, 플라톤 찬미자요. 인도주의 정신이 당신에게 소리쳐 알릴 것을 명합니다. 시내엔 전 세계에서 기자들이 잔뜩 몰려와 있어요. 그들에게 가시오. 공개적인 센세이션이 당신을 구할 거요!

일　　　무의미한 일이오, 선생. 내게는 기자들이 필요하지 않소. 앉으세요.

교장　　　앉으라고. 인도주의 정신은 앉아야 한단 말이군. (힘들게 앉는다.) 앉았소. 댁이 진실을 배신한다 해도 말이오.

(모두가 일의 행동에 약간 당황한다.)

시민 2   파르타가스 시가.

일   여기.

시민 2   달아 놓게.

일   물론.

시민 2   수다를 떨지 않는 게 영리한 짓이지. 자네 같은 협잡꾼의 말은 한마디도 믿지 않을걸세. (나간다.)

시민 1   솔직히 말해 당신이 클라라에게 한 짓은 무뢰한이나 할 짓이야. (나간다.)

일   (꿈에 취한 듯 상점 안을 둘러본다.) 모든 게 새 것이군. 우리 가게가 지금처럼 참신했던 적이 있나. 깨끗하고 산뜻해 보이고. 이런 가게를 갖는 게 항상 내 꿈이었는데. 아이들은 어디 있소?

일부인   테니스장에요.

일   아이들 좀 데려오지. 오늘 저녁 우리 식구 모두 함께 있고 싶어.

(일의 아내, 왼쪽으로 나간다. 교장은 여전히 앉아 있다.)

교장   용서하시오. 슈타인헤거 몇 잔 맛보았소, 두 잔인가 석 잔인가.

일   괜찮습니다.

교장   아, 일 씨, 우린 어떤 인간들이란 말이오. 당신은 도
         망갔어야 했는데, 그때 역에서. 우린 당신을 보냈어
         야 했는데, 행동으로 옮길 수가 없었소. 그럼 지금
         은? 그 수치스런 10억이 우리 마음을 태워 버리고
         있소. 내가 서서히 살인자가 되어 가는 것을 느낍니
         다. 몇 분 전만 해도 난 모든 것을 기자들에게 알릴
         생각이었소. 하지만 이제 난 더 이상 그럴 힘이 없
         소. 인도주의에 대한 나의 믿음은 힘이 없소. (술을
         따라 마신다.) 정신 차리고 당신 목숨을 위해 투쟁하
         시오. 당신에게는 꾸물거릴 시간이 없어요.

일   난 더 이상 투쟁하지 않습니다.

(교장이 다시 술을 따라 마신다.)

교장   당신은 투쟁해야 하오, 일 씨, 안 그러면 당신은 파
         멸이오. 우리도 그렇고.

일   내게 더 이상 권리가 없다는 걸 깨달았습니다. 내가
         예전에 행하지 않은 것을 여러분에게 요구할 수는
         없습니다.

교장   권리가 없다고? 저 벼락 맞을 그 늙은 여자를 두고,
         정의를 외설스럽게 희화시키는 여자를 두고 말입니
         까. 우리 눈앞에서 뻔뻔스럽게 남편을 갈아 치우는
         이 천하에 없을 창녀이자 돈으로 우리의 영혼을 사
         모으는 여자를 두고 권리가 없다니요?

일	결국 그 책임도 제게 있습니다.
교장	책임?
일	내가 클라라를 그렇게 만들었어요. 지금의 그 모습으로 말입니다. 날 이렇게 만든 것도, 세파에 찌들고 경박한 장사꾼으로 만든 것도 납니다. 내가 뭘 해야 할까요, 퀼렌의 스승님? 죄가 없는 척할까요? 모든 게 내 탓입니다. 거세된 사내들, 집사, 관, 10억. 난 더 이상 벗어날 길이 없고, 당신들을 도울 수도 없소.
교장	정신이 번쩍 드는군. (비틀거리며 일에게 다가간다.) 당신 말이 옳소. 전적으로. 당신이 모든 일에 책임이 있소. 이제 난 당신에게 한마디 해야겠소, 알프레드 일 씨, 근본적인 말을 해야겠소. (일 앞에 꼿꼿이 선다.) 당신은 악당이오, 일 씨, 그게 다요. 내게 슈타인헤거 한 병 더 주시오.

(일에 그에게 술 한 병을 내민다. 교장, 병을 주머니에 넣는다.)

교장	달아 놓으시오.

(천천히 나간다. 가족 등장. 딸은 테니스 복장이다.)

물리학자들

등장인물

마틸데 폰 찬트 정신과 여의사
마르타 볼 수간호사
모니카 슈테틀러 간호사
우베 지버스 남자 수간호사
맥아더 남자 간호사
무리요 남자 간호사

뉴턴으로 자처하는
헤르버트 게오르크 보이틀러 환자

아인슈타인으로 자처하는
에른스트 하인리히 에르네스티 환자

요한 빌헬름 뫼비우스 환자

오스카 로제 선교사
리나 로제 그의 아내
아돌프 프리드리히, 빌프리트 카스파,
외르크 루카스 리나 로제의 아들들

리하르트 포스 수사 반장
굴 경찰관
블로허 경찰관
검시관

1막

장소 약간 낡았지만 쾌적한 사설 요양원 세리제* 병원의
살롱.

주변 환경 처음에는 자연 그대로의 해안이었다가 집들이 늘
어나면서 해안을 막았고, 나중에는 중소 도시의 모습으로 변
했다.

예전엔 성과 구 시가지로 이루어진 깔끔한 도시였지만 지금
은 음침한 분위기의 보험 회사 건물들이 들어서 있다. 시의 주
수입원은 별로 크지 않은 대학이다. 이 대학은 신학 학부를 확
장했고, 여름에는 어학 코스를 운영한다. 그 외의 수입원으로
는 상업 학교와 치공과 기술 학교이며, 다음으로는 여자 기숙
학교들이 있다. 경공업이 이루어지지만 언급할 만한 가치는 별
로 없다. 이런 상황이니 번잡함과는 거리가 먼 도시다. 자연 경

---

* 프랑스어로 '벚나무'라는 뜻이다.

관 역시 쓸데없이 이곳의 한적함에 일조하여 신경 안정 작용을 한다. 어찌 됐든 푸른 산줄기에 볼만하게 숲으로 덮인 언덕들과 상당히 넓은 호수가 있다. 인근에 저녁이면 연기가 피어오르는 평야가 있는데, 이전에는 음울한 습지였던 곳이 지금은 수로가 나 있는 비옥한 땅이 되었다. 그곳 어딘가에 교도소가 있고, 교도소 소유의 대규모 농산물 공장이 있어서, 곳곳에서 그룹을 지어 그림자인 양 말없이 김을 매고 땅을 일구는 죄수들을 볼 수 있다. 하지만 도시가 어떤 곳이든 사실상 아무 상관도 없다. 여기서는 단지 정확하게 하려는 마음에서 언급한 것뿐이고, 우리는 (이제 그 단어가 떠올라서 하는 말이지만) 정신 병원으로 쓰이는 빌라를 떠날 일이 전혀 없다. 더 정확하게 표현하자면, 우리는 빌라의 살롱을 한 번도 벗어나지 않을 것인데, 장소와 시간, 줄거리의 통일을 엄격하게 지키기로 마음먹었기 때문이다. 미친 사람들이 만들어 가는 이야기에는 고전적인 형식만이 적합할 것이다.

이쯤 하고 본론으로 들어가자. 빌라에 관해 살펴보자면, 예전에는 정신 병원 설립자인 명예 의학 박사 마틸데 폰 찬트의 모든 환자들이 빌라에 수용되어 있었다. 정신 줄 놓은 귀족들, 정치 활동을 하지 못해 동맥 경화증에 걸린 정치가들, 정신 박약의 백만장자들, 정신 분열증에 걸린 작가들, 강박증에 사로잡힌 채 우울증에 시달리는 대사업가들 등등, 간단히 말해 서양의 반에 해당하는 지역에서 정신적인 문제를 가진 모든 엘리트가 그녀의 환자였는데, 그 이유는 미혼의 박사인 원장이 유명하기 때문이다. 의사 가운밖에 입을 줄 모르는 이 곱사등이 처녀가 유명한 이유는 막강하고 유서 깊은 가문의 마지막 이름난 후손일 뿐만 아니라, 인도주의자이자 정신과 의사로서 명성을 얻고 있기 때문이다. 세계적으로 유명하다고 해도 손색이 없을 정도이다.(카를 구스타프 융*과 교환한 편지가 마침 책으로 출판되었다.) 만만하게 다루기 어려운 저명인사 환자들은 오래전에 우아하고 빛이 잘 드는 새 건물로 옮겨 갔다. 어이없을 만큼 비싼 치료비를 생각한다면, 최악의 병력을 가진 환자라 할지라도 즐겁게 보살필 마음이 생길 것이다. 넓은 공원의 남쪽 부분에 자리 잡고 있는 새 건물 단지는 다양한 단독 건물들로 이루어져 있으며, 그중 작은 교회는 에르니**의 스테인드글라스로 장식되어 있다. 새 건물 단지가 평야를 향해 뻗어 있다면, 빌라는 호수 아래로 펼쳐진 잔디밭과 이어진다. 잔디밭에는 아름드리나무들이 서 있고, 호수는 돌로 쌓은 벽으로 막혀 있다.

이제 사람이 별로 없는 빌라의 살롱에는 환자 세 명만 있을 때가 많다. 우연히도 이들은 모두 물리학자다. 완전히 우연이라고만은 할 수 없을지도 모르겠다. 인본주의 원칙을 적용하여 같은 부류의 사람들을 함께 있도록 배려했을 수도 있을 테니까. 세 물리학자는 홀로 살아간다. 각자 자신이 만든 상상의 세계 속에 틀어박혀 사는 것이다. 살롱에서는 식사를 같이 하며, 이따금 자신들의 학문에 대해 토론을 벌이거나 말없이 앞만 쏘아본다. 무해하고 사랑스런 정신병자들, 유순하고 다루기 쉬우며 까다롭지 않은 환자들이다. 말하자면 진실로 모범적인

---

* Carl Gustav Jung(1875~1961). 스위스의 정신과 의사이자 분석 심리학의 창시자.
** 한스 에르니(Hans Erni, 1909~). 스위스의 화가이자 디자이너.

환자의 모습을 보여 준다고 할 것이다. 최근에 우려할 만한 일, 솔직히 끔찍하다고 할 수밖에 없는 일이 생기지 않았다면 말이다. 환자 가운데 한 명이 석 달 전에 간호사 한 명을 목 졸라 죽였는데, 지금 동일한 사건이 또 일어난 것이다. 그래서 빌라에는 다시금 경찰이 왔고, 다른 때보다 사람이 많다. 간호사는 슬프고도 확실한 죽음을 알리는 자세로 마룻바닥에 누워 있다. 관객이 쓸데없이 놀라지 않도록 뒤쪽에 위치한다. 하지만 몸싸움의 흔적은 완연하다. 가구들이 상당히 어질러져 있다. 스탠드와 안락의자 두 개가 바닥에 넘어져 있고, 무대 앞 왼쪽에는 원탁이 쓰러져 책상다리가 관객을 향하고 있다. 그밖에도 예전에 찬트의 여름 별장이었던 빌라가 정신 병원으로 개축된 아픈 흔적들이 살롱에 남아 있다. 벽은 사람 키 높이까지 위생 컬러 니스가 덧칠되어 있고, 그 위로는 예전의 석회벽이 보인다. 부분적으로는 벽 장식들이 아직도 남아 있다. 뒷면에는 작은 홀에서 물리학자들의 병실로 통하는 세 개의 문이 있다. 문에는 검은 가죽이 덧대어 있고 1에서 3까지 숫자가 매겨져 있다. 홀 옆 왼쪽에는 흉물스러운 중앙난방기가, 오른쪽에는 세면대가 있고, 빨래 걸이에는 손수건이 여러 장 널려 있다.

2번 방에서 피아노 반주를 동반한 바이올린 연주 소리가 들린다. 베토벤의 「크로이처 소나타」다. 왼쪽에 공원 전면이 보인다. 창문들은 높고 길어서 리놀륨으로 덮인 마룻바닥까지 이어진다. 창문 왼쪽과 오른쪽에는 무거운 커튼이 드리워 있다. 날개 문을 열면 테라스로 나가게 된다. 공원을 배경으로 한 테라스의 돌난간이 11월 날씨의 약한 햇살 속에 두드러져 보인다. 오후 4시 30분이 막 지났다. 격자를 친 쓸모없는 벽난로 위 오른쪽에 뾰족한 턱수염의 노인을 그린 초상화가 걸려 있다. 초상화는 묵직한 금테두리 액자에 들어 있다. 무대 전면 오른쪽에 육중한 떡갈나무 문. 격자 장식의 갈색 천장에는 무거운 샹들리에가 달려 있다. 정리된 살롱에는 흰색 칠이 된 원탁이 있고 그 둘레에 탁자와 마찬가지로 흰색 칠이 된 의자 세 개가 있다. 나머지 가구들은 약간 낡았고, 각기 다른 시대의 양식을 드러낸다. 앞쪽 오른편에는 소파 하나가 소형 탁자와 놓여 있고, 소파 양쪽에는 안락의자가 있다. 소파 뒤는 원래 스탠드가 있던 자리다. 이게 전부이니 방에 가구가 많다고 볼 수는 없다. 고대 사람들의 작품과 달리 비극적인 익살극이 될 무대를 꾸미는 데는 많은 것이 필요치 않다. 이제 우리는 시작할 수 있다.

이미 포도주 한잔을 걸치고 술 냄새를 풍기는 사복 경찰들이 침착하고 느긋하게 시신 주위에서 일 처리를 하고 있다. 시신을 재고, 지문을 채취하고, 백묵으로 시신의 윤곽을 그리는 등의 일을 한다. 살롱 중간에 리하르트 포스 수사 반장이 모자를 쓰고 외투를 입은 채 서 있고, 왼쪽에는 수간호사 마르타 볼이 있다. 그녀는 이름대로 단호해 보이고, 실제로도 그렇다. 바깥쪽 오른편 안락의자에 경찰관 한 명이 앉아서 속기하고 있다. 수사 반장이 갈색 담뱃갑에서 담배 한 대를 꺼낸다.

수사 반장   담배 좀 피워도 될까요?
수간호사   안 됩니다.
수사 반장   미안하오. (담배를 다시 담뱃갑에 꽂는다.)

수간호사   차 한잔 하시겠어요?

수사 반장   슈냅스라면 좋겠소.

수간호사   이곳은 병원이에요.

수사 반장   그럼 다 관두시오. 블로허, 사진 찍게.

블로허   알겠습니다, 반장님.

(사진 플래시.)

수사 반장   간호사 이름이 뭐였습니까?

수간호사   이레네 슈트라움이요.

수사 반장   나이는?

수간호사   22세. 콜방 출신이죠.

수사 반장   가족은?

수간호사   스위스 동부에 오빠 한 명이 있습니다.

수사 반장   연락은 했습니까?

수간호사   전보를 쳤어요.

수사 반장   살인범은?

수간호사   저, 반장님…… 그 가여운 사람은 환자랍니다.

수사 반장   아, 좋아요. 범법자는?

수간호사   에른스트 하인리히 에르네스티. 우린 아인슈타인이
           라 부르죠.

수사 반장   왜요?

수간호사   자기가 아인슈타인인 줄 알거든요.

수사 반장   아, 그래요. (속기하는 경찰관에게 몸을 돌린다.) 수간
           호사의 증언을 기록했나, 굴?

굴	예, 반장님.
수사 반장	또 목이 졸린 겁니까, 검시관?
검시관	명백합니다. 스탠드 줄을 썼어요. 정신병자들이 괴력을 보이는 건 종종 있는 일입니다. 뭔가 특이한 점이 있지요.
수사 반장	그래. 그렇단 말이지요. 여자 간호사에게 이 정신병자들을 맡기는 건 무책임한 짓으로 보이는군. 이걸로 벌써 두 번째 살인…….
수간호사	제발요, 반장님.
수사 반장	두 번째 사고란 말이요. 이곳 세리제 병원에서 첫 사고가 난 지 석 달도 안 됐어요. (수첩을 꺼낸다.) 8월 12일에 자기가 위대한 물리학자 뉴턴인 줄 아는 헤르베르트 게오르크 보이틀러라는 사람이 도로테아 모저 간호사를 목 졸라 죽였어요. (수첩을 다시 넣는다.) 역시 이 살롱에서요. 남자 간호사였다면 절대로 그런 일은 없었을 겁니다.
수간호사	그럴까요? 도로테아 모저 간호사는 여성 레슬링 클럽 회원이었고 이레네 슈트라움 간호사는 국가 유도 연맹의 주 챔피언이었어요.
수사 반장	그럼 댁은요?
수간호사	저는 역도를 합니다.
수사 반장	이제 살인범을…….
수간호사	제발요, 반장님.
수사 반장	범법자를 볼 수 있을까요?
수간호사	바이올린을 켜고 있어요.

수사 반장 바이올린을 켜고 있다니, 무슨 말이요?

수간호사 바이올린 소리가 들리잖아요.

수사 반장 그만 멈추라고 해요. (수간호사가 반응을 보이지 않자) 그자를 심문해야 합니다.

수간호사 안 됩니다.

수사 반장 왜 안 된다는 겁니까?

수간호사 치료상 허용할 수 없습니다. 에르네스티 씨는 지금 바이올린을 연주해야 합니다.

수사 반장 환자니 뭐니 해도 그놈은 간호사 목을 졸라 죽였단 말입니다!

수간호사 반장님. 놈이 아니라 마음을 진정시킬 필요가 있는 병든 인간일 뿐이에요. 이 환자는 자신을 아인슈타인 으로 알기 때문에 바이올린을 켤 때만 진정이 돼요.

수사 반장 무슨 소린지 원, 내가 미친 거요?

수간호사 아닙니다.

수사 반장 완전히 돌겠네. (땀을 닦는다.) 여긴 덥군요.

수간호사 전혀 그렇지 않습니다.

수사 반장 마르타 수간호사. 병원장을 불러 주시오.

수간호사 역시 안 됩니다. 박사님은 아인슈타인에게 피아노 반주를 해 주십니다. 아인슈타인은 박사님이 반주 를 해주실 때만 진정이 됩니다.

수사 반장 석 달 전에 병원장은 뉴턴과 체스를 두어야 했소. 그래야 뉴턴이 진정될 수 있다나 하면서. 더 이상 그 일로 왈가왈부하지는 않겠소, 마르타 수간호사. 허나 이젠 병원장을 만나야 한다니까요.

수간호사	부탁이에요. 그냥 좀 기다리세요.
수사 반장	깽깽이 연주는 얼마나 더 걸릴 거요?
수간호사	상황에 따라 십오 분이 될 수도 있고 한 시간이 될 수도 있습니다.
수사 반장	(화를 억누른다.) 좋습니다. 기다리지요. (소리를 지른다.) 기다린다고요!
블로허	저희는 끝난 것 같은데요, 반장님.
수사 반장	(입속으로 웅얼거린다.) 내가 끝장날 판이군.

(침묵. 수사 반장이 땀을 닦는다.)

수사 반장	자네들, 시신을 밖으로 내 가게.
블로허	예, 반장님.
수간호사	여러분께 공원으로 해서 교회로 가는 길을 알려 드리지요.

(간호사가 날개 문을 연다. 시신이 밖으로 옮겨진다. 도구들도 마찬가지다. 수사 반장이 모자를 벗고 소파 왼쪽에 있는 안락의자에 지친 모습으로 앉는다. 여전히 바이올린 연주, 피아노 반주. 그때 3번방에서 헤르베르트 게오르크 보이틀러가 18세기 초 의상에 가발을 쓰고 나온다.)

뉴턴	아이작 뉴턴 경입니다.
수사 반장	리하르트 포스 반장이요. (앉은 채로 맞이한다.)
뉴턴	반갑습니다. 아주 반가워요. 정말입니다. 쿵쾅거리

는 소리, 신음 소리, 색색거리는 소리를 들었어요. 그러고는 사람들이 드나들고 있네요. 여기서 무슨 일이 벌어진 건지 여쭤 봐도 될까요?

수사 반장 이레네 슈트라움 간호사가 교살당했소.

뉴턴 국가 유도 연맹의 주 챔피언?

수사 반장 그 챔피언이오.

뉴턴 끔찍하군요.

수사 반장 에른스트 하인리히 에르네스티가 그랬소.

뉴턴 그 사람 바이올린을 켜고 있잖습니까.

수사 반장 진정을 시켜야 한다오.

뉴턴 싸움이 힘들었던 모양입니다. 그 사람 약골이거든요. 무엇으로……?

수사 반장 스탠드 전선으로.

뉴턴 스탠드 전선이라. 그럴 수도 있겠네요. 에르네스티, 그 사람 안됐어요. 정말 안됐어요. 유도 챔피언도 안됐네요. 허락해 주신다면, 정리를 좀 하겠습니다.

수사 반장 하시죠. 정황 기록은 끝났습니다.

(뉴턴은 탁자를 세운 다음 의자들을 바로 놓는다.)

뉴턴 무질서한 걸 못 참겠어요. 사실 난 그저 질서를 좋아해서 물리학자가 되었지요. (스탠드를 세워 놓는다.) 자연에 나타나는 표면상의 무질서를 더 높은 질서로 환원시키기 위해서요. (그는 담배에 불을 붙인다.) 내가 담배를 피우면 방해가 될까요?

수사 반장　(반가워하며) 그 반대입니다. 나는……. (담뱃갑에서
　　　　　담배 한 대를 꺼내려 한다.)

뉴턴　　　죄송합니다만, 우리가 지금 질서에 대해 말하던 참
　　　　　이라서. 여기서는 환자에게만 흡연이 허용됩니다.
　　　　　방문객은 피울 수 없어요. 그렇지 않다간 살롱 전체
　　　　　가 금세 악취로 가득 찰 겁니다.

수사 반장　알겠소. (담뱃갑을 다시 집어넣는다.)

뉴턴　　　내가 코냑을 한잔 마신다면 선생께 방해가 될까요?

수사 반장　전혀 그렇지 않소.

(뉴턴이 벽난로 격자 뒤에서 코냑 한 병과 잔을 꺼내 온다.)

뉴턴　　　에르네스티란 사람, 정말 모르겠어요. 인간이라면
　　　　　간호사를 죽일 수는 없을 겁니다! (소파에 앉아 코냑
　　　　　을 따른다.)

수사 반장　선생도 간호사를 목 졸라 죽이지 않았소.

뉴턴　　　내가요?

수사 반장　도로테아 모저 간호사 말입니다.

뉴턴　　　여자 레슬러요?

수사 반장　8월 12일. 커튼 줄로.

뉴턴　　　그건 전혀 다른 문젭니다, 반장님. 난 미치지 않았
　　　　　어요. 반장님의 건강을 위하여.

수사 반장　댁의 건강을 위해.

(뉴턴, 마신다.)

뉴턴	도로테아 모저 간호사라. 기억을 되살리자면, 그 여자는 금발이었습니다. 힘이 엄청나게 셌지요. 뚱뚱하긴 했지만 몸은 유연했어요. 그 여잔 나를 사랑했고, 나도 그 여잘 사랑했습니다. 그런 딜레마는 오로지 커튼 줄로만 해결될 수 있었지요.
수사 반장	딜레마라고요?
뉴턴	내 과제는 중력에 대해 심사숙고하는 것이지 여자를 사랑하는 건 아닙니다.
수사 반장	알겠습니다.
뉴턴	거기다 나이차도 엄청났고요.
수사 반장	그렇지요. 선생은 이백 살도 넘었을 테니.
뉴턴	(놀라서 반장을 바라본다.) 어째서요?
수사 반장	그야, 뉴턴이라면······.
뉴턴	바보가 되신 겁니까, 반장님, 아니면 그런 척하시는 겁니까?
수사 반장	이것 보시오······.
뉴턴	내가 뉴턴이라고 정말로 믿으시는 겁니까?
수사 반장	선생이 그렇게 믿고 있잖습니까.

(뉴턴이 살피는 시선으로 주위를 둘러본다.)

뉴턴	비밀을 하나 알려 드려도 될까요, 반장님?
수사 반장	물론이요.
뉴턴	나는 아이작 경이 아닙니다. 그저 뉴턴인 체하는 겁니다.

수사 반장   무엇 때문에요?

뉴턴   에르네스티에게 줄 혼란을 막으려고요.

수사 반장   무슨 소린지 모르겠소.

뉴턴   나와 달리 에르네스티는 정말로 환자거든요. 자기가 알베르트 아인슈타인인 줄 알아요.

수사 반장   그게 선생과 무슨 상관입니까?

뉴턴   알베르트 아인슈타인이 사실상 나라는 걸 알면 난리날 겁니다.

수사 반장   그러니까 선생 말은……

뉴턴   물론입니다. 그 유명한 물리학자이자 상대성이론의 창시자가 바로 납니다. 1879년 3월 14일에 울름에서 태어났죠.

(수사 반장이 약간 혼란스러워하며 자리에서 일어난다.)

수사 반장   만나서 반가웠소.

(뉴턴 역시 일어난다.)

뉴턴   그냥 알베르트라고 부르세요.

수사 반장   리하르트라고 하시지요.

(둘은 악수를 한다.)

뉴턴   단언하건대, 나라면 「크로이처 소나타」를 에르네스티가 지금 하는 것보다 훨씬 더 활기차게 연주할 겁니다. 저 사람은 안단테를 너무 거칠게 연주해요.

수사 반장   난 음악에 문외한이라.

뉴턴   우리 앉읍시다.

(뉴턴이 반장을 소파에 끌어 앉히고, 그의 어깨에 팔을 두른다.)

뉴턴   리하르트.

수사 반장   왜요, 알베르트?

뉴턴   나를 체포할 수 없다는 게 화나지 않습니까?

수사 반장   무슨 말씀을, 알베르트.

뉴턴   내가 간호사를 교살했기 때문에 체포하려는 겁니까, 아니면 원자 폭탄을 만들게 했으니까 체포하고 싶은 겁니까?

수사 반장   저, 알베르트.

뉴턴   저기 문 옆에 있는 스위치를 올리면 무슨 일이 생길까요, 리하르트?

수사 반장   불이 들어오겠지요.

뉴턴   전기 접촉을 만드는 거지요. 전기의 특성에 대해 아는 게 있나요, 리하르트?

수사 반장   난 물리학자가 아니오.

뉴턴   나도 아는 게 별로 없어요. 자연 관찰을 토대로 이론을 세우는 것뿐이지요. 이 이론을 수학 언어로 기록하고, 여러 가지 공식을 만들어 냅니다. 그다음엔 기술자들 차례입니다. 기술자들은 포주가 창녀를 대하듯 전기의 특성을 다룹니다. 전기의 특성을 철저히 이용해 먹는 거지요. 그들은 기계를 생산합니다. 이 기계가 전문 지식과 상관없이 작동하게 될 때만 일반사람들이 사용하게 됩니다. 그래서 오늘날은 어떤 바보라도 전구를 켤 수 있어요. 원자 폭탄을 폭발시킬 수도 있고요. (수사 반장의 어깨를 두드린다.) 이제 누구나 할 수 있게 됐다고 날 체포하려는 거 아니오, 리하르트. 그건 공평하지 않아요.

수사 반장 체포할 마음이 전혀 없어요, 알베르트.

뉴턴 날 미쳤다고 생각하니까 그럴 뿐이죠. 반장님은 전기에 대해 전혀 모른다면서 왜 불 켜는 걸 거부하지 않습니까? 이 경우에는 반장님이 범죄자입니다. 코냑을 숨겨야겠어요. 들키면 마르타 볼 수간호사가 난리를 쳐요. (코냑 병을 벽난로 칸막이 뒤에 숨긴다. 하지만 잔은 그대로 둔다.) 안녕히 가세요.

수사 반장 잘 있어요, 알베르트.

뉴턴 반장님 자신을 체포해야 할 거요! (3번 방으로 다시 사라진다.)

수사 반장 한 대 안 피우면 정말 돌겠어.

(잠시 생각하고 담뱃갑에서 담배 한 대를 꺼내 불을 붙여 문다. 날개 문으로 블로허가 들어온다.)

블로허 떠날 준비 됐습니다, 반장님.

(반장이 발을 구르며)

수사 반장   기다리겠네! 병원장을 말일세!
블로허   그러시죠, 반장님.

(수사 반장은 진정하고 투덜대듯 말한다.)

수사 반장   팀과 함께 시내로 돌아가게, 블로허. 나는 나중에
            따라가겠네.
블로허   알겠습니다, 반장님. (퇴장)

(수사 반장은 담배 연기를 내뿜고는 일어나서 불만에 가득 차 쿵쾅
거리며 살롱을 돌아다닌다. 벽난로 위에 있는 초상화 앞에 멈춰 서서
그림을 관찰한다. 그사이에 바이올린과 피아노 연주가 그쳤다. 2번
방 문이 열리고 마틸데 폰 찬트 박사가 나온다. 곱사등이, 오십오 세
가량, 흰 의사 가운, 청진기.)

찬트 박사   고위 관료이셨던 저의 아버지 아우구스트 폰 찬트
            입니다. 제가 이 빌라를 요양원으로 바꾸기 전에 이
            곳에 거주하셨죠. 위대한 분이었고, 참된 인간이셨
            지요. 저는 외동딸이에요. 아버지는 저를 페스트인
            양 미워하셨어요, 대체로 인간들을 몹쓸 역병이나
            되는 듯 싫어하셨지요. 당연한 것인지도 몰라요. 경
            제계의 지도자였던 아버지에게는 인간 정신의 온갖
            심연이 드러났으니까요. 우리 정신과 의사들은 평생

196

알지 못할 그런 것이지요. 어떻든 정신병을 다루는 우리 의사들은 대책 없을 정도로 낭만적인 박애주의를 버리지 못하니까요.

수사 반장 삼 개월 전에는 다른 초상화가 걸려 있었는데.

찬트 박사 정치가였던 저의 아저씨였죠. 요아힘 폰 찬트 수상. (소파 앞에 있는 작은 탁자에 악보를 놓는다.) 자. 에르네스티는 진정됐어요. 침대에 쓰러져 잠들었어요. 정말 행복한 사람이죠. 이제 좀 안심이 되네요. 브람스의 3번 소나타까지 연주하면 어쩌나 했답니다. (소파 왼쪽에 있는 안락의자에 앉는다.)

수사 반장 미안합니다, 찬트 박사님, 담배를 피워서요. 하지만…….

찬트 박사 안심하고 피우세요, 반장님. 저도 한 대 피워야겠어요. 수간호사가 마음에 걸리긴 하지만. 불 좀 주세요.

(수사 반장이 불을 붙여 주고, 여의사가 담배를 피운다.)

찬트 박사 끔찍해요. 이레네 간호사가 안됐어요. 순수하고 젊은 애였는데. (잔을 발견한다.) 뉴턴이?

수사 반장 덕분에 즐거웠답니다.

찬트 박사 잔을 치우는 게 낫겠어요.

(수사 반장이 여의사보다 먼저 일어나 벽난로의 격자 뒤에 잔을 숨긴다.)

찬트 박사 수간호사 때문이에요.

수사 반장 알 만합니다.

찬트 박사 뉴턴과 대화를 나누셨어요?

수사 반장 한 가지 알아냈지요. (소파에 앉는다.)

찬트 박사 축하해요.

수사 반장 뉴턴은 실제로 자기가 아인슈타인이라고 합디다.

찬트 박사 그 소리는 누구에게나 하지요. 하지만 사실을 말하
자면, 자신을 뉴턴으로 생각해요.

수사 반장 (어리벙벙해져서) 확실합니까?

찬트 박사 제 환자들이 자신을 누구로 여기는가는 제가 결정
합니다. 그 사람들이 스스로에 대해 아는 것보다 훨
씬 더 잘 아는 사람이 접니다.

수사 반장 그럴 수 있지요. 그렇다면 저희들을 도와주셔야겠
습니다, 박사님. 정부에서 이의를 제기합니다.

찬트 박사 검사가요?

수사 반장 난리가 났지요.

찬트 박사 마치 제 일인 양 말씀하십니다, 포스 반장님.

수사 반장 살인이 두 건……

찬트 박사 부탁이에요, 반장님.

수사 반장 불행한 사고가 석 달 동안 두 번이나 생겼어요. 이
병원의 안전 대책이 충분치 못하다는 사실을 인정
하셔야 합니다.

찬트 박사 그 안전 대책이라는 게 어떤 거예요, 반장님? 저는
교도소가 아니라 병원을 운영하고 있습니다. 반장님
도 실제로 살인이 일어나기 전에는 살인자를 감금

할 수 없잖습니까.

수사 반장 　살인자가 아니라 미친 사람들이 문젭니다. 언제든 살인을 할 수 있는 사람들 말입니다.

찬트 박사 　건강한 사람도 마찬가지예요. 훨씬 더 하지요. 우리 할아버지 레오니다스 폰 찬트만 봐도 그래요. 야전 사령관이었는데 전쟁에서 패하셨어요. 대체 우리가 어느 시대에 살고 있지요? 의학이 발전을 했나요, 못했나요? 새로운 의약품을 사용할 수 없을까요? 아무리 광포한 환자라도 양처럼 순하게 만드는 약이 없나요? 환자들을 다시 독방에 가두고 예전처럼 권투 글러브를 끼고 네트 안에서 싸우기라도 하란 말씀인가요? 우리가 위험한 환자와 아닌 환자를 구분할 능력도 없다는 듯이 말씀하시네요.

수사 반장 　어쨌든 이 구분 능력이 보이틀러와 에르네스티를 상대로 해서 전혀 발휘되지 못한 건 분명하잖습니까.

찬트 박사 　유감으로 생각해요. 그 일이 염려될 뿐이지, 댁의 잘난 척하는 검사는 내 알 바 아니에요.

(2번 방에서 아인슈타인이 바이올린을 들고 나온다. 수척한 몸, 새하얗고 긴 머리, 콧수염.)

아인슈타인 　잠이 달아났어.

찬트 박사 　아니, 교수님.

아인슈타인 　내 연주가 훌륭했소?

찬트 박사 　아주 좋았답니다, 교수님.

아인슈타인 이레네 슈트라움 간호사는…….

찬트 박사 그 일은 이제 생각하지 마세요, 교수님.

아인슈타인 다시 누울래요.

찬트 박사 그게 좋겠어요, 교수님.

(아인슈타인은 다시 방으로 돌아간다. 수사 반장이 벌떡 일어선다.)

수사 반장 그러니까 저자가 바로 그자로군!

찬트 박사 에른스트 하인리히 에르네스티죠.

수사 반장 그 살인범…….

찬트 박사 제발, 반장님.

수사 반장 자기를 아인슈타인으로 착각하고 사는 저 범법자는
언제 병원에 들어왔습니까?

찬트 박사 이 년 전에요.

수사 반장 뉴턴은요?

찬트 박사 일 년 전이죠. 두 사람은 치료가 불가능해요. 포스
반장님, 저는 정말 이 분야에서 신출내기가 아닙니
다. 그것은 반장님도 아시고 검사도 압니다. 검사는
전문가인 저의 판정을 언제나 존중했어요. 제 요양
원은 세계적으로 알려져 있고 그에 걸맞게 치료비도
비쌉니다. 저에게 실수는 허용될 수 없어요. 경찰을
병원으로 불러들이는 사고는 더더욱 있을 수 없지
요. 여기서 맡은 바 기능을 발휘하지 못하는 게 있
다면, 그건 의술이지 제가 아니에요. 이 불행한 사고
들은 예견될 수 없었어요. 반장님이나 저 역시도 간

호사를 교살할 수 있는 일이지요. 일어난 사건에 대해 의학적으로 가능한 설명은 없어요. 만일…….

(여의사가 담배를 새로 꺼낸다. 반장이 불을 붙여 준다.)

찬트 박사   반장님, 눈에 띄는 게 없나요?

수사 반장   어떤 점이?

찬트 박사   두 환자를 생각해 보세요.

수사 반장   그래서요?

찬트 박사   두 사람은 물리학자입니다. 핵물리학자요.

수사 반장   그게 어때서요?

찬트 박사   반장님은 정말이지 전혀 의심할 줄 모르는 분이로군요.

수사 반장   (골똘히 생각한다.) 박사님.

찬트 박사   네, 반장님?

수사 반장   박사님 생각엔……?

찬트 박사   두 사람은 방사성 물질을 연구했어요.

수사 반장   박사님은 어떤 연관이 있다고 추측하는 겁니까?

찬트 박사   확실하게 하려는 것뿐이에요. 그게 다예요. 두 사람이 정신 착란을 일켰고, 두 사람의 병이 악화되었고, 말할 수 없이 위험한 상태가 되었으며, 두 사람 모두 간호사를 교살했어요.

수사 반장   박사님 생각으론……. 방사능 때문에 그 사람들 뇌에 문제가 생겼다는 말입니까?

찬트 박사   그런 가능성을 염두에 두지 않을 수 없지요.

수사 반장	(주위를 둘러본다.) 이 문은 어디로 통합니까?
찬트 박사	위층으로 가는 문이에요. 위층에 녹색 살롱이 있어요.
수사 반장	여기에 있는 환자는 몇 명이나 됩니까?
찬트 박사	세 명이요.
수사 반장	달랑 세 명이라고요?
찬트 박사	다른 환자들은 첫 번째 사고가 일어난 후 즉시 새 건물로 옮겼어요. 운 좋게도 새 건물을 제때에 완성시킬 수 있었답니다. 부유한 환자들과 저의 친척들 역시 기여를 했지요. 죽어 없어짐으로써 말입니다. 대부분 이곳에서 죽었어요. 친척이 죽을 때마다 전 유일한 상속인이었어요. 운명이에요, 포스 반장님. 언제나 전 단독 상속인이죠. 우리 가족은 작은 의학적 기적으로 보일 만큼 아주 오래 살아요. 제가 비교적 정상이라고 해도 된다면 말이지요. 제 말은, 저의 정신 상태와 관련해서요.
수사 반장	(생각에 잠겨 있다.) 세 번째 환자는?
찬트 박사	역시 물리학자예요.
수사 반장	이상하군요. 그렇지 않습니까?
찬트 박사	전혀요. 저는 환자를 분류하거든요. 작가는 작가들끼리, 기업가는 기업가들끼리, 여성 백만장자는 또 그 사람들끼리, 물리학자는 물리학자들끼리 말입니다.
수사 반장	세 번째 환자 이름은요?
찬트 박사	요한 빌헬름 뫼비우스.
수사 반장	이 환자도 방사능 물질과 관련이 있습니까?
찬트 박사	아무런 관련도 없습니다.

수사 반장 이 환자도 혹시 그럴 수……?

찬트 박사 그 사람이 여기 온 지 십오 년 되었지만 위험하지
           않아요. 언제나 같은 상태를 유지하고 있어요.

수사 반장 박사님. 정부의 요구를 피해 가려 하지 마십시오.
           검사는 물리학자들을 위해 반드시 남자 간호사를
           두도록 요구하고 있어요.

찬트 박사 생각해 보지요.

수사 반장 (모자를 집는다.) 좋아요, 박사님이 이해해 주시니 기
           쁩니다. 전 두 번이나 세리제 병원에 왔습니다, 찬트
           박사님. 여기 또다시 올 일이 없기를 바랍니다.

(수사 반장은 모자를 쓰고 날개 문을 지나 테라스 왼쪽으로 해서 공
원을 가로질러 멀어진다. 마틸데 폰 찬트 박사는 생각에 잠겨 그의
뒷모습을 바라본다. 오른쪽에서 수간호사 마르타 볼이 오다가 주춤
하고 냄새를 맡는다. 손에는 서류철을 들고 있다.)

수간호사 아니, 박사님…….

찬트 박사 오. 미안해요. (담배를 눌러 끈다.) 이레네 슈트라움의
           시신은 관에 안치시켰나요?

수간호사 오르간 아래 두었습니다.

찬트 박사 양초와 꽃으로 둘러싸게 해요.

수간호사 포이츠 꽃집에 전화해 두었습니다.

찬트 박사 센타 이모님 상태는 좀 어때요?

수간호사 불안정합니다.

찬트 박사 약의 양을 두 배로 늘려요. 사촌 울리히는?

수간호사   변화가 없습니다.

찬트 박사   마르타 볼 수간호사. 유감스럽지만 세르제 병원의 전통 하나를 끝내지 않을 수 없네요. 지금까지 난 여자 간호사들만 채용했어요. 하지만 내일이면 남자 간호사들이 빌라를 접수할 거예요.

수간호사   마틸데 폰 찬트 박사님. 물리학자 세 명은 제 환자입니다. 제 환자들을 뺏기고 싶지 않아요. 그들은 제가 보아 온 환자 가운데 가장 흥미 있는 사례예요.

찬트 박사   결정은 이미 났어요.

수간호사   어디서 남자 간호사들을 데려오실지 궁금하군요. 요즘 사람 구하기가 쉽지 않을 텐데요.

찬트 박사   내 문제니 상관 말아요. 뫼비우스 부인 왔나요?

수간호사   녹색 살롱에서 기다리고 있습니다.

찬트 박사   들어오시라고 해요.

수간호사   뫼비우스의 병력입니다.

찬트 박사   고마워요.

(수간호사가 여의사에게 서류철을 넘겨주고, 오른쪽에 있는 문으로 나가려다 다시 돌아선다.)

수간호사   저…….

찬트 박사   그냥 가요, 마르타 수간호사. 부탁해요.

(수간호사 퇴장. 찬트 박사는 서류철을 열고 둥근 탁자에 앉아 검토한다.

오른쪽에서 수간호사가 로제 부인과 열넷, 열다섯, 열여섯 살 된 남자 아이 셋을 데리고 들어온다. 제일 나이 많은 아이가 서류 가방을 들고 있다. 마지막으로 로제 선교사가 들어온다. 여의사가 일어선다.)

찬트 박사   뫼비우스 여사……

로제 부인   이젠 로제예요. 로제 선교사의 아내가 되었죠. 많이 놀라실 거예요, 박사님. 전 삼 주 전에 로제 선교사와 결혼했어요. 약간 서두른 감이 있긴 했어요. 저희는 9월에 한 집회에서 알게 되었어요. (얼굴을 붉히며 약간 어색하게 새 남편을 가리킨다.) 오스카는 상처하고 재혼을 안 하고 있었죠.

찬트 박사   (로제 부인과 악수하며) 축하합니다, 로제 여사, 진심으로 축하드려요. 선교사님도요. 행복하시길 바랍니다. (그에게 고개를 숙여 인사한다.)

로제 부인   저희를 이해하시겠지요?

찬트 박사   그야 물론이죠, 로제 여사. 삶이란 계속 번성해 가야 하는 법이죠.

로제 선교사 여긴 정말 조용하군요! 아주 친절하고요. 참된 신의 평화가 이 집 안에 주재하십니다. 정말이지 시편의 말씀 그대로입니다. '여호와는 궁핍한 자를 들이시며 자기를 인하여 수금된 자를 멸시치 아니하시나니.'*

로제 부인   오스카는 훌륭한 설교사랍니다, 박사님. (얼굴을 붉

---

* 시편 69편 33절.

한다.) 제 아이들이에요.

찬트 박사 안녕, 애들아.

세 아이들 안녕하세요, 박사님.

(막내 아이가 바닥에서 무언가를 집는다.)

외르크 루카스 스탠드 전선이네요, 박사님. 바닥에 있었어요.

찬트 박사 고맙구나. 훌륭한 아드님들을 두셨어요, 로제 여사. 마음이 든든하시겠어요.

(로제 부인이 오른쪽 소파에 앉고, 여의사는 왼쪽에 있는 탁자에 앉는다. 소파 뒤에 아이들 셋이 선다. 로제 선교사는 오른쪽 끝에 있는 안락의자에 앉는다.)

로제 부인 박사님, 아이들을 이유 없이 데려온 게 아니에요. 오스카는 마리아나 제도에 있는 선교 부서를 맡게 되었어요.

로제 선교사 태평양에 있습니다.

로제 부인 아이들이 떠나기 전에 아버지를 보는 게 옳다고 생각해요. 처음이자 마지막이 될 거에요. 애들 아버지가 병이 났을 때 이 애들은 어렸고, 이제 작별하면 영원히 못 볼 수도 있으니까요.

찬트 박사 로제 여사, 의사 입장에서 약간은 염려스럽기도 합니다만, 인간적으로 부인의 소망을 이해할 수 있어요. 이번 가족 만남은 허락해 드리지요.

로제 부인 요한 빌헬름은 상태가 어떤가요?

찬트 박사 (서류철을 뒤적인다.) 뫼비우스 씨는 호전되지도 악화되지도 않아요, 로제 여사. 자신의 세계 속에 틀어박혀 있을 뿐입니다.

로제 부인 여전히 솔로몬 왕이 나타난다고 하나요?

찬트 박사 지금도 그래요.

로제 선교사 슬프고도 한탄스러운 방황입니다.

찬트 박사 그렇게 엄격하게 보시다니 약간 놀랍네요, 로제 선교사님. 신학자이시니 기적의 가능성을 고려해야 하실 텐데요.

로제 선교사 물론입니다……. 그러나 정신병자는 가망이 없어요.

찬트 박사 정신병학에서는 말입니다, 친애하는 로제 선교사님, 정신병자가 인지하는 현상들이 사실인지 아닌지에 대하여 판단할 필요가 없습니다. 정신병학은 단지 정서 상태와 신경 조직의 상태를 돌볼 뿐입니다. 병의 진행이 느리다 해도 여기 이런 상태에 있는 뫼비우스 씨는 정말 안됐어요. 돕는다고요? 맙소사! 인슐린 치료가 이번에도 별 효과 없이 끝났네요. 인정합니다, 하지만 다른 치료 방식들이 성과가 없었기 때문에 인슐린 치료를 계속하도록 했어요. 제가 요술을 부릴 수는 없답니다, 로제 여사. 친애하는 뫼비우스 씨를 건강하게 양육할 수도 없는 노릇이고요. 그렇다고 그분을 괴롭힐 생각도 없습니다.

로제 부인 그이는 알고 있나요, 제가…… 제 말은 그러니까, 그이와 제가 이혼한 사실을 알고 있나요?

찬트 박사   전하기는 했습니다.

로제 부인   이해를 하던가요?

찬트 박사   바깥세상에 대한 관심이 더 이상 없다고 봐야지요.

로제 부인   박사님. 제 말을 오해하지 말고 들어 주세요. 제가 열다섯 살 중학생이었을 때 그이를 알게 되었어요. 그이가 우리 집 다락방에 세 들어 살았지요. 그 사람은 고아였고 정말 가난했어요. 전 그이가 고등학교 졸업장을 따고, 나중에는 물리학을 공부할 수 있도록 했어요. 그이가 스무 번째 생일을 맞는 날 우린 결혼을 했답니다. 부모님의 반대를 물리치고요. 우린 밤낮으로 일했어요. 그이는 박사 논문을 썼고, 전 운송 회사에 취직했어요. 사 년 후 아돌프 프리드리히, 우리 장남이 태어났고, 이어서 다른 두 아들이 태어났어요. 마침내 교수직을 바라보게 되었죠. 이제 한숨 돌려도 되겠다고 생각했는데, 그때 요한 빌헬름은 병이 났고, 덕분에 재산을 몽땅 날렸어요. 저는 가족을 먹여 살리려고 초콜릿 공장에 취직했어요. 토블러* 공장에요. (말없이 눈물을 훔쳐 낸다.) 살면서 온갖 고생을 다 했어요.

(모두 감동받는다.)

찬트 박사   로제 여사, 부인은 용감한 여인입니다.

---

* 스위스의 초콜릿 브랜드.

로제 선교사 훌륭한 어머니고요.

로제 부인 박사님. 지금까지는 요한 빌헬름을 박사님 병원에 입원시킬 수 있었어요. 병원 비용은 제 능력을 훨씬 넘어섰지만 항상 신께서 도와주셨지요. 하지만 이제 전 경제적으로 바닥이 났답니다. 더 이상 추가 비용을 댈 수가 없어요.

찬트 박사 이해해요, 로제 여사.

로제 부인 요한 빌헬름을 책임지지 않으려고 오스카와 결혼했다고 생각하실까 두려워요. 그건 아니에요. 지금 상황은 훨씬 더 어렵습니다. 오스카는 아들 여섯을 데리고 오니까요.

찬트 박사 여섯이라고요?

로제 부인 여섯 명이요. 오스카는 열정이 넘치는 아버지입니다. 하지만 이제 아홉 아이를 먹여 살려야 하는데, 오스카는 전혀 건장하다고 할 수 없고, 급료도 보잘것없어요. (눈물을 흘린다.)

찬트 박사 그러지 마세요, 부인. 진정하세요. 울지 마세요.

로제 부인 저 자신을 질책하지 않을 수 없어요. 불쌍한 요한 빌헬름을 곤경에 빠뜨리다니.

찬트 박사 로제 여사! 괴로워하실 필요가 없어요.

로제 부인 요한 빌헬름은 이제 국립 의료 시설에 수용되겠지요.

찬트 박사 아닙니다, 로제 여사. 친애하는 뫼비우스 씨는 계속 이곳에 계실 거예요. 약속해요. 그분은 이곳에 적응했고, 허물없고 친절한 동료들도 생겼어요. 저도 몰인정한 인간은 아니고요.

로제 부인   저에게 정말 큰 도움을 주십니다, 박사님.

찬트 박사   전혀 그렇지 않습니다, 로제 여사. 아니에요. 재단들
이 도와준 덕분이에요. 병든 학자들을 위한 오펠 기
금도 있고, 닥터 슈타인만 재단도 있지요. 돈은 여
기저기 산더미로 쌓여 있답니다. 부인이 걱정하시는
요한 빌헬름에게 그 돈을 약간 떼어 주게 하는 건
의사인 저의 의무고요. 아무런 양심의 가책도 받지
마시고 마리아나 제도로 가는 기선을 타세요. 그럼
이제 우리 착한 뫼비우스 씨를 모셔 오도록 합시다.

(뒤로 가서 1번 방 문을 연다. 로제 부인이 흥분한 상태로 일어선다.)

찬트 박사   뫼비우스 씨. 손님이 왔습니다. 물리학자의 골방을
떠나 이곳으로 오세요.

(1번 방에서 요한 빌헬름 뫼비우스가 나온다. 사십 세. 약간 요령부
득해 보이는 사람이다. 불안한 모습으로 살롱을 둘러보고, 로제 부인
을 주시한다. 그런 다음 아이들을, 끝으로 로제 선교사를 바라본다.
아무것도 이해하지 못하는 듯이 보인다. 말이 없다.)

로제 부인 요한 빌헬름.

아이들   아빠.

(뫼비우스는 말이 없다.)

찬트 박사 착한 뫼비우스 씨, 부인을 알아보시겠지요. 그래야
          할 텐데.

뫼비우스 (로제 부인을 뚫어지게 바라본다.) 리나?

찬트 박사 생각나시지요, 뫼비우스 씨. 당연히 선생의 부인 리
          나죠.

뫼비우스 잘 있었어, 여보?

로제 부인 여보, 사랑하고 사랑하는 요한 빌헬름.

찬트 박사 자. 이제 된 것 같네요. 로제 여사, 선교사님, 더 하
          실 말씀이 없으시면 전 건너편 새 건물에 있겠습니
          다. (왼쪽 날개 문으로 퇴장한다.)

로제 부인 당신 아이들이에요, 여보.

뫼비우스 (멈칫한다.) 셋이라고?

로제 부인 물론이지요, 여보. 셋이요. (뫼비우스에게 아이들을 소
          개한다.) 아돌프 프리드리히, 장남이에요.

(뫼비우스와 아들이 악수한다.)

뫼비우스 반갑구나, 아돌프 프리드리히. 우리 장남.

아돌프 프리드리히 안녕하세요, 아빠.

뫼비우스 몇 살이냐, 아돌프 프리드리히?

아돌프 프리드리히 열여섯 살이요, 아빠.

뫼비우스 넌 뭐가 되고 싶니?

아돌프 프리드리히 목사님이요, 아빠.

뫼비우스 기억나는구나. 한번은 네 손을 잡고 성 조지프 광장
          을 지나갔지. 태양이 눈부셨고, 그림자들은 자로 잰

듯했어. (다음 아이에게로 향한다.) 얘야……. 너는?

빌프리트 카스파 제 이름은 빌프리트 카스파예요, 아빠.

뫼비우스 열네 살?

빌프리트 카스파 열다섯 살이에요. 저는 철학을 공부하고 싶어요.

뫼비우스 철학?

로제 부인 아주 조숙한 아이에요.

빌프리트 카스파 쇼펜하우어와 니체를 읽었어요.

로제 부인 막내인 외르크 루카스에요. 열네 살이죠.

외르크 루카스 안녕하세요, 아빠.

뫼비우스 안녕, 얘야, 우리 막내구나.

로제 부인 이 애가 당신을 제일 많이 닮았어요.

외르크 루카스 전 물리학자가 될 거예요, 아빠.

뫼비우스 (놀라서 막내를 응시한다.) 물리학자?

외르크 루카스 물론이에요, 아빠.

뫼비우스 물리학자가 되선 안 된다, 얘야. 절대 안 돼. 그 생각을 머리에서 지워 버려. 내가…… 아빠가 그것을 허락하지 않는다.

외르크 루카스 (혼란스러워한다.) 아빠도 물리학자가 되었잖아요.

뫼비우스 절대 해서는 안 되는 거였는데. 절대로. 안 그랬다면 지금 정신 병원에 있지도 않을 거다.

로제 부인 요한 빌헬름, 그건 오해예요. 당신은 정신 병원이 아니라 요양원에 있는 거예요. 당신 신경 조직이 손상된 것뿐이에요.

뫼비우스 (고개를 흔든다.) 아니오, 리나. 사람들은 나를 미쳤다고 생각해. 모두가. 당신 역시. 내 아이들도. 내게 솔로몬 왕이 나타나거든.

(모두가 당황하여 말이 없다. 로제 부인이 로제 선교사를 소개한다.)

로제 부인   여기 오스카 로제를 소개하겠어요. 제 남편이에요.
            선교사지요.
뫼비우스   당신 남편이라고? 내가 당신 남편이잖아.
로제 부인   더 이상 아니에요. (얼굴이 붉어진다.) 당신과 난 이혼
            했어요.
뫼비우스   이혼?
로제 부인   당신도 알잖아요.
뫼비우스   아니.
로제 부인   찬트 박사님이 당신에게 알렸어요. 분명히 알렸어요.
뫼비우스   그런가.
로제 부인   당신과 이혼한 후에 오스카와 결혼했어요. 오스카
            는 아들이 여섯 있어요. 구탄넨에서 목사로 일하다
            가 지금은 마리아나 제도에 있는 자리를 맡았지요.
로제 선교사 태평양에 있답니다.
로제 부인   우린 모레 브레멘에서 배를 타요.

(뫼비우스, 말이 없다. 다른 사람들은 당혹스럽다.)

로제 부인   예. 지금 상황이 그래요.
뫼비우스   (로제 선교사에게 고개를 숙여 인사한다.) 아이들의 새
            아버지를 알게 돼서 기쁩니다, 로제 씨.

로제 선교사   아이들을 제 마음속에 꽉 품었습니다, 뫼비우스 씨, 셋 모두요. 신께서 우리를 도우실 겁니다, 시편 의 말씀대로, '여호와는 나의 목자시니 내가 부족함 이 없으리로다.'*

로제 부인   오스카는 시편 구절을 모두 외우고 있어요. 다윗 왕 의 시편과 솔로몬 왕의 잠언도요. *

뫼비우스   아이들이 건실하신 아버지를 찾게 되어 기쁩니다. 저는 부족한 아버지였지요.

로제 부인   무슨 말을, 요한 빌헬름.

뫼비우스   진심으로 축하하오.

로제 부인   우린 곧 떠나야 해요.

뫼비우스   마리아나 제도로 말이지.

로제 부인   서로 작별을 고하도록 해요.

뫼비우스   영원한 작별이겠군.

로제 부인   당신 아이들은 음악적 소질이 상당해요, 요한 빌헬 름. 플루트 연주를 아주 잘하죠. 아빠에게 이별 연 주를 하나 해 드려라, 얘들아.

아이들   알았어요. 엄마.

(아돌프 프리드리히가 서류 가방을 열고 플루트를 나눠 준다.)

로제 부인   자리에 앉아요.

---

* 시편 23편 1절.

(뫼비우스가 원형 탁자에 자리를 잡는다. 로제 부인과 로제 선교사는 소파에 앉는다. 아이들은 살롱 중간에 선다.)

외르크 루카스 북스테후데*의 곡입니다.
아돌프 프리드리히 하나, 둘, 셋.

(아이들이 플루트를 연주한다.)

로제 부인 더 열심히, 얘들아, 마음을 다해서.

(아이들, 더 열심히 연주한다. 뫼비우스, 벌떡 일어선다.)

뫼비우스 안 하는 게 좋겠어! 제발, 그만!

(아이들이 어리둥절해서 연주를 멈춘다.)

뫼비우스 그만들 해. 부탁이야. 솔로몬을 생각해서. 연주를 그만해.
로제 부인 하지만, 요한 빌헬름!
뫼비우스 더 이상 연주하지 마. 제발, 더 이상 하지 마. 제발, 제발.
선교사 로제 뫼비우스 씨. 바로 그 솔로몬 왕께서 이 순수한 아

---

* Dietrich Buxtehude(1637~1707). 독일의 작곡가이자 오르간 연주자. 많은 종교 음악을 남겼다.

이들의 플루트 연주를 기뻐하실 겁니다. 생각해 보세요. 솔로몬은 잠언의 시인이고, 아가서의 가수입니다!

뫼비우스   로제 씨. 저는 솔로몬 왕을 직접 대면합니다. 솔로몬은 더 이상 술람미 여인을 찬미하고, 장미 아래서 풀을 뜯는 쌍태 노루를 노래하는 위대하고 찬란한 왕이 아닙니다. 솔로몬은 왕의 외투를 던져 버렸어요…….

(돌연 뫼비우스는 놀란 가족을 지나쳐 뒤편 자신의 방으로 가서 문을 열어젖힌다.)

뫼비우스   솔로몬은 진실을 알리는 불쌍한 왕일 뿐입니다. 벌거벗은 채 냄새를 풍기며 내 방에 웅크리고 있습니다. 솔로몬의 노래들은 끔찍해요. 잘 들어 보세요, 로제 씨. 당신은 시편의 말씀들을 사랑합니다. 그 모든 것을 알고 있고, 외우기도 하신다지요.

(그는 왼쪽 원탁으로 가서, 탁자를 뒤집어 놓고, 들어가 앉는다.)

뫼비우스   우주 비행사를 노래한 솔로몬의 시 한 편입니다.
우리는 우주로 토꼈어.
달의 황야로.
황야의 먼지 속에 가라앉았지.
그곳엔 이미 소리 없이 뒈진 사람들.
하지만 대부분은 푹 삶겼지. 수성의 납이 뿜는 증기

속에서.

녹아 버렸지. 금성의 기름 웅덩이에, 그리고

화성에서는 심지어 태양이 우릴 삼켜 버렸지.

우레같이 소리 내며, 노란 방사능.

로제 부인 저, 요한 빌헬름…….

뫼비우스 목성은 악취를 풍겼어.

살같이 회전하는 메탄 용액,

머리 위 두껍게 드리워 있어.

우리는 구역질로 가니메데를 더럽혔어.

로제 선교사 뫼비우스 씨…….

뫼비우스 토성에 우리는 저주를 퍼부어 주었어.

뒤에 이어지는 것들은 말할 가치도 없어.

천왕성, 해왕성,

회록색으로 얼어 있는,

명왕성과 그 너머의 것 위로는 떨어져 내렸지.

최신의 외설적인 농담들이.

아이들 아빠…….

뫼비우스 우리는 오래전에 태양을 천랑성과

혼동했어.

카노퍼스를 동반한 천랑성,

몰아 댔지, 깊은 곳으로 밀어 올렸지.

두셋의 흰 별을 향해 몰아갔어.

그랬어도 우리는 그 별에 결코 이르지 못했어.

로제 부인 요한 빌헬름! 여보!

뫼비우스   이미 오래전에 우리의 선단에는 미라들이
          오물로 굳어졌다.

(수간호사가 모니카 간호사와 함께 오른쪽에서 등장한다.)

수간호사   아니 뫼비우스 씨.
뫼비우스   찌푸린 미라의 얼굴들은 더 이상
          숨 쉬는 지구를 기억하지 못한다.

(그는 표정 없는 얼굴로 뒤집힌 탁자 안에 꼼짝 않고 앉아 있다.)

로제 부인   여보.
뫼비우스   마리아나 제도로 떠나! 빨리 서둘러! 마리아나 제
          도로! (위협하듯 일어선다.)

(로제 일가는 당황한다.)

수간호사   가세요, 로제 여사. 가요. 아이들과 선교사님. 뫼비
          우스 씨는 진정해야 해요, 그게 다예요.
뫼비우스   가 버려! 나가!
수간호사   가벼운 발작이에요. 모니카 간호사가 곁에서 진정시
          킬 겁니다. 가벼운 발작이에요.
뫼비우스   꺼져 버려! 영원히! 태평양으로!
외르크 루카스   안녕 아빠! 안녕!

(수간호사가 당황하고 놀라서 눈물 짓는 가족을 오른쪽으로 데리고 나간다. 뫼비우스는 그들 뒤에 대고 목청껏 소리 지른다.)

뫼비우스   너희들을 다시는 보지 않겠어! 너희들은 솔로몬 왕을 모욕했어! 저주를 받을지니! 마리아나의 모든 섬과 함께 물속으로 가라앉아 버려라! 일만 미터 아래로. 바다 아래 칠흑 같은 웅덩이 안에서 썩어 갈지니, 신과 인간에게서 잊혀지리라!

모니카 간호사   우리밖에 없어요. 선생님 가족은 더 이상 선생님 소릴 듣지 못해요.

(뫼비우스가 놀란 눈으로 모니카 간호사를 응시한다, 마침내 제정신으로 돌아온 듯하다.)

뫼비우스   아, 그래요. 그렇군요.

(모니카 간호사는 말이 없다. 뫼비우스가 약간 당황스러워한다.)

뫼비우스   내가 좀 과격했나요?
모니카 간호사   상당히 그러셨죠.
뫼비우스   진실을 말해야만 했소.
모니카 간호사   그러시겠죠.
뫼비우스   흥분했소.
모니카 간호사   그런 척하셨죠.
뫼비우스   나를 꿰뚫어 본단 말이오?

모니카 간호사 선생님을 돌본 지 이 년 됐어요.

뫼비우스 (이리저리 돌아다니다가 멈추어 선다.) 좋습니다. 인정
하지요. 난 미친 사람 연기를 했소.

모니카 간호사 왜요?

뫼비우스 아내와 작별하기 위해서, 내 아이들과 작별하기 위
해서지. 영원한 이별.

모니카 간호사 이렇게 끔찍한 방식으로요?

뫼비우스 이처럼 인간적인 방식이지요. 기왕 정신 병원에 있
는 다음에야 미친 짓을 해 줘야 과거를 지워 버리
기가 쉬운 거요. 내 가족은 양심의 가책을 느낄 필
요 없이 나를 잊을 수 있소. 소동을 부려서 다시 한
번 나를 찾으려는 마음을 없애 버렸지. 그 결과 내
가 어떻게 될지는 중요하지 않아요. 병원 밖 가족의
삶이 의미 있을 뿐이요. 미친 척하는 것도 돈이 들
어요. 십오 년 동안이나 내 착한 아내는 엄청난 금
액을 지불했으니, 결말을 내야만 했던 거요. 오늘이
좋은 기회였소. 솔로몬이 계시해 줘야 할 것을 계시
해 준 셈이지. 가능한 모든 발명들의 체계는 종결되
었고, 마지막 페이지들이 구술되었으며, 내 아내는
새 남편을 찾았소. 고지식하도록 착한 로제 씨를 말
이오. 모니카 간호사는 안심해도 돼요. 이제 모든
것이 제대로 된 것이오. (들어가려 한다.)

모니카 간호사 계획적으로 행동하시는군요.

뫼비우스 물리학자니까. (방 쪽으로 몸을 돌린다.)

모니카 간호사 뫼비우스 씨.

뫼비우스　　(멈추어 선다.) 무슨 일이오?

모니카 간호사　선생님과 할 얘기가 있어요.

뫼비우스　　하시죠.

모니카 간호사　우리 두 사람 문제예요.

뫼비우스　　앉읍시다.

(두 사람 앉는다. 간호사는 소파에, 뫼비우스는 소파 왼쪽에 있는 안락의자에.)

모니카 간호사　우리도 작별을 해야 해요. 역시 영원한 이별이죠.

뫼비우스　　(놀란다.) 날 떠난다고요?

모니카 간호사　명령이에요.

뫼비우스　　무슨 일이 있었소?

모니카 간호사　저는 본관 건물에 배치되었어요. 이곳은 내일부터 남자 간호사들이 감시를 떠맡게 돼요. 여자 간호사는 이 빌라에 더 이상 들어올 수 없어요.

뫼비우스　　뉴턴과 아인슈타인 때문이오?

모니카 간호사　검사의 요구가 있었어요. 원장님이 문제가 생길까 두려워 양보하신 거죠.

(침묵.)

뫼비우스　　(풀 죽은 모습으로) 모니카 간호사, 난 서툴러요. 감정을 표현하는 방법을 잊었소. 옆방에 있는 두 환자와 떠드는 전공 얘기는 대화라 부를 수도 없어요. 난 벙어리가 되었소. 내 마음도 그런 것 같아 두렵소. 하지만 당신이 알아야 할 것이 있소. 당신을 알게 된 후 나에겐 모든 것이 달라졌다는 사실이오. 견디 기가 더 좋아졌지요. 그런데 이제 이 시절도 끝났군 요. 지난 이 년간 어느 때보다 행복했소. 당신을 통해, 모니카 간호사, 용기를 가질 수 있었어요. 정신병 자로 격리되어 살아야 할 운명에 순응할 용기를 말이오. 행복하시오. (일어서서 악수를 하려 한다.)

모니카 간호사 뫼비우스 씨, 저는 선생님을 미쳤다고 보지 않아요.

뫼비우스 (웃으며 다시 앉는다.) 나도 그렇소. 하지만 달라질 건 아무것도 없소. 불행하게도 내겐 솔로몬 왕이 나타나니까. 학문의 세계에서 기적보다 더 불쾌한 일은 없다오.

모니카 간호사 뫼비우스 씨, 전 기적을 믿어요.

뫼비우스 (당황해서 간호사를 응시한다.) 믿는다고요?

모니카 간호사 솔로몬 왕을 믿어요.

뫼비우스 솔로몬이 나타난다는 걸 말이요?

모니카 간호사 선생님께 나타난다는 것을요.

뫼비우스 매일 밤낮으로 나타난다는 걸?

모니카 간호사 매일 밤, 매일 낮.

뫼비우스 솔로몬이 내게 자연의 비밀을 불러 주고, 모든 사물의 관계를, 모든 가능한 발명들의 체계를 받아 적게 한다는 걸 믿는다고요?

모니카 간호사 전부 믿어요. 다윗 왕이 신하들을 거느리고 나타난다고 하시면, 그것도 믿을 거예요. 선생님이 미치지 않았다는 걸 알아요. 그것을 느끼지요.

(침묵. 잠시 후 뫼비우스가 벌떡 일어선다.)

뫼비우스   모니카 간호사! 가시오!
모니카 간호사 (앉은 채로) 있겠어요.
뫼비우스   당신을 다시는 보지 않겠소.
모니카 간호사 선생님에게는 제가 필요해요. 선생님에게는 더 이
            상 이 세상에 아무도 없어요. 어떤 사람도 없지요.
뫼비우스   솔로몬 왕을 믿는다는 건 치명적인 일이오.
모니카 간호사 선생님을 사랑해요.

(뫼비우스, 어찌할 바를 모르며 모니카 간호사를 바라보다가 다시
앉는다. 침묵.)

뫼비우스   (낮은 소리, 풀 죽은 모습으로) 당신은 지금 몰락의 길
            로 달려가고 있소.
모니카 간호사 제 걱정은 하지 않아요, 선생님이 걱정이지요. 뉴
            턴과 아인슈타인은 위험해요.
뫼비우스   난 그 사람들과 잘 지내고 있소.
모니카 간호사 도로테아 간호사와 이레네 간호사도 그들과 잘
            지냈어요. 그런데도 간호사들이 죽었어요.
뫼비우스   모니카 간호사. 당신은 내게 믿음과 사랑을 고백했
            소. 나 역시 당신에게 진실을 말해야 되겠구려. 나
            도 당신을 사랑하오, 모니카.

(간호사가 그를 응시한다.)

뫼비우스   내 목숨보다 더 사랑하오. 다름 아닌 그 이유로 당신
                은 위험에 처해 있소. 우리가 서로 사랑하기 때문에.

(2번 방에서 아인슈타인이 나온다. 파이프 담배를 피우고 있다.)

아인슈타인 또 잠에서 깨 버렸어.
모니카 간호사 아니, 교수님.
아인슈타인 갑자기 기억이 났다오.
모니카 간호사 저, 교수님.
아인슈타인 내가 이레네 간호사를 목 졸라 죽였어요.
모니카 간호사 그 일은 이제 생각하지 마세요, 교수님.
아인슈타인 (자신의 손을 관찰한다.) 언제고 이 손으로 바이올린
                을 연주할 수 있을까?

(뫼비우스가 일어선다, 모니카를 보호하려는 듯.)

뫼비우스   선생은 이미 바이올린 연주를 했소.
아인슈타인 괜찮았나요?
뫼비우스   「크로이처 소나타」를 연주했어요. 경찰이 여기 있는
            동안.
아인슈타인 「크로이처 소나타」. 다행이군. (그의 표정이 밝아졌다
              가 다시 어두워진다.) 난 바이올린 연주가 전혀 즐겁
              지 않소. 파이프 담배도 좋아하지 않지요. 정말 맛

이 없어.

뫼비우스　그럼 피우지 마시오.

아인슈타인　그럴 수가 없지 않소. 알베르트 아인슈타인이라면. (두 사람을 날카로운 시선으로 바라본다.) 당신들 서로 사랑하나?

모니카 간호사　사랑해요.

(아인슈타인이 생각에 잠겨 살해된 간호사의 시신이 놓여 있던 뒤쪽으로 가서 바닥에 있는 백묵 표시를 관찰한다.)

아인슈타인　이레네 간호사와 나도 서로 사랑했지. 그 여잔 날 위해 뭐든지 하려 했어. 이레네 간호사. 난 그 여자에게 경고했소. 소리를 질렀지. 그 여잘 개처럼 다뤘어요. 도망가라고 애원도 했고. 소용없었지. 그녀는 가지 않았어. 나와 결혼해서 시골로 가려 했어. 콜방으로. 찬트 박사가 준 허가서까지 이미 가지고 있었다오. 그러니 그녀를 죽일 수밖에. 불쌍한 이레네 간호사. 여자들의 광기 어린 희생보다 어리석은 짓은 세상에 없어.

모니카 간호사　(아인슈타인에게로 간다.) 다시 누우세요, 교수님.

아인슈타인　알베르트라 불러도 되오.

모니카 간호사　이성을 찾으세요, 알베르트.

아인슈타인　당신이나 이성을 찾으시오, 모니카 간호사. 당신 연인이 말하는 대로 도망치시오! 안 그러면 당신은 아주 위험하게 되오. (다시 2번 방으로 향한다.) 나는 다시 자러 가겠소. (2번 방으로 사라진다.)

모니카 간호사 불쌍하게도 정신이 나갔어요.

뫼비우스 그 사람을 보고 당신이 날 사랑해선 안 된다는 걸
깨달았으면 하오.

모니카 간호사 선생님은 미치지 않았어요.

뫼비우스 나를 미쳤다고 생각하는 것이 더 현명할 것이오. 도
망치시오! 흔적 없이 사라지란 말이오! 꺼져 버리시
오! 안 그러면 나 역시 당신을 개처럼 취급해야 한
단 말이오.

모니카 간호사 저를 연인으로 대해 주시면 더 좋겠어요.

뫼비우스 이리 와요, 모니카. (그녀를 안락의자로 데려온다. 그
녀의 맞은편에 앉아서 손을 잡는다.) 잘 들어요. 나는
심각한 실수를 했소. 비밀을 지키지 않고 솔로몬
이 나타난다는 사실을 누설했소. 그 때문에 왕이
날 벌주는 것이오. 평생 동안 말이오. 난 괜찮아
요. 하지만 당신까지 그 일로 처벌받아선 안 돼요.
세상이 보기에 당신은 정신병자를 사랑하는 것이
오. 당신은 불행을 짊어질 뿐이오. 병원을 떠나고,
나를 떠나시오. 그것이 우리 둘을 위해 가장 좋은
일이오.

모니카 간호사 저를 안고 싶죠?

뫼비우스 왜 내게 그런 식으로 말하는 거요?

모니카 간호사 당신과 자겠어요, 당신의 아이를 갖겠어요. 제
가 염치없다는 거 알아요. 왜 저를 보지 않나요? 제
가 당신 마음에 들지 않아요? 간호사 복장이 추하

다는 건 인정해요. (간호사 모자를 벗어 던진다.) 제
직업이 싫어요! 오 년 동안 환자들을 돌보았죠, 이
웃 사랑이란 이름으로요. 결코 환자들을 외면한 적
이 없어요. 모두를 위해 존재했고, 헌신했죠. 하지만
이제 누군가 한 사람만을 위해 헌신하겠어요, 언제
나 다른 사람들이 아닌 단 한 사람만을 위해 살겠
어요. 내가 사랑하는 이를 위해 살겠다고요. 당신을
위해서요. 당신이 요구하는 건 무엇이든 하겠어요.
당신을 위해 밤낮으로 일하겠어요, 떨쳐 내지만 마
세요! 저 역시 이 세상에 당신 외에는 아무도 없으
니까요! 저도 혼자예요!

뫼비우스　나는 당신을 떠나보내야만 하오.

모니카 간호사　(절망적으로) 나를 사랑하지 않아요?

뫼비우스　사랑해, 모니카. 맙소사. 사랑한다니, 이건 미친 짓
이야.

모니카 간호사　왜 나를 배신하는 거예요? 나뿐만이 아니야. 당
신은 솔로몬 왕이 나타난다고 주장해요. 왜 그를 배
신하지요?

뫼비우스　(엄청나게 흥분한 상태로 간호사를 움켜잡는다.) 모니
카! 나에 대해선 뭐라고 생각해도 좋아, 나를 겁쟁
이라고 해도 좋아. 당신 권리니까. 내게는 당신이
사랑할 만한 가치가 없어. 하지만 난 솔로몬에게
충실했어. 솔로몬은 내 존재 속으로 밀고 들어왔
어, 갑작스럽게, 청하지도 않았는데. 솔로몬은 나를
악용했고, 내 삶을 파괴했지만, 나는 배신하지 않

앉어.

모니카 간호사 확신하세요?

뫼비우스 당신은 의심한단 말인가?

모니카 간호사 당신은 솔로몬이 나타나는 걸 숨기지 않았기 때문에 벌을 받아야 된다고 생각해요. 하지만 당신이 솔로몬의 계시를 실현시키려 전력을 다하지 않기 때문에 벌을 받는 것일 수도 있어요.

뫼비우스 (간호사를 놓아준다.) 나는…… 당신 말을 이해 못 하겠어.

모니카 간호사 솔로몬은 당신에게 '가능한 모든 발명들의 체계'를 받아쓰게 해요. 당신은 솔로몬이 인정받도록 투쟁하나요?

뫼비우스 사람들이 날 미쳤다고 하잖아.

모니카 간호사 왜 그렇게 용기가 없어요?

뫼비우스 내 경우에 용기란 범죄요.

모니카 간호사 요한 빌헬름. 찬트 박사와 얘기했어요.

뫼비우스 (그녀를 응시한다.) 얘기했다고?

모니카 간호사 당신은 자유예요.

뫼비우스 자유?

모니카 간호사 우린 결혼해도 돼요.

뫼비우스 이런.

모니카 간호사 찬트 박사님이 이미 다 정리해 주셨어요. 박사님은 당신을 환자로 보기는 하지만 위험하다고 생각진 않거든요. 유전적인 문제가 있는 것도 아니고요. 박사님 자신도 당신보다 더 미쳤을 거라고 하면서 웃으셨지요.

뫼비우스 거참 고마운 일이군.

모니카 간호사 훌륭한 분이시죠?

뫼비우스 물론.

모니카 간호사 요한 빌헬름! 난 블루멘슈타인에 있는 교구 간호
　　　　　　사 자리를 얻었어요. 저축한 것도 있고요. 우리는
　　　　　　걱정할 필요가 없어요. 서로 사랑하기만 하면 돼요.

(뫼비우스가 일어섰다. 방 안이 점차 어두워진다.)

모니카 간호사 정말 멋지지 않아요?

뫼비우스 확실히.

모니카 간호사 당신은 기뻐하지 않네요.

뫼비우스 너무 뜻밖이라.

모니카 간호사 제가 한 일이 한 가지 더 있어요.

뫼비우스 어떤?

모니카 간호사 유명한 셰르베르트 물리학 교수님과 의논했어요.

뫼비우스 그분은 내 스승이셨소.

모니카 간호사 교수님은 당신을 정확하게 기억하고 계셨어요.
　　　　　　당신이 수제자였다고 하시더군요.

뫼비우스 선생님과 무슨 말을 했지?

모니카 간호사 당신이 쓴 글을 아무 편견 없이 검토하겠다고 약
　　　　　　속하셨어요.

뫼비우스 원고가 솔로몬에게 받아 쓴 글이라는 것도 말했소?

모니카 간호사 물론이지요.

뫼비우스   그러니까?

모니카 간호사   웃었어요. 당신은 언제나 유머가 풍부했다고요.
요한 빌헬름! 우리 자신만을 생각해선 안 돼요. 당
신은 선택받았어요. 솔로몬은 당신에게 나타나서
광휘 가운데 계시를 내렸고 하늘의 지혜를 주었어
요. 이제 당신은 기적이 가리키는 길을 가야 해요.
그 길이 조롱과 비웃음 속에 불신과 의심을 받는
길이라 해도 흔들리지 말고 가야 해요. 그 길은 병
원 밖으로 나 있어요. 요한 빌헬름, 그 길은 세상을
향해 나 있지, 고독 속에 칩거하는 게 아니에요. 투
쟁으로 가는 길이라고요. 제가 함께하며 당신을 돕
고, 당신과 더불어 싸우겠어요. 당신에게 솔로몬을
보낸 하늘이 저도 보냈어요.

(뫼비우스는 창밖을 응시한다.)

모니카 간호사   자기 내 사랑.

뫼비우스   응?

모니카 간호사   기쁘지 않아요?

뫼비우스   아주 기뻐.

모니카 간호사   당신 가방을 싸야겠어요. 8시 20분에 기차가 있
어요. 블루멘슈타인으로 가는 기차에요. (1번 방으
로 들어간다.)

뫼비우스   (혼자서) 힘든 건 아니지.

(1번 방에서 모니카가 원고 뭉치를 들고 나온다.)

모니카 간호사   당신 원고예요. (책상 위에 놓는다.) 날이 어두워졌
         네요.
뫼비우스   요즘은 해가 일찍 저물어.
모니카 간호사   불 켤게요. 이젠 당신 짐을 싸겠어요.
뫼비우스   좀 있다가. 이리 와 봐요.

(간호사가 그에게 간다. 두 사람의 실루엣만 보인다.)

모니카 간호사   당신 눈에 눈물이 맺혔군요.
뫼비우스   당신 눈에도.
모니카 간호사   행복해서요.

(뫼비우스가 커튼을 떼어 내서 모니카에게 씌운다. 짧은 몸싸움. 실
루엣이 더 이상 보이지 않는다. 그다음에는 침묵. 3번 방 문이 열린
다. 불빛이 공간으로 비쳐 든다. 뉴턴이 18세기 복장을 하고 문에 서
있다. 뫼비우스가 탁자로 가서 원고를 집어 든다.)

뉴턴   무슨 일입니까?
뫼비우스   (자신의 방으로 들어간다.) 모니카 슈테틀러 간호사를
         죽였소.

(2번 방에서 아인슈타인의 바이올린 연주 소리가 들린다.)

뉴턴   아인슈타인이 또 바이올린을 켜는군. 크라이슬러의
　　　　　「아름다워라 로즈메리」. (벽난로로 가서 코냑을 꺼내
　　　　　온다.)

(막)

2막

한 시간 후. 같은 장소. 밝은 밤이다. 다시 경찰. 사건 현장을 다시 재고, 표시하고, 촬영한다. 지금은 관객에게 보이지 않지만 모니카 슈테틀러의 시신이 오른쪽 뒤 창 아래 있는 것으로 추측할 수 있다. 살롱엔 불이 환하다. 샹들리에가 빛나고, 스탠드도 밝혀져 있다. 소파에는 여의사 마틸데 폰 찬트가 어두운 표정으로 생각에 잠겨서 앉아 있다. 그녀 앞의 작은 탁자에는 담배 상자가 놓여 있다. 바깥쪽 오른편 안락의자에 속기용지를 든 굴 경찰관이 앉아 있다. 모자와 외투 차림의 포스 반장이 시신에서 몸을 돌려 앞으로 온다.

찬트 박사 아바나 시가 한 대 하시겠어요?
수사 반장 됐습니다.
찬트 박사 술 한잔?
수사 반장 나중에요.

(침묵.)

수사 반장 블로허, 이제 사진을 찍게.
블로허   알겠습니다, 반장님.

(플래시가 번쩍인다.)

수사 반장 간호사 이름은요?
찬트 박사 모니카 슈테틀러.
수사 반장 나이는요?
찬트 박사 스물두 살. 블루멘슈타인 출생이었죠.
수사 반장 가족은?
찬트 박사 아무도 없어요.
수사 반장 진술을 기록했소, 굴?
굴   물론입니다, 반장님.
수사 반장 또 교살입니까, 검시관?
검시관   분명합니다. 또다시 괴력이 발휘되었습니다. 이번엔
      커튼 끈을 사용했다는 점이 다를 뿐입니다.
수사 반장 석 달 전과 같군. (그는 지친 모습으로 앞쪽 오른편 안
      락의자에 앉는다.)
찬트 박사 이제 살인범을 원하시겠지요…….
수사 반장 아니요, 박사님.
찬트 박사 제 말씀은, 범법자를 보고 싶으시겠지요?
수사 반장 그럴 생각 없습니다.
찬트 박사 하지만…….

수사 반장 찬트 박사님. 저는 제 의무를 수행합니다, 조서를 꾸미고, 시신을 관찰하고, 사진 촬영을 하도록 한 다음에는 우리 검시관이 판정을 내리도록 하지요. 하지만 뫼비우스를 조사하진 않겠습니다. 그 사람은 박사님께 맡기겠어요. 결국 박사님 일이니까요. 다른 방사능 물리학자들도요.

찬트 박사 검사는요?

수사 반장 이제는 소란을 떨지도 않아요. 무슨 꿍꿍이속이 있겠지요.

찬트 박사 (땀을 닦는다.) 여긴 더워요.

수사 반장 전혀 덥지 않은데요.

찬트 박사 이 세 번째 살인······.

수사 반장 아니, 박사님.

찬트 박사 불행한 사건이 세 번씩이나 세리제 병원에서 생기다니. 제가 물러나야 할지도 모르겠어요. 모니카 슈테틀러는 가장 훌륭한 간호사였어요. 환자들을 잘 이해했지요. 아픔을 함께 느낄 줄 알았어요. 모니카를 딸처럼 아꼈는데. 불행은 모니카가 죽은 것으로 끝난 게 아니에요. 제 의학적인 명성도 끝장났어요.

수사 반장 명성은 꼭 회복될 겁니다. 블로허, 위에서 한 장 더 찍게.

블로허 알겠습니다, 반장님.

(오른쪽에서 거구의 남자 간호사 두 명이 그릇과 식사가 담긴 식기대를 밀고 들어온다. 한 명은 흑인이다. 역시 키가 큰 남자 수간호사가

함께 온다.)

남자 수간호사 환자들 저녁 식사 가져왔습니다, 박사님.

수사 반장 (벌떡 일어선다.) 우베 지버스.

남자 수간호사 맞습니다, 반장님. 우베 지버스입니다. 예전에 헤비급 유럽 챔피언 복서였습니다. 이제는 세리제 병원의 수간호사입니다.

수사 반장 다른 두 거한은?

남자 수간호사 무리요, 남아메리카 챔피언, 역시 헤비급이죠. 이쪽은 맥아더 (흑인을 가리킨다.) 북아메리카 챔피언, 미들급입니다. 탁자를 세우게, 맥아더.

(맥아더가 탁자를 바로 놓는다.)

남자 수간호사 식탁보, 무리요.

(무리요가 흰 식탁보를 탁자 위에 펼친다.)

남자 수간호사 마이센* 접시를 놓게, 맥아더.

(맥아더가 그릇을 늘어놓는다.)

남자 수간호사 스푼과 포크, 무리요.

---

* 독일 마이센 지방에서 생산되는 고급 자기.

(무리요가 스푼과 포크, 나이프를 놓는다.)

수사 반장 우리 착한 환자들은 뭘 드시나? (수프 냄비의 뚜껑을
        열어 본다.) 간을 넣은 완자 수프로군.
남자 수간호사 코르동 블루*의 병아리 꼬치구입니다.
수사 반장 환상적이오.
남자 수간호사 일급이죠.
수사 반장 난 14급 공무원이오. 그러니 우리 집 음식 맛이 떨
        어질 수밖에.
남자 수간호사 식사 준비를 마쳤습니다, 박사님.
찬트 박사 가도 좋아요, 지버스. 환자들이 혼자 먹을 수 있으
        니까.
남자 수간호사 반장님, 영광이었습니다.

(세 명이 허리를 굽혀 인사하고 오른쪽으로 나간다.)

수사 반장 (그들이 나가는 것을 본다.) 이것 참.
찬트 박사 만족하세요?
수사 반장 부럽네요. 경찰에 저런 사람들이 있다면…….
찬트 박사 급료가 천문학적 숫자예요.
수사 반장 실업계 거물들과 여성 백만장자들이 박사님의 환자
        이니 가능하겠지요. 저런 남자 셋이라면 드디어 검

---

* '푸른 리본'이라는 뜻의 프랑스어로 세계 최고 수준을 자랑하는 요리 학교
이자 요리 전문 법인.

사를 진정시킬 수 있겠습니다. 저런 거한들한테서 도망칠 수 있는 사람은 아무도 없겠습니다.

(2번 방에서 아인슈타인의 바이올린 연주 소리가 들린다.)

찬트 박사　또 「크로이처 소나타」군.
수사 반장　압니다. 안단테죠.
블로허　끝났습니다, 반장님.

(경찰관 두 명이 시신을 들어 올린다. 그때 뫼비우스가 1번 방에서 뛰쳐나온다.)

뫼비우스　모니카! 내 여인!

(시신을 든 경찰관들이 멈추어 서고, 여의사가 위엄을 갖춘 모습으로 일어선다.)

찬트 박사　뫼비우스! 어떻게 그런 짓을 할 수 있었나요? 당신은 최고의 간호사를 죽였어요, 가장 다감한 내 간호사를, 가장 매력적인 내 간호사를요!
뫼비우스　정말 유감이오, 박사.
찬트 박사　유감이라.
뫼비우스　솔로몬 왕이 명령했어요.
찬트 박사　솔로몬 왕 ……. (그녀가 도로 앉는다. 느린 동작, 창백한 얼굴.) 왕께서 살인을 명하셨군요.

뫼비우스 나는 창가에 서서 어두운 저녁을 내다보고 있었소. 그때 왕께서 공원에서 걸어와 테라스를 건너 아주 가까이 와서는 창유리를 통해 명령을 속삭였소.

찬트 박사 실례하겠습니다, 포스 반장님. 참기 어렵네요.

수사 반장 괜찮습니다.

찬트 박사 이런 시설은 사람을 지치게 하지요.

수사 반장 이해할 수 있습니다.

찬트 박사 저는 들어가겠습니다. (몸을 일으킨다.) 포스 반장님, 검사에게 요양원에서 일어난 일로 제가 유감의 뜻을 전하더라고 말해 주세요. 이제 다 잘되었다고 확실하게 말해 주시면 좋겠고요. 검시관님, 신사 여러분, 만나서 반가웠습니다. (우선 왼쪽 뒤 시신 앞으로 가서 격식을 갖춰 묵념을 한 뒤 뫼비우스를 쳐다보고는 오른쪽으로 나간다.)

수사 반장 자. 자네들 이제 시신을 교회로 옮겨도 되겠군. 이레네 간호사가 안치되어 있는 곳으로 가게.

뫼비우스 모니카!

(시신을 든 경찰관 두 명과 기구를 든 다른 사람들, 날개 문으로 퇴장. 검시관이 따른다.)

뫼비우스 모니카, 사랑해.

수사 반장 (소파 옆의 작은 테이블로 간다.) 지금이야말로 아바나 한 대가 필요할 때로군. 나도 그 정도 보상은 받을 만하고. (담배 상자에서 아주 큰 시가 한 대를 꺼내

관찰한다.) 멋진 놈이야. (시가를 물고 불을 붙인다.) 친
애하는 뫼비우스 씨, 벽난로 격자 뒤에 아이작 뉴턴
경이 코냑을 숨겨 놓았소.

뫼비우스   알겠소, 반장.

(수사 반장이 담배 연기를 내뿜으며 시가를 태운다. 뫼비우스가 코냑
병과 잔을 꺼내 온다.)

뫼비우스   한잔 하겠소?

수사 반장   좋습니다. (잔을 들어 마신다.)

뫼비우스   한 잔 더?

수사 반장   더 주시오.

뫼비우스   (따라 준다.) 반장, 나를 꼭 체포해 주시오.

수사 반장   대체 무엇 때문에요, 친애하는 뫼비우스 씨?

뫼비우스   내가 모니카 간호사를……

수사 반장   선생 자신의 자백에 의하면 선생은 솔로몬 왕의 명
령에 따라 행동했습니다. 제가 왕을 체포하지 못하
는 한, 선생은 자유요.

뫼비우스   그렇더라도…….

수사 반장   이의는 있을 수 없어요. 한 잔 더 따라 주시오.

뫼비우스   그러겠소, 반장.

수사 반장   코냑을 다시 잘 보관해 두시오. 안 그러면 간호사들
이 다 마셔 버릴 거요.

뫼비우스   알겠소, 반장. (코냑을 숨긴다.)

수사 반장   앉아요.

뫼비우스   그러겠소, 반장. (의자에 앉는다.)

수사 반장   이리 앉으시죠. (소파를 가리킨다.)

뫼비우스   그러겠소, 반장. (소파에 앉는다.)

수사 반장   그런데 말입니다, 나는 해마다 이 소도시와 인근에서 살인자를 몇 명 체포합니다. 많지는 않아요. 여섯 명도 채 안 되니까요. 두세 명은 기쁜 마음으로 체포합니다. 나머지 사람들한텐 안됐다는 생각이 들어요. 그래도 나는 그 사람들을 체포해야 합니다. 정의는 정의이니까요. 그런데 선생과 선생의 두 동료가 일을 낸 겁니다. 처음에는 내가 개입할 수 없다는 사실에 화가 났죠. 하지만 지금요? 갑자기 그것을 즐기게 되었어요. 환성을 올릴 정돕니다. 체포하지 않아도 양심에 거리낌을 느낄 필요가 없는 살인자 세 명을 발견한 겁니다. 최초로 정의가 휴가를 받은 셈이죠. 굉장한 기분입니다. 정의라는 건 말입니다, 선생, 사람을 혹사시켜요. 정의에 헌신하다 보면 건강상으로나 도덕상으로 황폐해진답니다. 난 휴식이 필요했지요. 고마워요. 이런 즐거움은 선생 덕이니. 부디 건강하십시오. 뉴턴과 아인슈타인에게도 안부 전해 주세요. 솔로몬 왕에게 제 말 좀 잘 해 주시고.

뫼비우스   알겠소, 반장.

(수사 반장이 퇴장한다. 뫼비우스는 혼자 있다. 소파에 앉아 손으로 관자놀이를 누른다. 3번 방에서 뉴턴이 나온다.)

뉴턴   무슨 일입니까?

(뫼비우스는 침묵을 지킨다.)

뉴턴   (수프 냄비를 열어 본다.) 간이 들어간 완자 수프군. (식
          기대에 있는 다른 음식을 열어 본다.) 코르동 블루의
          병아리 꼬치구이. 이상하군. 보통 우린 저녁 식사를
          가볍게 했는데. 간단한 음식으로. 다른 환자들이 새
          건물로 간 다음부터 그랬지. (수프를 덜어 낸다.) 배
          고프지 않소?

(뫼비우스, 말이 없다.)

뉴턴   이해해요. 내 간호사가 죽은 후엔 나 역시 식욕이
          없었지.

(자리에 앉아 간 완자 수프를 먹기 시작한다. 뫼비우스가 일어서서
방으로 가려 한다.)

뉴턴   가지 마시오.
뫼비우스   아이작 경?
뉴턴   할 얘기가 있어요, 뫼비우스 씨.
뫼비우스   (멈춰 선다.) 무슨?
뉴턴   (음식을 가리킨다.) 간 완자 수프 좀 들지 않겠습니
          까? 아주 맛있네요.

뫼비우스	싫소.
뉴턴	친애하는 뫼비우스 씨, 우리를 돌보는 건 이제 여자 간호사들이 아닙니다. 남자 간호사들이 우릴 감시할 거요. 거구의 사내들이지요.
뫼비우스	상관없소.
뉴턴	선생에게는 상관없을 수도 있겠지. 선생은 평생을 정신 병원에서 보내고 싶은 게 분명하니 말이오. 하지만 내겐 중요한 일이오. 난 나가고 싶거든요. (간완자 수프를 다 먹었다.) 자, 이젠 병아리 꼬치구이를 먹어 볼까? (음식을 덜어 간다.) 남자 간호사들 때문에 실행에 옮기지 않을 수 없게 되었소. 오늘 안으로 말이오.
뫼비우스	당신 일이오.
뉴턴	완전히 그런 건 아니오. 고백하자면, 뫼비우스 씨, 난 미치지 않았소.
뫼비우스	물론 아니겠지요, 아이작 경.
뉴턴	난 아이작 뉴턴 경이 아니오.
뫼비우스	압니다. 알베르트 아인슈타인이죠.
뉴턴	헛소리요. 이곳 사람들이 알고 있는 헤르베르트 게오르크 보이틀러도 아니오. 내 진짜 이름은 킬턴이라 하오, 젊은이.
뫼비우스	(놀라서 그를 응시한다.) 알렉 재스퍼 킬턴?
뉴턴	맞소.
뫼비우스	상응 이론의 창시자?
뉴톤	바로 그 사람이오.

뫼비우스	(탁자로 온다.) 당신은 이곳으로 숨어들어 왔단 말입니까?
뉴턴	미친 사람인 척해서.
뫼비우스	나를……. 염탐하려고?
뉴턴	선생이 미친 원인을 알아내기 위해. 흠잡을 데 없는 내 독일어는 우리 첩보 기관 훈련소에서 배웠소. 끔찍한 일이었지.
뫼비우스	그럼 불쌍한 도로테아 간호사가 진실을 알게 되었기 때문에, 당신은…….
뉴턴	그렇소. 그 일은 정말 유감이요.
뫼비우스	알겠습니다.
뉴턴	명령은 명령이니까.
뫼비우스	당연하죠.
뉴턴	어쩔 도리가 없었소.
뫼비우스	물론 그러셨겠죠.
뉴턴	내 임무가 위기 상황에 봉착된 것이오. 우리 첩보 기관의 가장 비밀스러운 공작인데 말이오. 그러니 살인을 할 수밖에 없었지. 일말의 의심도 피하고자 했으니까. 도로테아 간호사는 날 미쳤다고 생각하지 않았소. 원장만 내게 약간의 증세가 있다고 생각했지. 살인을 해서 내가 미쳤다는 결정적인 증거를 제시한 셈이라오. 선생, 이 병아리 꼬치구이는 입에서 살살 녹아요.

(2번 방에서 아인슈타인의 바이올린 연주 소리가 들린다.)

뫼비우스   아인슈타인이 또 연주를 하는군요.

뉴턴   바흐의 「가보트」.

뫼비우스   음식이 식을 텐데.

뉴턴   미친 사람은 바이올린 연주나 계속하게 두시오.

뫼비우스   협박이라도 하려는 거요?

뉴턴   나는 선생을 무한히 존경하오. 강력한 조처를 취해
야 한다면 유감일 거요.

뫼비우스   당신의 임무가 나를 납치하는 것입니까?

뉴턴   우리 첩보 기관의 의혹이 사실로 확인될 경우엔.

뫼비우스   의혹이라면?

뉴턴   의외일지 모르지만 우리 첩보 기관은 선생을 당대
의 가장 천재적인 물리학자로 간주하오.

뫼비우스   신경 조직이 심하게 손상된 정신병자에 불과합니다.
킬턴 씨, 그 이상도 이하도 아닙니다.

뉴턴   우리 첩보 기관의 생각은 다릅니다.

뫼비우스   당신은 날 어떻게 생각합니까?

뉴턴   역사를 통틀어 가장 위대한 물리학자로 생각하오.

뫼비우스   댁의 첩보 기관은 어떻게 내 행방을 알아냈습니까?

뉴턴   나로 인한 것이었소. 우연한 기회에 난 새로운 물리
학의 토대에 대한 선생의 박사 논문을 읽었소. 처음
에는 장난친 글이라고 생각했소. 그러나 다음 순간
홀연히 깨달았지요. 그건 미래의 물리학에 대한 가
장 천재적인 기록이었소. 즉시 논문 저자를 알아보
기 시작했지만 벽에 부딪쳤소. 그래서 첩보 기관에
문의했고, 첩보 기관이 계속 조사를 했던 것이오.

아인슈타인   당신만 그 박사 논문을 읽은 게 아니라오, 킬턴 씨.
(바이올린을 팔 아래 끼고, 바이올린 활을 든 아인슈타
인이 소리 없이 2번 방에서 나와 있다.) 말하자면 나 역
시 미치지 않았소. 소개해도 될까요? 나도 당신들처
럼 물리학자요. 첩보 기관의 요원이기도 합니다. 하
지만 전혀 다른 첩보 기관이죠. 내 이름은 조지프
아이슬러요.

뫼비우스   아이슬러 효과를 발견한 사람?

아인슈타인   그렇소.

뉴턴   1950년에 실종된 인물.

아인슈타인   자발적인 실종이었소.

뉴턴   (돌연 권총을 들고 있다.) 얼굴을 벽에 대고 서 주겠소?

아인슈타인   아, 물론이오. (유유히 벽난로로 걸어간다. 바이올린을
벽난로 위에 내려놓고 재빨리 돌아서는데, 손에 권총을
쥐고 있다.) 킬턴 선생. 우리 두 사람, 추측건대 무기
다루는 솜씨가 좋을 것이니 결투는 최대한 피합시
다. 어떻소? 난 브라우닝*을 옆으로 내려놓겠소, 당
신도 콜트**를 내려놓는다면 말이오.

뉴턴   동의하오.

아인슈타인   벽난로 격자 뒤 코냑 옆에 둡시다. 갑자기 간호사들
이 들어올지도 모르니까.

뉴턴   좋소.

---

* 미국의 총포 설계자 모지스 브라우닝(John Moses Browning, 1855~1926)
이 설계한 총.

** 미국의 총포 설계자 새뮤얼 콜트(Samuel Colt, 1814~1862)가 설계한 총.

(두 사람은 권총을 벽난로 격자 뒤에 놓는다.)

아인슈타인 내 계획을 엉망으로 만들었소, 킬턴 씨. 당신이 정
　　　　　 말 미쳤다고 생각했는데.
뉴턴　　　 위로가 된다면, 나도 당신을 그렇게 보았소.
아인슈타인 많은 일이 완전히 계획에서 어긋나 버렸어. 오늘 오
　　　　　 후 이레네 간호사의 일도 그래요. 간호사가 의혹을
　　　　　 품고 있었다오. 그 의혹이 결국 간호사에게 사형 선
　　　　　 고를 부른 셈이지만, 정말이지 안됐어요.
뫼비우스　 이해합니다.
아인슈타인 명령은 명령이니까.
뫼비우스　 물론이죠.
아인슈타인 어쩔 수 없었단 말이오.
뫼비우스　 당연히 그랬겠죠.
아인슈타인 내 임무 역시 위기 상황을 맞은 겁니다. 우리 첩보
　　　　　 기관의 가장 비밀스러운 공작인데 말입니다. 우리
　　　　　 앉을까요?
뉴턴　　　 앉읍시다.

(뉴턴은 탁자 왼쪽에, 아인슈타인은 오른쪽에 앉는다.)

뫼비우스　 아이슬러 씨, 당신 역시 내게 강요하겠지요…….
아인슈타인 무슨 말씀을, 뫼비우스 씨.
뫼비우스　 당신 나라로 가자고요.
아인슈타인 우리도 당신을 가장 위대한 물리학자로 보니까요.

하지만 지금은 저녁 식사가 궁금해요. 그야말로 처형 전 식사로군. (수프를 뜬다.) 아직도 식욕이 동하지 않습니까, 뫼비우스 씨?

뫼비우스　　아닙니다. 갑자기 식욕이 생기네요. 당신들에게 들켜 버린 지금에 와서 말이요. (두 사람 사이에 앉아서 역시 수프를 덜어 낸다.)

뉴턴　　　부르고뉴산 포도주를 마시겠소, 뫼비우스 씨?

뫼비우스　　한잔 주십시오.

뉴턴　　　(따른다.) 나는 코르동 블루를 먼저 먹겠소.

뫼비우스　　어서 드십시오.

뉴턴　　　맛있게 드시오.

아인슈타인　맛있게 드시오.

뫼비우스　　많이 드십시오.

(식사한다. 오른쪽에서 남자 간호사 세 명이 등장한다. 남자 수간호사가 수첩을 들고 있다.)

남자 수간호사　보이틀러 환자!

뉴턴　　　여기요.

남자 수간호사　에르네스티 환자!

아인슈타인　여기 있소.

남자 수간호사　뫼비우스 환자!

뫼비우스　　여기요.

남자 수간호사　수간호사 지버스, 간호사 무리요와 맥아더입니다. (수첩을 다시 넣는다.) 당국의 권고에 따라 약간의 안

전 조처가 취해져야 합니다. 무리요, 격자창을 닫게.

(무리요가 창문에 덧댄 격자창을 내린다. 공간은 이제 갑자기 감옥 같은 느낌을 준다.)

남자 수간호사 맥아더, 잠그게.

(맥아더가 격자창을 잠근다.)

남자 수간호사 여러분 밤 동안 필요하신 게 있습니까? 보이틀러 환자?
뉴턴   없소.
남자 수간호사 에르네스티 환자?
아인슈타인 없소.
남자 수간호사 뫼비우스 환자?
뫼비우스   없소.
남자 수간호사 여러분. 저희는 이만 물러가겠습니다. 안녕히 주무십시오.

(간호사 세 명 퇴장. 침묵.)

아인슈타인 야비한 놈들.
뉴턴   공원에는 다른 거구의 남자들이 잠복해 있소. 그 남자들을 오래전부터 창가에서 지켜보았소.
아인슈타인 (일어서서 격자창을 살펴본다.) 단단해요. 특수 자물

쇠를 달았네요.

뉴턴   (자기 방으로 가서 문을 열고 들여다본다.) 내 방 창문
         에도 격자창이 달렸어요. 마술이라도 부린 듯하군.

(뒷면에 있는 다른 두 개의 문을 연다.)

뉴턴   아이슬러 방에도. 뫼비우스 방에도. (오른쪽에 있는
         문으로 간다.) 잠겼어.

(다시 앉는다. 아인슈타인도 앉는다.)

아인슈타인 우린 갇혔소.
뉴턴   당연한 일이오. 여자 간호사들 일이 있었으니.
아인슈타인 이젠 우리가 함께 행동을 취해야만 정신 병원을 나
         갈 수 있소.
뫼비우스   난 도망갈 생각이 전혀 없습니다.
아인슈타인 뫼비우스 씨……
뫼비우스   도망갈 하등의 이유가 없어요. 그 반대입니다. 운명
         에 만족하고 있어요.

(침묵.)

뉴턴   난 만족할 수 없소, 상당한 위기 상황이오. 그렇지
         않소? 선생의 개인적 감정에 경의를 표하는 바요. 그
         러나 선생은 천재이고, 그런 존재이기 때문에 공공

재산인 셈이오. 선생은 새로운 물리학의 영역으로 파고들었소. 그러고도 연구 결과를 공유하지 않았지. 선생은 우리에게도 문을 열어 줄 의무를 갖고 있소, 천재가 아닌 사람들에게 그 영역으로 가는 문을 알려 줘야 하오. 나와 함께 갑시다. 일 년만 지나면 우리는 선생에게 연미복을 입혀서 스톡홀름으로 모셔 갈 것이며, 선생은 노벨상을 받게 될 것이오.

뫼비우스   당신네 첩보 기관은 사욕이 없군요.

뉴턴   뫼비우스 씨, 무엇보다도 당신이 중력 문제를 해결했을 거라는 추측이 우리 첩보 기관에 깊은 인상을 준 건 사실이오.

뫼비우스   맞습니다.

(침묵.)

아인슈타인   그런 말을 선생은 그처럼 태연하게 합니까?

뫼비우스   아니면 어떻게 말해야 한다는 겁니까?

아인슈타인   우리 첩보 기관 생각으론, 당신이 소립자 통일 이론을……

뫼비우스   당신의 첩보 기관 역시 마음을 놓아도 됩니다. 통일장 이론이 발견되었으니까요.

뉴턴   (냅킨으로 이마의 땀을 닦는다.) 세계를 푸는 공식인데.

아인슈타인   웃을 일이군. 저 밖에서는 귀한 대접을 받는 물리학자 집단이 나라에서 세운 수많은 거대 연구소에서 수년 전부터 연구를 해도 아무 성과가 없소. 그런데 당신은 정신 병원 책상에서 노는 김에 해 보자는 식으로 그런 문제들을 해결하는군요. (뉴턴과 마찬가지로 냅킨으로 이마의 땀을 닦는다.)

뉴턴　그럼 '가능한 모든 발명들의 체계'는, 뫼비우스 씨?

뫼비우스　그것 역시 존재합니다. 호기심에서 한번 만들어 봤어요. 내 이론적 작업에 유용하게 쓰일 편람으로 말이오. 이런 모든 일에 난 아무 책임이 없는 걸까요? 우리가 생각하는 것엔 그 결과가 따릅니다. 내가 만든 장이론과 중력론이 미치게 될 영향을 알아보는 건 내 의무였어요. 그 결과는 끔찍했습니다. 내 연구 결과가 사람들 손에 들어갈 경우 새롭고 엄청난 에너지가 이 세상에 출현하게 될 것이며, 그 누구도 상상 못 할 기술이 가능해집니다.

아인슈타인　그렇다고 다른 사람들 손에 넘어가는 걸 막긴 어려울 거요.

뉴턴　문제는 누가 가장 먼저 그것을 얻느냐는 거지.

뫼비우스　(웃는다.) 당신은 그 행운을 당신의 첩보 기관과 배후에 있는 군대 사령부가 갖기를 원하시지요, 킬턴 씨?

뉴턴　왜 안 된단 말이오. 역사상 가장 위대한 물리학자를 학자 공동체로 귀환시킬 수만 있다면 어느 사령부라도 신성한 존재라고 생각하오.

아인슈타인　내겐 오직 우리 사령부만 신성하오. 우리 학자들은 인류에게 막강한 권력 수단을 제공하오. 이 점이 우리에게 조건을 제시할 권리를 주는 것이오. 우리는 누구를 위해 우리의 학문을 이용할 것인지를 결정해야 하고, 나는 이미 결정을 했소.

뉴턴   헛소리요, 아이슬러 선생. 학문의 자유가 중요하지 그 밖의 것은 문제가 되지 않소. 우리 학자들은 선구자적 작업을 하면 되는 것이고 나머지는 아무 상관없는 일이오. 우리가 닦아 놓은 길을 인류가 갈 수 있는지 없는지는 인류가 결정할 문제지 우리의 문제가 아니란 말이오.

아인슈타인 킬턴 씨, 당신은 한심한 유미주의자요. 당신에게 학문의 자유만이 중요하다면 왜 우리에게 오지 않는 것이오? 우리에게도 이미 오래전부터 물리학자들을 통제할 만한 능력은 없으니 말이오. 우리 역시 당신들처럼 성과가 필요하오. 정치 체제가 학문의 손 안에 있어야 할 필요도 있고요.

뉴턴   아이슬러 씨, 당신과 우리의 두 정치 체제가 지금은 뫼비우스의 손에 매달려야 할 형편이오.

아인슈타인 그 반대지요. 뫼비우스는 당신과 나에게 복종해야 할 것이오. 어쨌든 우린 둘이고 뫼비우스를 잡고 있으니.

뉴턴   정말로요? 아마도 우리 두 사람이 서로를 잡아 두고 있다는 말이 더 맞을 거요. 그쪽과 우리 첩보 기관이 같은 생각을 하게 된 게 유감이오. 뫼비우스가 당신을 따라간다면 나는 속수무책이오. 내가 방해하는 걸 당신이 허용하지 않을 테니까. 만일 뫼비우스가 내 쪽으로 결정을 내린다면 당신도 어쩔 수 없는 것이오. 여기선 뫼비우스가 선택할 수 있을 뿐,

우린 아니오.

아인슈타인 (정중하게 일어선다.) 권총을 꺼내 옵시다.

뉴턴　　　(역시 일어선다.) 싸워 봅시다.

(뉴턴이 벽난로 격자 뒤에서 권총 두 정을 꺼내 와서 아인슈타인에게 하나를 건네준다.)

아인슈타인 피를 보고야 끝내게 되다니 유감이오. 허나 우린 쏘지 않을 수 없소. 상대를 쏘아야 하고, 말할 필요 없이 간호사들에게도 사격을 가해야 할 것이오. 여차하면 뫼비우스도 쏴야겠지. 세계에서 가장 중요한 사람이긴 하지만, 그가 쓴 원고는 더 중요하니까.

뫼비우스　내 원고요? 태워 버렸는데요.

(무거운 침묵.)

아인슈타인 태웠다고?

뫼비우스　(당황한다.) 경찰이 오기 조금 전에. 안전하게 하려고요.

아인슈타인 (절망하여 웃음을 터뜨린다.) 태웠대.

뉴턴　　　(분노하여 소리 지른다.) 십오 년간 한 작업인데.

아인슈타인 미칠 노릇이군.

뉴턴　　　공식적으로 우린 이미 미쳤소.

(두 사람이 권총을 집어넣고, 녹초가 되어 소파에 앉는다.)

아인슈타인   이러면 우린 꼼짝 없이 당신 손아귀에 잡힌 거요,
         뫼비우스 씨.

뉴턴   이러자고 간호사를 죽이고 독일어를 배워야 했나.

아인슈타인   난 바이올린을 배웠다오. 음악에 문외한인 인간에
         게 그건 고문이었소.

뫼비우스   식사를 계속하지 않겠습니까?

뉴턴   입맛이 달아났소.

아인슈타인   코르동 블루가 아깝네요.

뫼비우스   (일어선다.) 우리 세 사람은 물리학자입니다. 우리가
         내려야 할 결정은 우리 학자들 사이의 결정입니다.
         우리는 학문적으로 전진해야 합니다. 의도에 영향
         을 받아서는 안 되지요. 논리적 결과에 따라야 하
         고요. 우리는 이성적인 것을 찾고자 노력해야 합니
         다. 논리의 오류를 범해서는 안 됩니다. 그릇된 결론
         은 모두를 파국으로 이끌 테니까요. 출발점은 분명
         합니다. 우리 세 사람 모두 같은 목표를 갖고 있지
         만 전략이 다르지요. 목표는 물리학의 발전입니다.
         당신은 물리학의 자유를 보존하려고 합니다, 킬턴
         씨, 그리고 물리학의 책임을 부인합니다. 반대로, 아
         이슬러 씨, 당신은 특정한 나라의 권력 정치에 대한
         책임이란 명목으로 물리학에 의무를 지웁니다. 그런
         데 현실은 어떻게 보이나요? 실제 상황에 대한 정보
         를 요구합니다. 내가 결정을 해야 한다면 말이오.

뉴턴   유명한 물리학자들이 당신을 기다리고 있소. 급료
         와 주택은 최상으로, 자연환경은 살인적이지만, 냉

난방 장치가 훌륭하지요.

뫼비우스   당신네 물리학자들은 자유롭소?

뉴턴   친애하는 뫼비우스 씨. 우리의 물리학자들은 이미 나라의 국방을 위해 결정적인 학문상의 문제를 풀겠다고 천명했소. 따라서 당신은 이해해야 하오…….

뫼비우스   그러니까 자유롭지 못하군요. (아인슈타인에게로 돌아선다.) 조지프 아이슬러 씨. 선생은 권력 정치를 추구하고 있소. 거기엔 권력이 개입되게 마련입니다. 선생은 권력을 소유하고 있습니까?

아인슈타인   내 말을 오해했소, 뫼비우스 씨. 내가 말하는 권력 정치란 하나의 정당을 위해 나 자신의 권력을 포기하는 데서 가능해지는 것이오.

뫼비우스   당신은 자신의 책임 의식에 합당하도록 정당을 움직일 수 있습니까 아니면 정당의 조정을 받을 위험에 처해 있습니까?

아인슈타인   뫼비우스 씨! 그건 웃기는 소리요. 물론 정당이 내 조언을 따르길 바랄 수는 있어요. 그 뿐이라오. 하지만 그런 희망이라도 없다면 정당을 선택할 일도 없지 않겠소.

뫼비우스   적어도 물리학자들은 자유로운가요?

아인슈타인   물리학자들도 국가 방위를 위해…….

뫼비우스   이상하군요. 두 분은 각자 다른 이론을 선전하지만, 내게 제공하는 현실은 동일합니다. 감옥이란 말입니다. 그런 상황이라면 이 정신 병원이 더 좋습니다. 여기선 적어도 정치인들에게 이용당하지 않으리란 사실만큼은 확실하니까요.

아인슈타인 어쨌든 어느 정도의 위험은 감수해야만 하는 거요.

뫼비우스 결코 감수해서는 안 될 위험이 있습니다. 인류의 멸
망이 그런 것입니다. 우리 모두 알다시피 세계는 이
미 소유한 무기만으로도 피해를 유발하고 있습니다.
내 연구 결과가 불러올 피해에 대해 우리는 충분히
알 수 있습니다. 난 이런 고심 끝에 행동한 것입니
다. 나는 가난했어요. 아내와 세 아이가 있었습니다.
대학에서는 명성이 손짓했고, 산업계에서는 돈이
유혹했습니다. 두 길 모두 너무 위험했어요. 연구 결
과를 출판했어야 했는지도 모르죠. 학문의 전복과
학문적 구조의 와해가 그 결과였을 겁니다. 책임감
이 내게 다른 길을 강요했습니다. 학문적인 경력을
포기했고, 돈벌이를 돌아보지 않았으며, 가족을 운
명에 내맡겼습니다. 그러곤 어릿광대 모자를 선택했
어요. 솔로몬 왕이 나타나는 양 굴었고, 그러자 곧
정신 병원에 갇혔습니다.

뉴턴 하지만 그건 해결책이 아니었소!

뫼비우스 이성이 요구한 행동이었습니다. 우리는 학문의 세계
에서 인식 가능성의 한계에 부딪혔어요. 몇 가지 정
확하게 이해 가능한 법칙을 알고 있고, 파악되지 않
는 현상들에 나타나는 몇 가지 기본 관계를 알고
있습니다. 그게 다지요. 나머지 엄청난 부분은 여전
히 비밀로 남아 있습니다. 우리의 사고력으로는 더
이상 접근할 수 없어요. 우린 올 수 있는 만큼 온

겁니다. 그러나 인류는 아직 거기까지 보지 못합니다. 우리는 제일선에 서서 힘든 길을 왔지만 아무도 우릴 따르지 않으니까요. 우리는 진공 상태에 빠졌습니다. 우리의 학문은 끔찍해졌고, 우리의 연구는 위험해졌으며, 우리의 지식은 치명적이 되었어요. 우리 물리학자에게 남은 길은 현실 세계 앞에 무릎 꿇는 것뿐입니다. 하지만 현실 세계는 우리를 감당하지 못해요. 현실 세계는 우리로 인해 몰락할 것입니다. 우린 지식을 파기해야 합니다. 난 연구 결과를 없앴어요. 다른 해결책은 없습니다. 당신들도 마찬가지요.

아인슈타인 무슨 말을 하는 거요?

뫼비우스 선생들은 비밀 송신기를 가지고 있지요?

아인슈타인 그렇다면?

뫼비우스 선생들의 명령권자에게 보고하는 거지요. 잘못 생각했다고. 난 정말로 미쳤다고 말이오.

아인슈타인 그런 다음엔 이곳에 평생 있으라는 말이군.

뫼비우스 당연하죠.

아인슈타인 임무에 실패한 첩자는 아무도 신경 쓰지 않는 법이오.

뫼비우스 바로 그렇죠.

뉴턴 그렇다면?

뫼비우스 나와 함께 정신 병원에 있어야 하겠죠.

뉴턴 우리가?

뫼비우스 선생들 둘요.

(침묵.)

뉴턴   뫼비우스 씨! 당신이 우리에게 요구할 순 없잖소, 영원히 여기서…….

뫼비우스   발견되지 않고 머물 수 있는 유일한 기회요. 우리가 아직도 자유로울 수 있는 곳은 정신 병원뿐이오. 우리에게 생각이 허용되는 곳도 정신 병원뿐이지요. 여기서 나가면 우리의 생각은 폭약과도 같소.

뉴턴   하지만 어쨌든 우리는 미치지 않았잖소.

뫼비우스   그러나 살인자요.

(두 사람이 당혹하여 뫼비우스를 응시한다.)

뉴턴   이의를 제기하오!

아인슈타인   말을 그렇게 하면 안 되지요, 뫼비우스 씨!

뫼비우스   사람을 죽였으면 살인자지요. 우리는 사람을 죽였습니다. 우리는 제각기 하나의 과제를 가지고 이 병원으로 왔습니다. 우리 모두 각자의 간호사를 특정한 목표를 위해 죽였습니다. 선생들은 비밀 임무를 들키지 않으려고 그랬고, 난 모니카 간호사가 나를 믿었기 때문에 죽였어요. 모니카 간호사는 나를 인정받지 못한 천재로 생각했지요. 인정받지 못한 채로 있는 게 오늘날 천재의 의무라는 사실을 이해하지 못했어요. 사람을 죽인다는 건 끔찍한 일입니다. 나는 훨씬 끔찍한 살인이 시작되지 않도록 하기 위해 사람을 죽였습니다. 그런데 선생들이 나타났습니다. 선생들을 제거할 수는 없지만, 설득할 수는 있지 않을까요? 우리의 살인이 무의미해져야 할까요? 우리의 행동이 인류를 위해 희생을 바친 것이 아니라면, 우린 살인을 한 것입니다. 우리가 정신 병원에 남지 않는다면, 세상은 과거의 일이 될 것입니다. 우리를 사람들의 기억에서 지우지 않는다면, 인류가 소멸할 것입니다.

(침묵.)

뉴턴   뫼비우스 씨!
뫼비우스   킬턴 선생?
뉴턴   이 병원. 거구의 간호사들. 곱사등이 여의사!
뫼비우스   그런데요?
아인슈타인   우리를 짐승처럼 감금한 것이오!
뫼비우스   우리는 야생동물입니다. 우리를 인류에게 풀어 줘
           선 안 되지요.

(침묵.)

뉴턴   정말로 다른 출구는 없을까?
뫼비우스   전혀.

(침묵.)

아인슈타인   요한 빌헬름 뫼비우스. 난 건실한 인간이오. 이곳에
           있겠소.

(침묵.)

뉴턴   나도 머물겠소. 영원히.

(침묵.)

뫼비우스   여러분께 감사합니다. 세상을 살리기 위해 아직은
           남아 있는 작은 기회를 위하여. (잔을 든다.) 인류를
           위해 죽어 간 간호사들을 위하여!

(세 사람이 엄숙하게 몸을 일으킨다.)

뉴턴   도로테아 모저를 기리면서 마시겠소.
다른 두 사람   도로테아 모저를 위해!
뉴턴   도로테아! 난 그대를 희생시켜야만 했소. 그대가 준
           사랑 대신 난 죽음을 주었구려! 이제 그대의 사랑
           에 합당한 모습을 보여 주겠소.
아인슈타인   이레네 슈트라움을 기리면서 마시겠소.
다른 두 사람   이레네 간호사를 위하여!
아인슈타인   이레네! 난 그대를 희생시켜야만 했소. 이성적인 행
           동을 함으로써 그대를 찬미하고 그대의 희생을 찬
           양하겠소.

뫼비우스   난 모니카 슈테틀러를 기리며 마시겠소.

다른 두 사람   모니카 간호사를 위하여!

뫼비우스   모니카! 난 그대를 희생시켜야만 했소. 우리 세 명
           의 물리학자가 그대의 이름으로 맺은 우정을 사랑
           으로 축복해 주길 바라오. 우리에게 힘을 줘요. 어
           릿광대가 되어 우리 학문의 비밀을 충실히 지켜 갈
           힘을.

(그들은 마시고 잔을 책상에 놓는다.)

뉴턴   다시 미친 환자로 돌아갑시다. 뉴턴의 유령처럼 돌
          아다닙시다.

아인슈타인 다시 크라이슬러와 베토벤을 연주합시다.

뫼비우스   다시 솔로몬이 나타나게 합시다.

뉴턴   미친, 그러나 현명한.

아인슈타인 갇힌, 그러나 자유로운.

뫼비우스   물리학자, 그러나 무죄인.

(세 사람 손을 흔들며 각자의 방으로 간다. 무대는 비어 있다. 오른
쪽에서 맥아더와 무리요가 등장한다. 두 사람은 이제 검은색 유니폼
에 모자를 쓰고 권총을 들고 있다. 식탁을 치운다. 맥아더가 식기대
를 밀고 오른쪽으로 나간다. 무리요는 마치 음식점에서 청소할 때처
럼 오른쪽 창문 앞에 원탁을 밀어 놓고 그 위에 의자들을 뒤집어서
올려놓는다. 그다음 무리요도 오른쪽으로 퇴장한다. 무대는 다시 비
었다. 그때 오른쪽에서 마틸데 폰 찬트 박사가 등장한다. 언제나 그

렁듯, 흰 의사 가운에 청진기를 걸고 있다. 주위를 살핀다. 마지막으로 지버스가 온다. 그 역시 검은색 유니폼을 입고 있다.)

남자 수간호사 사장님.
찬트 박사 지버스, 그림을 들여오게.

(맥아더와 무리요가 묵직한 금테두리 액자에 든 커다란 초상화를 들고 들어온다. 장군 복장의 초상화다. 지버스가 걸려 있던 초상화를 떼어 내고, 새것을 건다.)

찬트 박사 레오니다스 폰 찬트 장군은 여자들 곁에 있기보다는 여기서 더 좋은 대접을 받겠지. 여전히 훌륭해 보이는군. 바세도 병*에 걸렸지만 늙은 무사였어. 영웅적인 죽음을 좋아했고, 이 집에서 소원대로 그런 죽음을 맞이했지. (자기 아버지의 초상화를 관찰한다.) 고위 관료는 여자 갑부들이 있는 병동으로 옮기게. 이 그림은 당분간 복도에 세워 두도록.

(맥아더와 무리요가 그림을 들고 오른쪽으로 나간다.)

찬트 박사 프뢰벤 총장이 유명 인사들을 거느리고 도착했나?
남자 수간호사 녹색 살롱에서 기다리고 계십니다. 샴페인과 캐

---

* 갑상선 기능 항진에 의해 갑상선 호르몬이 과다하게 분비되어 갑상선 중독을 일으키는 병.

비어를 준비할까요?

찬트 박사　명사들은 식도락을 즐기러 온 게 아니라 일을 하러 왔다네.

(여의사가 소파에 앉는다. 맥아더와 무리요가 오른쪽에서 다시 들어온다.)

찬트 박사　세 사람을 데려오게, 지버스.

남자 수간호사　알겠습니다, 사장님. (1번 방으로 가서 문을 연다.) 뫼비우스, 나오시오!

(맥아더와 무리요는 2번 방과 3번 방을 연다.)

무리요　뉴턴, 나오시오!

맥아더　아인슈타인, 나오시오!

(뉴턴, 아인슈타인, 뫼비우스 나온다. 모두 미친 척한다.)

뉴턴　신비스런 밤. 무한하고 숭고해. 창문의 격자창으로 목성과 토성이 빛을 뿜으며 우주의 법칙을 계시한다.

아인슈타인　행복한 밤. 위안을 주는 기분 좋은 밤. 수수께끼는 말이 없고, 질문은 침묵한다. 바이올린을 연주하고 싶다. 결코 끝나지 않을 연주를.

뫼비우스　경건한 밤. 짙푸르고 신성한 밤. 막강한 왕의 밤. 왕의 흰 그림자가 벽에서 풀려난다. 왕의 눈이 빛난다.

(침묵.)

찬트 박사 뫼비우스 씨. 검사의 지시에 따라 경비원의 배석하에서만 선생과 얘기할 수 있어요.

뫼비우스 알겠습니다, 박사님.

찬트 박사 지금부터 할 얘기는 선생의 동료들인 알렉 재스퍼 킬턴 씨와 조지프 아이슬러 씨에게도 해당됩니다.

(두 사람이 깜짝 놀라 여의사를 노려본다.)

뉴턴 당신이……. 안다고?

(두 사람은 권총을 꺼내려 하지만 무리요와 맥아더에게 뺏긴다.)

찬트 박사 신사 여러분, 당신들의 대화는 도청되었어요. 난 이미 오래전부터 의심하고 있었지요. 킬턴과 아이슬러의 비밀 송신기를 가져오게, 맥아더, 무리요.

남자 수간호사 손을 머리 뒤로, 셋 모두!

(뫼비우스, 아인슈타인, 뉴턴이 손을 머리 뒤로 올린다. 맥아더와 무리요가 2번 방과 3번 방으로 간다.)

뉴턴 웃기는군! (혼자 웃는다. 유령 같다.)

아인슈타인 난 모르겠어…….

뉴턴 코미디야! (다시 웃는다. 갑자기 침묵한다.)

(맥아더와 무리요가 비밀 송신기를 가지고 돌아온다.)

남자 수간호사 손 내려!

(물리학자들이 복종한다. 말이 없다.)

찬트 박사 서치라이트, 지버스.
남자 수간호사 알았습니다, 사장님.

(지버스가 손을 올려 신호를 보낸다. 밖에서 서치라이트가 비쳐 들어와 물리학자들을 눈부시게 한다. 동시에 지버스가 실내의 불을 끈다.)

찬트 박사 빌라는 경비원들이 포위하고 있어요. 도망치려 해야소용없어요. (간호사들에게) 나가게, 자네들 셋!

(세 명의 간호사가 무대를 떠나면서 무기와 송신기를 가져간다. 침묵.)

찬트 박사 당신들한테만 내 비밀을 털어놓는 거예요. 당신들이안다 해도 더 이상 문제될 게 없으니까요.

(침묵.)

찬트 박사 (엄숙하게) 내게도 금빛 찬란한 솔로몬 왕이 나타났어요.

(세 사람, 아연한 표정으로 그녀를 응시한다.)

뫼비우스　솔로몬이?
찬트 박사　긴 세월 내내.

(뉴턴이 낮게 웃음을 터뜨린다.)

찬트 박사　(동요하지 않고) 내 서재에서 처음 나타났지요. 어느
　　　　　여름날 저녁이었어요. 밖에는 아직 해가 빛나고 있
　　　　　었고 공원에선 딱따구리가 나무를 쪼고 있었는데,
　　　　　갑자기 찬란하게 빛나는 왕이 공중에서 서서히 다
　　　　　가왔어요. 고결한 천사 같았죠.
아인슈타인　이 여자 미쳤어.
찬트 박사　왕의 시선은 내게 머물러 있었어요. 왕의 입이 열리
　　　　　고 시녀인 나와 말하기 시작했어요. 왕은 죽은 자
　　　　　들 가운데서 부활했고 그 옛날 지상에서 누렸던 권
　　　　　력을 되찾으려 했어요. 그래서 뫼비우스가 왕의 이
　　　　　름으로 땅을 지배하도록 그에게 자신의 지혜를 드
　　　　　러냈던 것입니다.
아인슈타인　이 여자는 격리되어야 해. 정신 병원감이야.
찬트 박사　하지만 뫼비우스는 왕을 배신했어요. 비밀로 유지
　　　　　될 수 없는 것을 숨기려 했지요. 뫼비우스에게 계시
　　　　　된 것은 비밀이 아니었어요. 생각이 가능한 것이니
　　　　　까요. 생각이 가능한 것은 언젠간 생각되기 마련이
　　　　　에요. 지금이 아니라도 앞으로 언젠가는. 솔로몬이

발견했던 것은 다른 사람도 언젠가는 발견할 수 있어요. 성스러운 세계를 지배하기 위해 왕께서 발견한 수단은 황금빛 왕의 업적이 되어야 해요. 그래서 왕은 나를 찾았던 거예요. 보잘것없는 이 하녀를.

아인슈타인   (윽박지르듯) 당신은 미쳤어. 알겠습니까, 미쳤다고요.

찬트 박사   황금의 왕은 명령을 내렸어요. 뫼비우스를 파면시키고 대신 지배하라는 명령이었습니다. 복종했지요. 난 의사고, 뫼비우스는 내 환자였어요. 내가 원하는 대로 그를 다룰 수 있었죠. 여러 해 동안 뫼비우스를 마취시키고 솔로몬 왕의 계시 내용을 사진 찍었어요. 마지막 페이지를 갖게 될 때까지 말입니다.

뉴턴   당신은 돌았어! 완전히! 제발 정신 차리시오! (작은 소리로) 우리 모두 돌았지만.

찬트 박사   난 신중하게 일 처리를 했지요. 처음에는 약간의 발명 내용만을 표절했습니다. 필요한 자금을 모으기 위해서요. 자금을 모아 거대한 공장들을 세웠어요. 연이어 공장이 생겨났고, 나는 강력한 기업체를 구축했어요. 여러분, 이제 난 '가능한 모든 발명들의 체계'를 활용할 작정이에요.

뫼비우스   (윽박지르듯) 마틸데 폰 찬트 박사. 당신은 병들었소. 솔로몬은 현실이 아니오. 왕이 나타난 적은 한 번도 없었소.

찬트 박사   거짓말이에요.

뫼비우스   발견한 것들을 비밀로 하려고 왕을 꾸며 댄 것뿐이오.

찬트 박사	당신은 왕을 부인하고 있어요.
뫼비우스	이성을 찾으시오. 당신이 미쳤다는 사실을 깨달으란 말이오.
찬트 박사	당신과 마찬가지로 난 미치지 않았어요.
뫼비우스	그렇다면 세상에 대고 진실을 외치지 않을 수 없소. 당신은 긴 세월 내 연구 결과를 표절했소. 염치없이. 심지어는 내 가난한 아내가 병원비까지 내게 했소.
찬트 박사	당신은 힘이 없어요, 뫼비우스. 당신 목소리가 세상으로 새어 나간다 해도 아무도 당신 말을 믿지 않을 겁니다. 공식적으로 당신은 위험한 정신병자일 뿐이니까요. 살인을 했잖아요.

(세 사람이 실상을 알아챈다.)

뫼비우스	모니카?
아인슈타인	이레네?
뉴턴	도로테아?
찬트 박사	나는 기회를 놓치지 않은 것뿐이에요. 솔로몬의 지식은 안전해야만 했고, 당신들의 배신은 처벌받아야만 했어요. 나는 당신들이 방해꾼이 되지 못하도록 일을 꾸며야 했지요. 살인을 하게 만들어서요. 세 명의 간호사가 당신들을 따르도록 부추겼지요. 당신들이 어떻게 나올지 계산하는 건 쉬웠어요. 당신들은 자동 장치를 맞추듯 조종이 가능했고, 사형 집행인인 양 살인을 했지요.

(뫼비우스가 여의사에게 덤벼들려고 하자 아인슈타인이 잡는다.)

찬트 박사　내게 덤벼 봤자 소용없어요, 뫼비우스. 원고를 태운
　　　　　것이 소용없는 짓이었듯이 말에요. 난 이미 가지고
　　　　　있거든요.

(뫼비우스가 돌아선다.)

찬트 박사　당신들을 둘러싸고 있는 건 더 이상 정신병원의 벽
　　　　　이 아닙니다. 이 집은 내 기업체의 보고(寶庫)입니
　　　　　다. 나 외에 유일하게 진실을 아는 세 명의 물리학
　　　　　자를 품고 있는 보고란 말이죠. 당신들을 억류하
　　　　　고 있는 건 정신 병원 경비원들이 아닙니다. 지버스
　　　　　는 내 사업장 청원 경찰의 책임자예요. 당신들은 당
　　　　　신들만을 위한 감옥으로 도망쳐 왔습니다. 솔로몬
　　　　　께서 당신들을 도구로 하여 생각하고 행동하신 것
　　　　　입니다. 그리고 이제 왕께서는 당신들을 파멸시킵니
　　　　　다. 나를 도구로 하여.

(침묵. 여의사는 모든 것을 조용하고 경건하게 말한다.)

찬트 박사　내가 왕의 권력을 넘겨받을 것입니다. 나는 두렵
　　　　　지 않습니다. 내 병원은 미친 친척들로 가득 차 있
　　　　　지요. 장신구에 훈장에 주렁주렁 달고요. 나는 우
　　　　　리 집안 최후의 정상인이에요. 마지막이죠. 불임이

기 때문에 이웃 사랑만 가능해요. 그러니 솔로몬께서 저를 불쌍히 여기신 거예요. 천 명의 여자를 가진 바로 그 왕이 날 선택하셨습니다. 이제 나는 우리 조상들보다 훨씬 강해질 것입니다. 내 기업체가 지배하게 될 거라고요. 수많은 나라와 대륙을 점령할 것이며, 태양계를 활용할 것이고, 안드로메다 성운으로 가게 될 겁니다. 생각은 적중했고 실행되었어요. 세상을 위해서가 아닌, 늙고 곱사등이인 한 처녀를 위해서요. (작은 종을 울린다.)

(오른쪽에서 남자 수간호사가 등장한다.)

남자 수간호사 찾으셨습니까?

찬트 박사 가세, 지버스. 관리 위원회가 기다리고 있네. 세계기업이 출범하고, 생산부가 가동되기 시작하는 거지. (그녀는 지버스와 오른쪽으로 퇴장한다.)

(세 명의 물리학자들만 남는다. 침묵. 모든 연극이 끝났다. 말이 없다.)

뉴턴 끝장이야. (소파에 앉는다.)

아인슈타인 세상이 미친 정신 병원 의사의 손에 떨어졌어. (뉴턴 옆에 앉는다.)

뫼비우스 한 번 생각한 것은 더 이상 취소될 수 없다. (소파 왼쪽에 있는 안락의자에 앉는다.)

(말이 없다. 그들은 멍하니 앞을 응시한다. 그러다 아주 침착하게, 당연한 듯이 말하면서 자신들을 관객에게 소개한다.)

뉴턴   나는 뉴턴입니다. 아이작 뉴턴 경. 1643년 그랜섬 인근의 울스소프에서 태어났습니다. 왕립 협회 회장입니다. 그렇다고 일어서서 경의를 표할 필요는 없습니다. 『자연 과학의 수학적 토대』를 썼습니다. '나는 가설을 만들지 않는다.'라는 말을 했지요. 실험 광학과 이론 역학, 고급 수학에서 내가 이룬 것은 하찮은 것이 아닙니다. 하지만 중력의 본질에 관한 문제는 남겨 두어야 했습니다. 나는 신학서도 썼습니다. 선지자 다니엘과 요한계시록에 대한 소견을 썼어요. 나는 뉴턴입니다. 아이작 뉴턴 경. 나는 왕립 협회 회장입니다. (일어서서 방으로 간다.)

아인슈타인 나는 아인슈타인입니다. 알베르트 아인슈타인 교수. 1879년 3월 14일에 울름에서 태어났습니다. 1902년에 스위스 연방 베른 특허청의 기사가 되었습니다. 그곳에서 나는 특수 상대성 이론을 고안하여 물리학을 변화시켰습니다. 그다음에 프로이센 과학아카데미의 회원이 되었습니다. 나중에는 망명자가 되었죠. 유대인이었기 때문입니다. 공식 $E=mc^2$은 내가 세운 것입니다. 물질을 에너지로 변화시키는 열쇠입니다. 나는 사람들을 좋아하고 바이올린을 좋아합니다. 그러나 나의 권고로 원자 폭탄이 만들어졌습니다. 나는 아인슈타인입니다. 알베르트 아인슈타인 교수죠. 1879년 3월 14일에 울름에서 태어났습니다. (일어서서 자기 방으로 간다. 그의 바이올린 연주 소리가 들린다. 크라이슬러의 「사랑의 슬픔」이다.)

뫼비우스 나는 솔로몬입니다. 불쌍한 솔로몬 왕입니다. 예전에 나는 헤아릴 수 없을 만큼 부유했고, 현명했으며, 경건했습니다. 나의 힘 앞에 권세가들이 전율했지요. 나는 평화의 왕이었고 정의의 왕이었습니다. 그러나 나의 지혜는 나의 경건함을 파괴했고, 내가 더 이상 신을 두려워하지 않게 되자 나의 지혜는 나의 왕국을 파괴했습니다. 이제 내가 다스리던 도시들은 망각되고, 나에게 맡겨졌던 제국은 텅 비고, 어슴푸레하게 보이는 황야가 되어 그 어딘가에서 작고 노란 이름 없는 별 주위를 헛되이 돌고 또 돕니다. 방사능에 오염된 지구입니다. 나는 솔로몬입니다, 나는 솔로몬입니다, 나는 불쌍한 솔로몬 왕입니다. (자기 방으로 간다.)

(이제 살롱은 비었다. 아인슈타인의 바이올린 소리만이 계속 들려온다.)

(막)

부록*
「물리학자들」 구성 원칙 21항목

1. 나는 명제가 아니라 스토리에서 출발한다.

2. 스토리를 출발점으로 할 때 그 스토리는 완결에 이르기까지 구상되어야 한다.

3. 스토리에서 최악의 반전이 일어났을 때, 스토리가 완결 단계까지 나아간 것이다.

4. 최악의 반전은 예견할 수 없다. 반전은 우연에 의해 일어난다.

5. 극작가의 솜씨는 줄거리에 우연을 최대한 효과적으로 엮어 넣는 데 있다.

6. 희곡의 줄거리를 이끄는 것은 인간이다.

7. 희곡의 줄거리에서 우연은 언제, 어디서, 누가 누구와 예기치 않게 마주치는가에 있다.

---

* 뒤렌마트가 1962년 『희곡집Ⅱ와 초기 작품들』을 위해 쓴 글.

8. 인간이 계획적으로 행동할수록 우연은 더 큰 영향을 미친다.

9. 계획적으로 행동하는 인간은 특정한 목표에 이르고자 한다. 이런 인간에게 우연이 최악의 타격이 되는 경우는 우연으로 인해 자신의 목표와 반대되는 지점에 서게 될 때다. 즉 그가 두려워했던 것, 피하고자 했던 것에 맞닥뜨릴 때이다.(예를 들면, 오이디푸스의 경우)

10. 그러한 스토리는 그로테스크하기는 하지만, 부조리하지는 않다.(사리에 어긋나는 것은 아니다.)

11. 그러한 스토리는 역설적이다.

12. 논리학자와 마찬가지로 극작가도 역설을 피하기 어렵다.

13. 논리학자와 마찬가지로 물리학자도 역설을 피하기 어렵다.

14. 물리학자에 대한 드라마는 역설적이어야 한다.

15. 드라마는 물리학의 내용이 아니라 영향만을 목표로 삼을 수 있다.

16. 물리학의 내용은 물리학자의 일이고, 그 영향은 모든 사람의 일이다.

17. 모든 사람과 관련되는 일은 모두가 함께할 때만 해결할 수 있다.

18. 모든 사람과 관련되는 일을 혼자서 해결하려는 개별적인 시도는 무엇이든 실패하게 마련이다.

19. 역설 속에 현실이 드러난다.

20. 역설과 마주 선 사람은 현실에 노출된다.

21. 극작법은 관객을 현실에 노출시키는 전략을 쓸 수 있지만, 현실에 저항하거나 현실을 극복하도록 강요할 수는 없다.

작품 해설

    1921년 스위스의 베른 주에서 태어난 뒤렌마트는 한때 화가에 뜻을 두기도 했지만 1946년에 전업 작가의 길을 가기로 결심했으며, 1990년 69세의 나이로 세상을 떴다. 그가 본격적인 작가 활동을 시작한 때는 히틀러 정권이 몰락한 다음 해였고, 전 세계를 동과 서, 양 진영으로 나눈 냉전의 초기였다. 그리고 1990년은 동독이 서독에 흡수 통일됨으로써 냉전 체제가 결정적으로 해체된 때였다. 그가 작가로서 활동한 사십오 년여의 기간이 냉전이 시작되고 끝나는 지점과 맞물린다는 사실은 그의 삶과 작품에서도 그 영향을 생각하게 만든다. 이와 관련하여 뒤렌마트의 생애와 작품을 결정짓는 가장 눈에 띄는 특징을 말하자면 '반시민 사회적인 성격(Antibürgerlichkeit)'일 것이다. 시민 사회에 대한 그의 비판적인 태도를 원인으로 하여 두 가지 상이한 결과가 나타난다.

    그 결과 중 하나는 뒤렌마트가 '투쟁적인 작가, 눈치 보는 일이 없는 작가, 서구에서 가장 혹평을 받는 작가'라는 평판을 얻었다는 점이다. 기술 문명과 자본이 결탁하여 만들어 내는 세계, 개별자로서 갖는 인간의 존재 가치를 억압하는 사회나 체제에 대한 비판적인 입장을 드러내는 데 있어 뒤렌마트는 작품을 통해서뿐만 아니라 공개 석상에서도 주저함이 없었다. 예를 들자면, 1969년 베른 주로부터 대문학상을 수상했을 때 그는 수상 연설을 통해 문학상 제도와 문화 정책, 노동자 정책 등을 비판함으로써 청중을 당황하게 만들었다. 뒤렌마트에 의하면 베른 주가 문학상을 시상한다는 것은 작가로서의 모습을 제거하여 부패하고 소시민적인 사회와 타협한 자임을 보여 주려는 의도에 의한 것이다. 그리고 스위스에서는 프리드리히 실러의 작품에 그려진 독립운동가 빌헬름 텔보다는 고트홀트 레싱의 희곡에서 형상화된 작가이자 혁명가 사무엘 헨치가 모범으로 장려되어야 한다는 것이다. 더불어 뒤렌마트는 스위스가 자유를 위해 투쟁한 역사만을 내세울 것이 아니라, 스위스 사람들에 의해 억압당하는 이들도 있음을 기억해야 한다고 강조하여 스위스 정부의 외국인 노동자 정책을 비판하기도 했다. 더 나아가 뒤렌마트는 받은 상금을 스위스 역사를 비판적으로 연구하는 작가, 스위스 사회를 냉철하게 비판하는 잡지 편집자, 대체 복무제를 주장하는 정치가 등에게 전달함으로써 실질적으로 그에게 수여된 문학상을 거부했다. 이러한 그의 비판적 태도와 서구 사회의 문제점을 형상화하는 작품으로 인해 생긴 또 하나의 결과는 사회주의 진영이었던 동유럽에서 '반제국주의적인 사회 비평가'라는 이름을 얻은 것이다. 그리하여 서구에서는 철저히 외면당한 작품이 동유럽에서는 성공을 거두는 사례도 만들어지게 된다.

그렇다고 하여 실제로 뒤렌마트가 사회주의 진영에 호의적이었던 것은 아니다. 뒤렌마트는 이데올로기적으로 균형을 유지하려고 노력했다. 그는 소련의 공산주의나 서구의 민주주의 가운데 어느 한쪽의 우월함을 인정하지 않았다. "유감스럽게도 착취는 이미 오래전부터 자본가들만의 특전은 아니다."라든가 "소련 공산주의자가 낙원으로 가기는 은행가가 천국으로 가는 것만큼 힘들다."라는 뒤렌마트의 말들은 그가 소련의 공산주의를 위장된 자본주의로 의심하고 있음을 알게 한다. 그는 동서 양 진영이 내세우는 냉전의 논리를 자본주의와 결합된 이데올로기로 보았다. 그는 서구뿐만 아니라 동구권도 현대 자본주의 산업 사회에 속한다고 보았다.

뒤렌마트가 파악한 현대 자본주의 산업 사회는 개인을 소멸시키는 사회다. 이 사회에서 개별 인간은 소외된 존재이고, 소비자로서 또는 피고용자로서 편입되고 계획되어 있는 존재, 언제든지 대체 가능한 존재가 된다. 또한 현대 사회는 개인에게 파악 가능한 세계도 아닐뿐더러 개인 고유의 독자성을 허용하지 않기 때문에 개인이 전체 사회를 위해 책임질 가능성을 없애 버린다. 개인이 영웅이 될 가능성을 배제하는 것이다. 이처럼 개인이 제거되는 사회에서 과학 기술은 모든 것을 동일하게 만들고 인간을 기술의 하수인으로 만들어 간다. 하지만 "모두가 그것에 책임이 없고, 모두가 그것을 원하지 않았다." 뒤렌마트가 고전적 의미의 비극이 불가능한 현대 사회를 말하면서 언급한 이 문장은 제2차 세계 대전 후 뉘른베르크 전범 재판에서 나치주의자들이 자신들의 행동을 정당화하기 위해 내세웠던 말이다. 철저하게 관료화된 히틀러 체제하에서 개인들은 자신이 하는 일의 의미를 알지 못했으니 각자의 행위의 결과로 가능해진 나치의 만행에 책임질 사람은 아무도 없으며 그런 만행을 원한 사람도 전혀 없었다는 논리인 것이다. 뒤렌마트는 이러한 논리가 현대 사회에도 적용된다고 보았다. 조망을 불허하는 메커니즘으로 인간을 대중화하고 기능화하는 현대 자본주의 사회에서 '파시즘의 직접적인 연속성'을 확인하는 것이다. 이처럼 개인의 소멸에 초점을 맞춘 그의 사회 비판은 냉전 체제가 종식된 1990년 이후에도 여전히 유효하다. 세계화의 논리와 함께 자본의 권력과 과학 기술의 지배는 오히려 강화되었기 때문이다.

뒤렌마트는 작품 속에서 우리를 둘러싸고 있는 세계의 모습을 보여 준다. 우리에게 당연한 듯 순응을 요구하는 이 세계의 모순되고 왜곡된 모습을 형상화한다. 일목요연한 조망을 허용하지 않는 현대 사회의 복잡함과 불투명성, 그 누구도 벗어나지 못하게 하면서 고유의 삶을 지각조차 못하게 하는 이 사회의 메커니즘을 작품 속에서 기괴한 모델로 제시한다. 당연한 듯이 여겨지던 표면적인 현실이 실상을 드러낼 때 그 낯선 모습에 우리는 당혹감을 갖지 않을 수 없다. 그러나 다음 순간 우리에게 순응을 요구하는 이 세계에 의문을 제기하게 된다. 이처럼 뒤렌마트는 우리를 현실과 맞닥뜨리게 하되 그 현실에 저항하거나 현실을 극복하라고 강요하지는 않는다. 선택은 독자나 관객의 몫인 것이다. 뒤렌마트의 이와 같은 입장과 그가 다룬 주요 주제, 나아가 핵심적인 드라마 기법들이 확인되는 대표작이 「노부인의 방문」과 「물리학자들」이다.

그가 「노부인의 방문」을 집필한 1955년의 스위스에는 1952년에 시작된 호경기가 지속되고 있었다. 중립 국가로서 전쟁에서 비켜 있던 스위스는 서유럽 사회에서 이웃 나라들보다 더 빠르고 급격하게 복지 사회로 발전해 갔다. 기업의 투자가 확대되고 건축 붐이 크게 일어났으며 기계화가 광범위하게 진행되었다. 이와 동시에 현대 산업 국가로 개조되는 과정에서 나타나는 문제점 역시 스위스에서 더 일찍 분명해졌다. 이에 대해 뒤렌마트가 비판적으로 대응한 결과물 중 하나가 바로 「노부인의 방문」이다.

뒤렌마트가 이 작품을 쓰게 된 동기는 1952년부터 살고 있던 뇌샤텔에서 베른을 다녀온 기차 여행이었다. 여행 중에 케르처스와 인스라는 두 마을에서 기차가 정차했는데, 뒤렌마트는 이 마을에 열차들이 더 이상 서지 않는다면 두 마을은 몰락하리라는 생각을 했다고 한다. 뒤렌마트는 이 생각을 현대 산업 사회에서 기술과 자본이 갖는 영향력과 연결시켜 하나의 모델로서의 사회상을 구상했고, 그것을 「노부인의 방문」에서 형상화한 것이다. 이 작품은 귈렌이라는 소도시의 역에서 시작하고 같은 역에서 끝난다. 급행열차가 더 이상 서지 않고 초라하게 쓰러져 가는 역이 첫 장면으로 등장한다. 그리고 마지막 장면에서는 화려하게 변화된 역이 모습을 드러내는데, 이제는 급행열차도 다시 그 역에 정차한다. 외면적인 현상만 본다면 「노부인의 방문」은 귈렌이 복지 사회로 발전해 가는 모습을 그린다. 하지만 작품의 초점은 이 과정에서 풍요의 욕망 앞에 무력한 인간에 맞춰지며, 그러한 약점을 가진 인간이 어디까지 변할 수 있는지, 어떻게 변해 가는지가 우스꽝스럽고도 섬뜩하게 묘사된다.

몰락해 가는 소도시 퀼렌에 노부인 클레어 자하나시안이 방문한다. 그녀는 일거수일투족이 세계의 주목을 받는 대부호다. 그녀가 태어나고 10대를 보낸 퀼렌 시가 지금 파산 직전에 처해 있고, 그녀는 사십오 년 만에 고향을 찾는 것이다. 평소에는 정차하지 않는 국제 특급 열차가 오로지 노부인 때문에 퀼렌 역에 멈춘다. 역에는 퀼렌 시민들이 노부인을 환영하기 위해 만반의 준비를 갖추고 기다리고 있다. 파산을 피할 유일한 희망이 노부인이기 때문에 어떻게든 그녀의 마음을 움직여 많은 돈을 얻어내려는 심산이다. 시민들의 대표는 시장, 차기 시장 후보로 거론되는 소상인 일, 고등학교 교장, 목사, 의사, 경찰 등이다. 이들은 일에게 기대를 걸고, 일 또한 자신만만하다. 젊은 시절 일과 노부인은 연인 사이였기 때문이다. 짙은 화장에 화려한 장신구를 두르고 기차에서 내린 60대 노부인의 모습은 그로테스크하다. 일곱 번째 남편, 두 맹인, 두 명의 건장한 가마꾼, 노년의 집사로 이루어진 그녀의 수행원들도 평범한 모습은 아니다. 극이 진행되면서 이들의 진짜 신분이 밝혀진다. 환영 인파 앞에 선 노부인은 일을 여전히 첫사랑으로 기억하는 듯하다. 그 시절 애칭으로 불러 줄 것을 청할 뿐만 아니라 그들이 사랑을 나누던 여러 장소에 일과 동행한다. 일은 과거를 미화하면서 퀼렌 시의 구원이 자기 손에 있는 양 행동한다. 그러나 공식적인 환영식장에서 일과 퀼렌 시민들은 예기치 않은 상황에 맞닥뜨린다. 노부인은 모두의 상상을 훨씬 초월하는 금액을 제시하며, 시에 거액을 기부할 뿐만 아니라 퀼렌 시민들에게 개별적으로 돈을 분배하겠다고 약속한다. 환호하는 시민들에게 노부인이 내건 조건은 정의의 실현, 즉 사십 오 년 전 임신한 자신을 버리고, 아이의 아버지임을 부인했던 일을 처벌하라는 것이다. 처음에는 인간성을 내세우며 단호히 거절하던 시민들이 '의도하지 않은 자발적 살인자들'로 서서히 변해 간다.

이러한 모습을 보면서 많은 의문이 떠오르는 것을 막을 수 없다. 공동체 전체의 인간다운 생활을 위해 한 사람을 희생시키는 것은 정당한가? 정당하지는 않다 하더라도 효율적이지는 않은가? 공동체를 위하여 효율적이라면 개인에게 희생을 강요할 수 있는가? 정의란 무엇인가? 언론 매체를 이용한 사실 왜곡은 어디까지 가능한가? 인간다운 생활의 조건은 무엇인가? 화려하게 반짝이는 현대 문명의 경제적 풍요로움의 유혹을 우리는 얼마나 견딜 수 있는가? 결혼은 사랑의 완성인가, 아니면 재산 증식을 위한 합법적인 수단인가? 등등.

자신의 행동을 법적 시효도 지난 젊은 시절의 치기쯤으로 여기던 일은 극이 진행되면서 점차로 자신의 잘못을 깨닫고 처벌을 받아들인다. 그러나 그의 죽음은 사회적인 정의 실현과는 거리가 멀다. 실제로 그의 생명은 정의라는 미명하에 판매되고 구매된 대상이었기 때문이다. 그에게 컬렌 시를 정의롭게 만들 기회나 가능성은 전혀 없다.

3막으로 이루어진 「노부인의 방문」은 '비극적 코미디', 즉 '희비극'이라는 부제를 달고 있다. 이 부제는 여러 가지로 이해 가능하다. 우선 작품의 내용이 나타내는 구조와 연관시켜 해석해 볼 수 있다. 이 작품에서는 두 갈래의 줄거리가 교차되고 있다. 한편으로 컬렌 시가 무기력하고 가난한 상태에서 풍요롭고 여유로운 상황으로 변해 가는 모습, 즉 앞으로 진행되는 구조를 보여 준다면, 다른 한편에서는 마치 소포클레스의 「오이디푸스 왕」처럼 과거가 현재에 개입하는 구조를 나타낸다. 앞의 경우가 퀼렌이라는 공동체의 모습이라면, 뒤의 경우는 일이라는 개인과 관련된다. 오이디푸스 왕이 테베에 만연하는 역병이 자신의 과거 행위에 원인이 있음을 모르는 상태에서 문제 해결을 위해 애쓰듯, 일은 퀼렌의 가난이 과거 자신의 과오 때문이라는 사실을 모른 채 자신을 퀼렌의 가난을 구제할 인물로 과신한다. 오이디푸스가 자신의 행동에 책임을 지고 자신을 처벌하듯, 일 역시 자신의 과오를 인식하고 처벌을 받아들인다. 이렇듯 일 개인의 스토리는 비극이다. 하지만 공동체는 행복해지는 결말을 얻게 되므로 희극이라 볼 수 있다. 이처럼 「노부인의 방문」은 비극으로도 희극으로도 규정될 수 있는 내용이 혼합되어 있다는 의미에서 이 그 부제를 이해할 수 있을 것이다. 다른 해석 가능성은 퀼렌 시민들의 모습을 우리의 삶과 연관시켜 보는 것이다. 퀼렌 공동체의 구성원들을 볼 때 그들이 행복이라고 여기는 것에 의문을 품지 않을 수 없다. 그들은 성공적으로 운영되던 퀼렌의 공장들이 문을 닫고 일자리가 없어지게 된 이유도 모르고, 무엇을 대가로 풍요를 얻게 되었는지도 인식하지 못한다. 자신들이 자본의 힘에 의해 꼭두각시처럼 조종된다는 사실을 전혀 눈치 채지 못하는 것이다. 비인간적인 사회의 모습에 책임질 개인이 있을 수 없다는 사실은 우리 모두의 비극이다. 그리고 그것을 인식하지 못한 채 눈앞의 행복을 좇는 우리의 모습이 우스꽝스런 것이다. 이런 의미로 '희비극'의 의미를 이해할 수도 있을 것이다. 마지막으로 이 작품에 붙은 '희비극'이라는 부제에 대해서는 뒤렌마트의 드라마 이론을 적용하여 이해할 수 있다. 그에 의하면 "비극은 형태가 갖춰진 세계를 전제로 하지만" 오늘날의 세계에서는 비극이 가능하지 않다. 현대 사회는 희극이 필요로 하는 세계와 부합되는 특징을 보이고 있기 때문이다. 즉 희극이 전제로 하는 세계는 "형태가 갖추어지지 않은, 생성되는 와중에, 전복되는 와중에 파악되는 세계, 모든 것이 하나로 엉켜 있는 상태의 세계"인데, 현대 산업 사회 역시 이런 특징을 갖고 있다는 것이다. 따라서 이 사회를 대상으로 하는 문학은 희극이 될 수밖에 없다. 그러한 사회 속에서 개별자로서의 고유성을 박탈당한 비극적 삶이 묘사되었으니, 이 작품은 '비극적 코미디', 달리 말해 '희비극'이라는 것으로 이해할 수도 있을 것이다.

인간이 개별자로서 사회의 변화에 영향을 줄 가능성이 철저히 차단된 또 하나의 예가 「물리학자들」에서 확인된다. 이 작품에 형상화된 세계에서 개인은 무기력하다. 인류의 운명에 아무리 치명적인 것이라 해도 생각해 낼 수 있는 것은 대체 가능한 인물들에 의해 언제든 생각될 수 있다. 이미 한번 생각된 것 또는 발견된 것을 인류의 파멸을 막기 위해 숨기려는 시도는 헛될 뿐이다. 뒤렌마트의 무대는 자발적으로 세상과 단절된 상태를 선택하고 연구 생활만을 영위하는 개별자로서의 학자가 자신도 모르게 자본주의 체제의 하수인으로 전락되는 모습을 보여 준다.

1962년에 초연된 「물리학자들」이 세계적인 반향을 얻은 데에는 냉전 체제로 인한 첨예한 갈등이 가시화된 당시의 국제

정세도 영향을 미쳤을 것으로 보인다. 1960년 5월 미국의 정찰기가 슈베르들로브스크에서 소련 기에 의해 격추되는 사건이 일어나는데, 이는 미국이 소련 지역에서 정찰 비행을 한다는 사실을 확인시켜 주었고, 소련은 서유럽이 공격을 계획하고 있다는 확신을 갖게 된다. 그리고 1961년 8월에는 베를린을 동서로 나누는 장벽이 세워진다. 그 당시 베를린 시장은 서면으로 미국에게 그 장벽을 무력으로 제거해 달라고 요구한다. 또한 철학자 카를 야스퍼스는 1961년에 출간한 『원자 폭탄과 인간의 미래(Die Atombombe und die Zukunft des Menschen)』에서 냉전을 자명한 것으로 전제하면서 '자유세계'가 '공산 세계'에 총체적으로 대결해야 함을 주장하고, 서독 역시 독자적인 노선보다는 원자력 보유 국가인 미국에 따를 것을 촉구한다. 이같이 양 진영을 대표하는 미국과 소련의 갈등이 날카로워지고 있는 한편, 1961년 11월에는 미국에서 핵 폭격기가 추락한다. 6단계의 안전 장치가 있었지만 다섯 개가 작동하지 않으면서 추락을 면하지 못한 것이다. 이 사건은 원자 폭탄에 의한 대파멸이 공상이 아니라 일상의 생활 속에 잠복해 있음을 실감하게 하는 계기가 되었다. 이와 함께 인류의 파멸을 가져올 과학 기술의 개발을 억제할 수 있는가, 과학자 개인의 책임 한도는 어디까지인가, 과학자는 정치 권력과 자본의 힘에서 자유로울 수 있는가 등의 문제가 대두되지 않을 수 없었고, 이러한 문제들을 정면으로 다룬 것이 뒤렌마트의 「물리학자들」이었다.

어느 한적한 도시에 사회의 다양한 분야에서 제법 이름을 떨치던 엘리트 층 사람들이 정신적인 질환 때문에 비싼 치료비를 내면서 입원해 있는 병원이 있다. 정신 병원의 여러 병동

가운데 한 건물에는 과대망상증이나 정신 분열증에 걸린 물리학자 세 명이 격리 수용되어 있다. 자신이 중력의 법칙을 발견한 뉴턴이라고 생각하는 환자는 18세기 초의 복장을 갖추어 입고 당시 사람들처럼 가발을 쓰고 생활한다. 다른 한 명은 자신이 상대성 원리를 발견한 아인슈타인이라고 주장한다. 그는 파이프 담배만큼이나 바이올린을 끼고 살았다는 아인슈타인처럼 기회가 될 때마다 바이올린을 연주한다. 나머지 한 명인 주인공 뫼비우스는 솔로몬 왕이 나타나 우주의 비밀을 계시한다고 주장한다. 정신 병원을 맡고 있는 여의사 찬트 박사는 이들이 온순하고 말썽을 부리지 않는 환자들이라고 보증한다. 그러나 1막은 살인 현장 검증으로 시작된다. 이미 과거에 한 번의 살인 사건이 있었고 이번이 두 번째다. 각각 자신을 뉴턴과 아인슈타인이라 생각하는 물리학자들이 담당 간호사를 살해한 것이다. 2막 역시 살인 현장 검증으로 시작되는데, 이번에는 뫼비우스가 담당 간호사의 목을 졸라 죽였기 때문이다. 그가 살인을 한 이유는 간호사가 그의 비밀을 알아챘다는 것 때문이다. 사실 뫼비우스는 자신이 증명한 이론이 악용될 경우 인류를 파멸에 이르게 할 것임을 일찍이 인식했다. 그리하여 물리학자로서의 책임에 충실하기로 결심했고, 자신의 연구 결과를 숨긴 채 순수하게 연구만 계속하기 위해 세상에서 격리된 정신 병원으로 숨어든 것이다. 이를 위해 그는 가족을 경제적 궁지로 내몰고, 결국에는 이혼당하며, 정상적인 사회생활, 약속된 경제적 부, 학자로서의 명예를 포기했다. 그러나 철저하게 '계획적으로 행동하는 인간' 뫼비우스는 계획하지 않은 우연, 즉 간호사의 개입이라는 예기치 않는 일에 맞닥뜨리자 살인을 감행한다. 그는 간호사를 살해함으로써 자신의 계획이 계속 차질 없이 수행될 수 있다고 확신하지만, 이어지는 예기치 않은 일에 의해 '최악의 타격'을 입는다. 즉 '자신의 목표와 반대되는 지점'에 선 것이다. 그에게 인류를 구원할 사명은 주어지지 않는다. 그의 희생, 가족의 희생, 간호사의 죽음은 완전히 무의미해진다. 그동안 수행해 온 연구가 자신도 모르는 사이에 외부로 반출되고 상품화되어 거대 기업을 키우고 있었기 때문이다. 막강한 자본의 힘에 의해 움직이는 사회 경제적 메커니즘에 개인의 영웅적인 행동은 아무런 영향을 미치지 못한다. 전무후무한 조직력을 갖춘 자본의 힘이 세계를 정복해 가고 있음을 확인하게 된 뫼비우스, 그 과정에서 소모품이 되어 있는 자신의 실상을 알게 된 뫼비우스, 그가 할 수 있는 일은 무엇일까?

이 책에 수록된 두 작품은 대중화된 인간이든 개별자로서 인식하는 인간이든 사회에 영향을 미칠 수 없는 무기력한 모습으로 나타내고 있다. 그렇다고 해서 뒤렌마트가 사회 변화의 불가능성을 확신시키는 것을 목표로 하는 것은 아니다. 그는 인간으로서 갖는 사회적 책임, 작가로서 갖는 사회적 책임을 진지하게 받아들인다.

모든 집단은 번영해 갈 것이다. 그러나 집단의 정신적 의미는 시들어 갈 것이다. 아직 기회가 있다면 그것은 오직 개별자에게만 있다. 개별자가 세계에 맞서야 한다. 개별자에게서 시작될 때 모든 것이 다시 의미를 회복할 수 있다. (중략) 작가는 세상을 구원하겠다는 의지를 포기해야 할 것이다. 그러나 작가는 다시금 감행해야 할 것이다. 세계에 형태를 부여하는 일을, 무정형의 세계에 상을 부여하는 일을.

　　　　　　　　　　　　　─『우리 시대 문학의 의미에 대하여』*, 67쪽

　문학의 과제는 세계를 구원하는 것이 아니라 세계에 형태를 부여하는 것이다. 무정형의 세계, 즉 조망을 허용하지 않는 세계에 상을 부여하고 독자와 관객에게 텍스트를 통해 현실에 대응되는 상징적인 상을 만들어 보임으로써 세계를 보고 생각하게 하는 것이다. 작가는 독자에게 세계의 실상을 보임으로써 독자가 '개별자'로서 세계에 맞서기를 바란다. 현실의 실상을 직시하고 '그럼에도 불구하고'의 태도로 변화에 대한 용기를 갖기를 바라는 것이다. 소크라테스가 개인들을 찾아다니며 산파술을 이용해 스스로 깨달음에 이르도록 도움을 주었듯, 뒤렌마트는 문학의 산파술적 기능에 대한 믿음으로 글을 쓴다는 말이다.

　뒤렌마트가 작품 속에서 보여 주는 세계상은 왜곡되어 있고, 두렵게 하고, 놀라게 하며, 거부감을 주고, 모욕을 느끼게 한다. 그러나 한편으로는 우스꽝스럽다는 느낌도 지울 수 없게 한다. 뒤렌마트는 이처럼 그로테스크한 모델을 제공함으로써 전통적인 의미에서의 모방을 피한다. 모방에 의한 현실의 재현은 독자와 관객을 무대 위의 사건에 수동적으로 동화되도록 한다. 이와 달리 뒤렌마트의 작품에 나타나는 그로테스크함은

---

* Friedrich Dürrenmatt, "Vom Sinn der Dichtung in un Serer Zeit"(1956).

진부하고 일상적이던 현실을 독자와 관객에게 낯설게 대면시킴으로써, 이들이 무대 위의 사건과 인물에 일정한 거리를 두게 하고 냉철한 시선으로 현실의 모순을 인식하게 한다. 뒤렌마트는 이와 같은 문학의 산파술적인 기능이 문학을 접하는 개인들에게 작용할 때 사회의 변화를 이뤄 낼 가능성이 있다고 믿는다. 뒤렌마트의 믿음을 공유할 것인지는 다시 한 번 독자와 관객의 선택 사항이 될 것이다.

뒤렌마트는 생전에 이미 현대 문학의 고전 작가 반열에 올랐다. 그렇다고 해서 그가 학교에서의 강의 대상이나 역사적 평가 대상만으로 다루어질 수는 없다. 위에서 확인하였듯, 그가 타계한 지 이십여 년이 지났지만 그의 작품은 여전히 강한 시의성을 갖추고 있다. 자본주의가 존속되는 한 그의 작품 역시 의미를 잃지 않고 비판적인 자극제가 될 것이다.

2011년 2월
김혜숙

작가 연보

1921년   개신교 목사인 라인홀트 뒤렌마트와 훌다 뒤렌마트
                 의 장남으로 스위스 베른 주의 코놀핑겐에서 출생.

1941년   아버지의 희망에 따라 취리히 대학교에서 1학기 동
                 안 문헌학 전공. 2학기부터는 베른 대학에서 철학,
                 독문학, 자연과학 공부.

1943년   작가 활동 시작, 희곡 「몰락 그리고 새 인생(Untergang
                 und neues Leben)」, 「크리스마스(Weihnacht)」와 「고문
                 관(Folterknecht)」 집필.

1945년   베른의 일간지 《베른 타게스차이퉁》에 소설 「노인
                 (Der Alte)」, 「시시포스의 그림(Das Bild des Sisyphos)」,
                 「무대 감독(Theaterdirektor)」 집필. 희곡 「그렇게 쓰
                 여 있느니라(Es steht geschrieben)」 집필.

1946년   키에르케고르에 대해 계획했던 학위 논문을 포기
                 하고 본격적인 작가 활동 결심. 배우 로티 가이슬러

와 결혼하여 바젤로 이사. 소설 「덫(Der Falle)」, 「필라투스(Pilatus)」 집필.

1947년 「그렇게 쓰여 있느니라」 취리히에서 초연, 작품의 불경함, 무례함 때문에 물의를 일으킴. 희곡 「장님(Der Blinde)」 집필. 아들 페터 출생.

1948년 희곡 「로물루스 대제(Romulus der Große)」 집필. 리게르츠로 이사.

1949년 딸 바바라 출생. 4월 바젤에서 「로물루스 대제」 초연.

1950년 희곡 「미시시피 씨의 결혼(Die Ehe des Herrn Mississippi)」 집필. 탐정 소설 『판사와 그의 형리(Der Richter und sein Henker)』 집필.(1978년 영화로 개봉, 뒤렌마트가 광대를 연기함.)

1951년 딸 로트 출생. 두 번째 탐정 소설 『의혹(Der Verdacht)』 집필. 소설 「개(Der Hund)」, 「터널(Der Tunnel)」 집필. 방송극 「당나귀 그림자 재판(Der Prozeß um des Esels Schatten)」 집필. 취리히에서 잡지 《벨트보헤(Weltwoche)》를 통한 연극 비평.(1953년까지 계속.)

1952년 뇌샤텔에 주택 구입. 착상에 몰두하고 정신을 집중하여 집필할 수 있는 유일한 장소가 됨. 3월 뮌헨에서 「미시시피 씨의 결혼」 성공리에 초연.(1961년 영화화됨.) 이 작품으로 희곡 작가로서의 이름을 알리기 시작. 산문 모음집 『도시(Die Stadt)』 출판. 방송극 「스트라니츠키와 민족 영웅(Stranitzky und der Nationalheld)」, 「어느 경멸당한 사람과 밤중에 나눈 대화(Nächtliches Gespräch mit einem verachteten

Menschen)」 발표.

1953년   희곡 「천사 바빌론에 오다(Ein Engel kommt nach Babylon)」 집필, 12월 뮌헨에서 초연.

1954년   「천사 바빌론에 오다」로 베른 시 문학상 수상. 방송극 「헤라클레스와 아우게이아스의 마구간(Herkules und der Stall des Augias)」, 「베가호의 탐험(Das Unternehmen der Wega)」 집필.

1955년   「노부인의 방문(Der Besuch der alten Dame)」 집필. 희곡 「그리스 남자 그리스 여자를 찾다(Grieche sucht Griechin)」 집필.

1956년   취리히에서 「노부인의 방문」 초연. 세계 각국의 공연으로 이어짐.(1964년 독일에서 영화 개봉, 1971년 오페라로 빈에서 초연됨.) 이 작품의 세계적인 성공으로 경제적인 어려움 벗어나고 동구권에서도 주목받기 시작함. 방송극 「고장(Die Panne)」(나중에 소설로 개작, 1957년 텔레비전 드라마로, 1979년 희곡으로 개작.), 「늦가을의 저녁 시간(Abendstunde im Spätherbst)」 집필. 에세이 『우리 시대 문학의 의미에 대하여(Vom Sinn der Dichtung in unserer Zeit)』 출간. 막스 프리시와 공동 작업을 계획하나 실행에 옮기지 못함.

1957년   방송극 「고장」으로 전쟁실명자협회의 방송극상 수상. 영화 「대낮에 생긴 일(Es geschah am hellichten Tag)」 각본 작업. 같은 소재로 영화와 다른 결말을 갖는 소설 『약속(Das Versprechen)』 집필.

1958년	방송극 「고장」으로 《트리뷴 드 로잔》의 문학상 수상. 오페라 「프랑크 5세(Frank V)」 작업.
1959년	3월 취리히에서 「프랑크 5세」 초연. 서구에서는 혹독하게 비판당하지만 동구에서는 '독점 자본주의적인 사회'에 대해 비판적인 작품으로 환영받음. 특히 폴란드에서 대성공. 「노부인의 방문」으로 뉴욕 극비평가상 수상, 11월 독일 만하임에서 실러 상 수상. 수상 연설 「프리드리히 실러」에서 자신을 브레히트와 구분 지음.
1960년	탐정 소설 『법(Justiz)』 집필.(1985년 출간.)
1961년	희곡 「물리학자들(Die Physiker)」 집필.
1962년	2월 「물리학자들」 취리히에서 초연. 독일어로 된 희곡 가운데 제2차 세계 대전 후 최고의 성공을 거둔 작품이라는 평을 얻음.
1964년	희곡 「유성(Der Meteor)」 집필 시작. 우크라이나의 민족 시인 셰브첸코의 사망 150주년 기념식에 초대되어 소련 여행.
1965년	장편소설 『추락(Der Sturz)』 집필.(1971년 출간.)
1966년	1월 「유성」 취리히에서 초연. 이어진 뮌헨, 함부르크 공연의 대성공. 첫 번째 희곡이었던 「그렇게 쓰여 있느니라」를 희극으로 개작. 제목도 '재세례파 사람들(Die Wiedertäufer)'로 바꾸어 출간. 『연극에 관한 글과 연설 모음집(Theater-Schriften und Reden)』 출간.
1967년	희곡 「어느 유성의 초상(Porträt eines Planeten)」 집필.
1968년	바젤 극장에서 실제 연극 현장 작업에도 참여, 질

병과 내부의 의견 충돌로 다음 해 10월 '바젤 실험' 중단. 오스트리아 학술 아카데미의 그릴파르처 상 수상. 마인츠 대학 학생들에게 강연한 『정의와 법에 관한 대강연(Monstervortrag über Gerechtigkeit und Recht)』 출간.

1969년 베른 주 대문학상 수상. 수상 연설 '새로운 문화 정책을 위하여(Für eine neue Kulturpolitik)'에서 문학상과 기존의 문화 정책 비판. 미국 필라델피아 템플 대학교에서 명예 문학 박사 학위 받음.(이후 1974년 이스라엘의 벤 구리온 대학교, 1977년 프랑스의 니스 대학교, 이스라엘의 예루살렘 대학교, 1981년 뇌샤텔 대학교에서 명예 박사 학위 받음.) 취리히의 주간지 《존탁스저널》 공동 발행인으로 활동.

1970년 「어느 유성의 초상」 뒤셀도르프에서 초연.

1972년 희곡 「공범자(Der Mitmacher)」 집필. 취리히에서 뷔히너의 「보이체크(Woyzeck)」 연출. 『희곡론과 비평(Dramaturgisches und Kritisches)』 출간.

1976년 에세이 『관계들 ― 이스라엘에 관한 에세이. 하나의 구상(Zusammenhänge. Essay über Israel. Eine Konzeption)』 출간. 크게 주목받음.

1977년 3월 프랑크푸르트 암 마인에서 부버 로젠츠바이크 메달 수여. 1975년에 시작한 희곡 「유예 기간(Die Frist)」 완성.

1978년 오스트리아 빈에서 「어느 유성의 초상」 연출, 큰 성공 거둠.

1981년	작가 활동과 관련된 자서전적인 글 『소재들 I-III — 티벳의 겨울 전쟁. 월식. 모반자(Stoffe I-III. Der Winterkrieg in Tibet. Mondfinsternis. Der Rebell)』 출간.
1983년	1월 아내 로티 사망. 오스트리아 국가상(유럽 문학 부문) 수상.
1984년	배우이자 기자인 샤를로테 케어와 재혼.
1985년	담시 『미노타우루스(Minotaurus)』 출간.
1986년	뷔히너 상 수상.
1987년	고르바초프가 모스크바에서 개최한 평화학술회의에 참여.
1989년	에른스트 로베르트 쿠르티우스 상 수상. 장편소설 『뒤죽박죽 골짜기(Durcheinandertal)』 출간.
1990년	작가 활동과 관련된 자서전적인 글 『탑 쌓기. 소재들 IV-IX — 만남. 횡단 여행. 다리. 집. 뇌(Turmbau. Stoffe IV-IX. Begegnungen. Querfahrt. Die Brücke. Das Haus. Vinter. Das Hirn)』 출간. 스위스 문학 문서국 설립을 조건으로 하여 자신의 문학적 유산을 스위스 연방에 기증.(1991년 연방 도서관의 일부로 스위스 문학 문서국 개설.) 12월 14일 뇌샤텔의 자택에서 69세의 나이로 심근경색 증세를 보이며 사망.
1991년	『마이다스 또는 검은 스크린 — 독서용 영화(Midas oder die schwarze Leinwand, ein — Film zum Lesen)』 사후 출간. 줄거리가 진행되는 영화 각본에 메타 차원에서 작가가 개입해 들어가는 독특한 구조의 텍

스트.

2000년 뒤렌마트가 살던 뇌샤텔의 주택에 뒤렌마트 센터 설립됨.

세계문학전집 **265**

뒤렌마트 희곡선 노부인의 방문·물리학자들

1판 1쇄 펴냄 2011년 2월 28일
1판 16쇄 펴냄 2024년 1월 12일

지은이 프리드리히 뒤렌마트
옮긴이 김혜숙
발행인 박근섭, 박상준
펴낸곳 (주)민음사

출판등록 1966. 5. 19. (제 16-490호)
서울특별시 강남구 도산대로1길 62(신사동) 강남출판문화센터 5층 (우편번호 06027)
대표전화 02-515-2000 팩시밀리 02-515-2007
www.minumsa.com

한국어 판 ⓒ (주)민음사, 2011. Printed in Seoul, Korea

ISBN 978-89-374-6265-8 04800
ISBN 978-89-374-6000-5 (세트)

세계문학전집 목록

세계문학전집은 계속 간행됩니다.